家裡蹲
吸血姫的鬱悶
小湖底
illust：りいちゅ
Hikikomari the Vampire Countess no Monmon
10

常世陷入不得了的狀況中。

星砦似乎已經不見蹤影了，可是他們留下一些伴手禮，導致各國之間的緊張情勢如絲線般應聲斷裂，真正的戰爭持續不斷，讓人覺得那些娛樂性戰爭都變得像兒戲一樣。就連擁有礦山都市「涅普拉斯」的「多馬爾共和國」也找了一些理由，像是領域受到侵犯，或者是其他的，據說已經對好幾個國家宣戰。

若是想要阻止這些紛爭，那就必須蒐集六個魔核。

只要蒐集六個，「弒神之塔」的封印就能解開，還能夠見到絲畢卡・雷・傑米尼的朋友——那位初代巫女姬。聽說初代巫女姬能夠使用比薇兒更加強大的預測未來力量，透過她的力量，據說就能得知讓世界變得和平的方法。

可是我們要暫時休息一下。

因為跟特萊梅洛作戰，帶來太多犧牲。

尤其是芙亞歐・梅特歐萊德。

她為了伙伴舉起刀劍，打倒邪惡的敵人，之後便耗損過度消散了。

不管是我還是絲畢卡，都受到了不小的打擊。為了不要讓她的死亡白費，我們必須努力——雖然明白這樣的道理，但對於某些部分，內心裡還是無法接受。

人的根源是心靈。

只要心靈受傷，那就連提起精神好好吃飯都做不到。

所以我們才決定暫時休息一段時間，只是——

「為什麼要來露營……？」

湖裡的水蕩漾搖曳。

我抱著膝蓋屈膝坐在湖畔，嘴裡「唉～」地吐出一聲嘆息。

在旁邊那個廣場上，逆月那幫人正在舉辦劈柴大會。每次絲畢卡揮動斧頭，就會傳來像是地震的「嘶咚嘶咚」衝擊感。而且不知道為什麼，逆月的科尼沃斯所戴的眼鏡還破裂，能夠聽見她發出「呀啊啊啊啊！」的慘叫聲。

那實在是太淒厲了。

我想說既然要休息，那就應該躲在旅店裡面看書，但是絲畢卡那傢伙卻想到一個愚蠢的點子，她放話說：「我們來露營吧！」

若是拒絕會被殺掉，我沒有權利拒絕。真是太不近人情了。

「可瑪莉小姐，我試著做了一些三明治。要不要吃？」

「我要吃。」

翎子將一個籃子拿過來給我。我選了萵苣比較多的那個，並且放到嘴裡。這種爽脆的口感真是讓人欲罷不能。

「好好吃喔。若是能夠在房間裡慢慢吃，那就更理想了……」

「妳是不是覺得露營不怎麼開心？」

「不，不是那樣的。而是覺得在這種狀況下露營好像太冷血了。常世這邊明明還有那麼多人在受苦……」

「可瑪莉小姐真的很善良呢。」

翎子朝我答了這麼一句，她臉上浮現出溫和的微笑。

「可是好好休息一番，我覺得這一點也很重要。若是一直戰鬥，身體會壞掉的……芙亞歐小姐應該也不希望可瑪莉小姐太過勉強自己。」

「唔唔……」

「所以妳不要想太多，就趁著露營開心一下吧？偶爾也是需要轉換心情的。」

「說得也是……」

確實如翎子所說。

自從來到常世這邊，我們就連續跟人做了好幾次的誇張異能對決。若是再繼續作戰下去，我這個手無縛雞之力又貧弱的家裡蹲身軀很有可能會在轉眼間炸掉也說不定。今天就應該好好當個家裡蹲靜養一下，養精蓄銳才對。

「很好！既然都如此決定了，那我就趕快回帳篷補眠——」

「可瑪莉小姐——！釣到了！」

這時我聽到有人呼喚我的名字，接著我便轉過頭。

佐久奈正朝這邊高高興興地跑過來。兩隻手抱著正在活跳跳大肆掙扎的巨魚。

「那、那是什麼東西!?這個湖裡還有那麼大的魚啊!?」

搞不好都跟我的身高差不多長了——那個是鮪魚嗎？

「聽說這個是淡水鮪魚！已經快要中午了，我來弄魚料理給可瑪莉小姐吃吧！」

淡水裡面還會有鮪魚，這種事我可是第一次聽說……但這裡是常世，什麼都有可能吧。我在那邊胡思亂想，這個時候佐久奈發出一聲「咦？」突然間止住腳步。

「翎子小姐，妳這是在做什麼？」

「咦？我拿三明治過來給可瑪莉小姐……」

「是親手製作的嗎？」

「是、是的。在製作的時候，裡面還加上我的愛。」

「……………………」

「因為我想說可瑪莉小姐好像還沒有吃午餐——啊，嘴巴那邊沾到美乃滋了。先別動喔。」

「唔——」

翎子用手指替我擦拭嘴角。

然後再拿到她那邊——並舔了一口。

唔鏮!!

佐久奈那邊好像傳來奇怪的聲音。

那聽起來似乎是她赤手空拳絞殺鮪魚的聲音。

……咦？怎麼了？為什麼佐久奈變得面無表情？

為什麼她要面無表情絞殺鮪魚？

「……翎子小姐，我一直想說，但是卻沒機會說……那就是我覺得翎子小姐靠可瑪莉小姐太近了……」

佐久奈說這話的時候顯得很克制。

但總有一種恐怖的感覺。甚至能夠感覺到殺氣。

「是、是這樣嗎……？」

「獨占可瑪莉小姐，我覺得這樣不是很好……」

「但我是可瑪莉小姐的妻子……」

「那些都是文書上的紙面關係吧？跟現實有一段差距不是嗎？只是經歷了華燭戰爭，才會有那樣的結果吧？」

「那個……」

「所以我覺得這是很不幸的事情。對了——若是不會造成問題，是不是能夠把相關文件通通燒掉……？我不是很想做太暴力的事，但我覺得那些有經手文書的官方工作人員，或許也該把他們都殺了，改寫他們的記憶……我想應該要這麼做才對……」

「但、但我想應該沒必要做到那種地步。」

「那只是妳自己的個人感想吧？」

翎子在這時發出悲鳴，嘴裡「咿！」了一聲。

「妳們兩個人的婚姻將會不算數，所以翎子小姐不該一直跟可瑪莉小姐形影不離。若是再繼續做出奇怪的事，我會把妳的頭……」

「冷、冷靜一點，佐久奈！妳的眼神已經變成恐怖分子的眼神了啊!?」

佐久奈這時害羞地笑著說：「沒那回事。」

現在這種事情經常發生。

原因是什麼？是在哪部分踩到地雷了？而且我無視佐久奈釣魚的辛勞，在那邊獨享翎子做的三明治——

不對，那個有可能就是原因吧？

那我是不是也去釣一下鮪魚會比較好？

感到困惑的我東張西望，在那邊尋找釣竿，就在這時——

「……那個，佐久奈小姐也請用吧。」

這時翎子把籃子拿給佐久奈。

佐久奈發出一聲「咦？」，突然詞窮了。

「我沒有要獨占可瑪莉小姐，我很清楚佐久奈小姐和可瑪莉小姐之間是什麼關係。就連結婚的事情也一樣，若是佐久奈小姐和薇兒海絲小姐不認可的話，我還打算讓這段關係不算數。」

「…………」

「所以我們能不能友好相處呢……？我也想跟佐久奈小姐成為朋友。可瑪莉小姐一直很看重的佐久奈小姐是什麼樣的人……我很想知道。」

翎子變得扭扭捏捏，看起來很害羞的樣子。

緊接著不知道為什麼，佐久奈像是感到很震驚，整個人都僵住了。

雖然我不太清楚原因，但這是個好機會。

「來、來吧！佐久奈也來吃三明治，好好跟她聊一聊吧！今天可是愉快的露營天。」

「是啊，快跟可瑪莉小姐一起吃三明治吧——請用。」

佐久奈依然處於沉默的狀態。

可是她一雙眼睛一對上翎子的雙眼，嘴裡便發出苦悶的呻吟聲，開口「唔！」了一聲。那種表情就很像是被光芒淨化的黑暗居民。不對，我在想什麼啊。佐久奈應該跟翎子一樣，都是光屬性的。

「我、我要開動了。」

最後佐久奈似乎再也撐不住，敗給翎子的眼神洗禮。

於是她拿起三明治，張大嘴一口咬下。

「啊……好美味。」

「太好了。這邊還有很多，請不用客氣，要吃再拿吧。」

「原來翎子小姐意外的是個普通人啊。」

「是，我是很普通的夭仙。」

這時佐久奈紅著臉頰，開口說了些話。

「是我誤解妳了。我原本還以為妳是要露出毒牙咬可瑪莉小姐的變態……」

「這是多大的誤解啊，翎子不可能去做那種事情吧。」

「看來似乎是那樣。」

佐久奈接著又「欸嘿嘿」地笑了，看上去有些難為情。

這一連串的互動，背後好像隱藏著什麼，但是那些已經超越我的認知了，不過佐久奈畢竟是美少女，所以沒什麼問題。美少女可以解決一切。

「翎子小姐，晚點再請妳吃我製作的鮪魚料理。」

「謝謝妳！我很期待喔。」

「呵呵，為了讓大家都能開心，我會努力的！」

佐久奈這時緊緊握起拳頭，臉上浮現笑容。真可愛。

剛才那種危險的氣息已經感覺不到了，這樣應該不會有事了吧。

另外在我心中還存在一個東西，叫做「危險度評價值」。

看看哪個人會對我造成多少的實際損害，將等級區分成一到五。

薇兒是變態所以是五。納莉亞把我當成妹妹所以是三。雖然皇帝是變態，但是她還是有點常識，所以是三。普洛海莉亞的話，我還不是很清楚，暫時定為三。迦流羅和翎子都是和平主義者，所以是一。艾絲蒂爾也是一個超級好孩子，算一。蘿蘿可是天敵，所以是五。絲畢卡實在太危險了，大概有十八吧。

根據我所做的紀錄來看，不知道為什麼，佐久奈會被分類在二。之前被薇兒帶壞出現暴走現象，弄錯她的等級才會升到二。這次的事件讓我再度有了體認，那就是佐久奈是笑起來很可愛的生物，所以就讓她回到一吧。

好吧——總而言之我們就來開心暢談一下好了。

感覺已經很久沒有跟佐久奈悠哉閒聊了。

☆

天津迦流羅很緊張，緊張得不得了。
她有個兄長很久之前就失蹤了，而這位天津覺明如今就在她身邊。
以前自己都是怎麼對待這個人的？
那現在又該如何對待他呢？
不行了，迦流羅已經分不清楚了。
她不能說奇怪的話，讓對方感到困擾。像這種時候為了避免出錯，還是應該先從露營的話題開始聊才對吧——
「覺明叔叔，你都老了呢。」
這句話讓迦流羅差點口吐白沫倒地。
那是因為在身旁的小春邊吃著羊羹，邊投下這顆炸彈。
「等、等等啦，小春!?說那種話實在太失禮，我都懷疑是自己幻聽了啊!?現在馬上跟兄長說『對不起』！若是不那麼做，小心我不給妳羊羹喔！」
「無所謂，就給她吃吧。」

不料覺明如此回應，看起來一點都不在意的樣子。

這裡是在露營地點的小屋中。那位堂兄就坐在對面的沙發上，他身上散發的氣息比記憶中的還要銳利許多。

因為上一任大神對他下令，於是他有段時間都潛伏在逆月裡。

是不是變成恐怖分子之後，每天都過著過於殘酷的日子，才會讓他變成那樣？

「祖母大人過得還好嗎？」

「是、是的！過得可真是太好了！像前陣子她就突然打我，還把我打到都撞在櫻翠宮的柱子上。」

「那是因為迦流羅大人工作到一半卻大白天睡懶覺才會那樣……」

「那不是大白天睡懶覺，是在小憩片刻！兄長，不能把小春說的話當真！」

「妳從以前開始就很喜歡白天睡覺呢。我還記得妳常常在天津家宅邸的外廊上呼呼大睡，睡到口水直流。」

「兄、兄長你真是的……！那些都是我還很小的時候發生的事吧？」

「但是迦流羅大人直到現在都還是會流口水睡覺。」

「拜託不要加進來攪局!!」

「……總之妳們看起來都過得很好，太好了。不管是迦流羅、小春還是祖母大人都一樣。」

在說這句話的時候，覺明將茶倒進茶杯裡。

「抱歉啊，我一直沒辦法回天照樂土。」

「沒關係……」

「今後我也沒辦法回去。」

這句話讓迦流羅大吃一驚，抬起頭看覺明的臉。

「我還必須設法除掉夕星。若是對那傢伙放任不管，不管是常世還是另外一個世界，全都會完蛋。」

「上一任的……是未來的我那麼說的嗎？」

「不，未來的妳主張『絲畢卡比夕星更危險』。可是如今比起絲畢卡，夕星才是更加危險的那個。那傢伙似乎藏身在某個地方，我打算繼續和尤琳．崗德森布萊德聯手，追蹤星砦的蹤跡。」

他成為朔月之後，一直在從事間諜活動。成為滿月的一員，和星砦一路作戰到今日。以大神迦流羅的預言為基礎，為了替這個世界帶來和平，他可以說是吃盡了苦頭——覺明曾經走過的路，迦流羅大致上都聽說過了。

他果然離自己很遙遠。

無論是從前還是現在，這個人都處在迦流羅伸手觸碰不到的地方。

「……兄長真的好偉大，願意為了這個世界那麼努力。」

「我一點都不偉大。」

出乎意料的是，覺明用冷淡的語氣做出回應。

「我根本沒有把世界看在眼裡。其他人是否幸福，對我來說也不重要。不管是逆月……米莉桑德……還是蓋拉・阿爾卡共和國……甚至是崗德森布萊德，對我來說都只是棋子。」

「既然如此，兄長又是為了什麼才戰鬥的？」

「……」

不知為何，對方陷入沉默。

小春這時過來跟迦流羅說悄悄話，補上一句：「我知道了。」

「覺明叔叔是為了基爾德而戰。」

「為了基爾德小姐……？」

「為了所愛之人跟恐怖分子決戰，太帥了。」

這次迦流羅覺得自己真的會死掉。

咦？是那樣嗎？原來是這麼一回事？

他是為了那個基爾德・布蘭小姐，才會不惜粉身碎骨也要作戰？

若不是變成「暗影」狀態，其他時候的基爾德的確很可愛。會激起他人的保護慾。

懂了懂了。所以兄長他才會一直沒有回到我身邊啊——啊哈哈哈哈哈哈哈。

現在不是笑的時候。

「——兄長!?你跟基爾德小姐是什麼樣的關係!?」

「基爾德……?那個人跟我是滿月的同僚。」

「請不要隱瞞!就是……那個……難道你們之間就沒有發生過什麼特別的事情……?」

「我不知道妳在說些什麼——」

覺明先是喝了一口茶,接著又繼續說下去。

「——基爾德是跟我一起排除夕星的伙伴。我們要用我們的方式,努力拯救這個世界。所以迦流羅妳身為大神,也要努力帶領天照樂土。」

「我自然是有這個打算,但是……」

「還有不要過度使用【逆卷之玉響】。目前的妳還不夠成熟,若是連續發動好幾次,將會導致無可挽回的結果。按照我的預測,再用個五到六次就會是極限了吧。」

「這我知道!雖然我都知道,但是請兄長不要轉移話題!你跟基爾德小姐之間到底有過什麼——」

「天津！發生問題了！」

那時忽然有一道激動的人聲傳來。

說人人到。來人是身上穿著黑色衣服的少女——基爾德・布蘭，她慌慌張張、跌跌撞撞地跑了過來。

「怎麼了？是找到星砦留下的痕跡了？」

「其實是……那個人……」

「那個人？」

「就是那個佐久奈・梅墨瓦……她在揮舞大劍作亂……現在已經不是露營的時候了……」

這讓迦流羅陷入極度困惑的狀態。

佐久奈小姐……？妳到底都做了什麼……？

☆（稍微倒轉一下）

看樣子另外那個世界也陷入大騷動中。因為魔核崩壞所引發的轉移事故使然，連同六戰姬在內，那些重要人物都一同消失了。

有納莉亞、艾絲蒂爾、薇兒、翎子、梅芳，還有普洛海莉亞跟莉歐娜。

另外再加上我。

各國展開首腦會議後，決定派遣搜索隊。

為了我們幾個，迦流羅和佐久奈決定投身闖進這個未知的世界。

另外還有一件事，就是搜索隊分成兩支隊伍。

以迦流羅為中心的隊伍，為了尋找我和翎子而前往南方──也就是礦山都市涅普拉斯。

以凱特蘿和比特莉娜為主的隊伍，將會前往東方搜索納莉亞和普洛海莉亞──聽說她們要前往拉米耶魯村。

薇兒她們現在在做什麼呢？身上的傷是不是已經不要緊了？

雖然絲畢卡和天津好像都說「不用擔心」，但沒有親眼確認她們平安無事，我就是放心不下。

「──能夠找到可瑪莉小姐，真是太好了。」

這裡是在湖畔。

邊吃著三明治，佐久奈面露微笑。

「我一直很擔心喔。想說可瑪莉小姐被傳送到未知的土地上，會不會一直在哭泣。」

「我是賢者，不會哭的。可是佐久奈能來，我還是很高興喔。」

「欸嘿嘿。這下子再也不需要使用跟真人同樣大小的可瑪莉人偶了……」

「嗯？？」

這時佐久奈慌慌張張地搖頭，說了一句：「沒什麼！」

就連翎子也看似疑惑地歪著頭。

人偶……？是在說那些尺寸跟我差不多大的假人嗎？她是不是拿來當成會話練習的對象？畢竟佐久奈是不擅長跟人交談的美少女。

「不、不管怎麼說，能夠再次和可瑪莉小姐說話，我都很開心。之前看到妳身上都是血的樣子，我還想說妳不知道會怎樣。」

「這都多虧有迦流羅在，還有逆月的幫忙。」

「說的……也是呢……」

佐久奈帶著複雜的表情望著湖面看。

對喔。因為逆月的關係，這個女孩曾經有過一段悲慘經歷。

那個奧迪隆・莫德里殺了她的家人，還強迫她變得像道具一樣，為他賣命。

「……可瑪莉小姐，我覺得跟逆月有所牽扯不太好。我們能不能忘了常世的事情，一起回到姆爾納特帝國……？」

「咦……」

「之所以會在這邊露營，都是為了在前往『弒神之塔』之前，找段時間做些準備——是這樣的吧？可是我們沒必要去那種地方，也不需要跟那些人一起融洽的露營。我覺得常世的事情，完全可以丟給別人去做就好。」

「那種事情我做不到。」

我能體會佐久奈的心情。

但是我不能停下腳步。

「常世這邊還有很多人身陷困難之中。若是靠我的力量有辦法幫助他們度過難關，我會想要努力看看。所以我覺得現在就只能先跟逆月合作。」

「妳無論如何都堅持要那麼做嗎？」

「嗯。」

這時佐久奈說了一句：「是這樣啊？」然後就笑了，一副很無奈的樣子。

對於這次參加露營的人，都有跟他們說明過逆月的狀況。

因此佐久奈腦海中還是能夠理解絲畢卡的想法吧。

可是那不是能夠如此輕易就劃分乾淨的事。

雖然只是間接的，但那個老是在舔糖果的恐怖分子，等同曾經害佐久奈的家人被殺。

「那我明白了。既然可瑪莉小姐那麼說，我會遵從的。」

「謝謝妳。」

「不過……若是我跟『弒神之惡』對上眼……也許會無法壓抑衝動，闖出什麼禍事也說不定……」

「咦？」

「我可能會動手殺掉對方……殺了她改寫記憶……把那個人的腦袋替換成水豚的吧。這樣也不錯。反正水豚是很乖的動物……那樣她就再也不是野蠻的恐怖分子。能夠用四肢爬行，悠悠哉哉散步……吃高麗菜和蘋果，咬得沙沙作響……喪失人類的尊嚴，她的餘生就那樣過吧……呵呵呵。」

「…………」

我的臉頰那邊有冷汗流了下來，是翎子幫我擦掉的。

這下糟了喔，絲畢卡。若是妳靠近佐久奈，會出大事的——

這個念頭才剛閃過，馬上又有其他狀況。

「黛拉可瑪莉！食材不夠了，妳可以去獵熊回來嗎!?」

「！」

一陣大到很誇張的聲音在那時敲打著我的耳膜。

有個吸血鬼就站在我背後，頭上戴著奇妙帽子，還綁著雙馬尾。

我那時親眼目睹佐久奈眼中頓時喪失光芒。

「去、去獵熊？妳在說什麼啊。」

「這附近都沒有在販賣食物的店！可是那邊有個看板寫著『熊出沒注意』！那表示森林裡面住了很多熊！」

「那又怎樣!?那種動物很危險吧!?」

「今天的餐點就決定吃熊料理！走吧走吧，我們一起去狩獵吧！」

「我看我才會變成被狩獵的那個！我只要吃翎子做的三明治就滿足了——喂，夠了喔！不要碰我啦——！」

哈哈大笑的絲畢卡過來抓住我的手臂。

若是抵抗的話，我的手可能會直接被她拔起來，所以我就只能乖乖聽話。

「那我們出發吧！還有我們手上沒武器，就赤手空拳努力吧！」

「等等，如果要食材的話，這邊有！佐久奈幫我們釣到鮪魚了！」

「我不喜歡鮪魚！若是抵抗得太過火，小心我直接把妳抓來吃喔!?就不吃熊了，來製作黛拉可瑪莉料理替代吧——」

噗嗡！

我好像聽到什麼東西劃過而引發的風聲。

感到不可思議的我抬起臉觀看，就在那瞬間——

我看見一顆拳頭揍到絲畢卡的臉上。

「啊？」

這一拳揍得很用力。

絲畢卡的身體變得像竹蜻蜓一樣，轉著轉著就飛走了。紅色的糖果還從她嘴巴噴出來，掉落在地面上。翎子那時按住嘴巴屏住呼吸——接著我看見很驚恐的畫面。

那就是佐久奈處在揮出拳頭的姿勢下靜止不動了。

一定是這女孩狠狠揍了絲畢卡無誤。

「——『弒神之惡』小姐，我覺得使用暴力是不對的。」

不不，先暫停一下。

這也發生得太過突然了吧——我當下陷入震驚狀態，然而在下一刻……

「嘶咚！」一聲，絲畢卡像隻貓一樣著地。

「妳是佐久奈・梅墨瓦吧？突然對人行使暴力，不會太失禮了嗎？」

絲畢卡臉上連一點傷痕都沒有留下。

我看那傢伙大概也是某種怪物。假如被揍的是我的臉，那我看早就跟爆米花一樣炸開，人都已經死了。佐久奈的拳頭可是強大到那種程度。

「失禮？對可瑪莉小姐做出那麼過分的事情，這種人有資格說那種話嗎？」

「我又還沒做！接下來才要讓她去跟熊作戰耶!?」

「但是妳早就已經在做了吧。也不想想因為妳的關係，可瑪莉小姐都差點沒命幾次了？不是只有可瑪莉小姐而已。還有薇兒小姐、納莉亞小姐和迦流羅小姐。甚至是我的父親、母親跟姊姊也都……」

佐久奈用力握住剛才那隻鮪魚。

從指間冒出來的寒氣把那個鮪魚凍得硬邦邦。

緊接著那就變成一把大劍了。

她用劍尖指著絲畢卡，同時開口說了這麼一句話。

「這是我最後的魔力……要用來守護可瑪莉小姐。」

「先、先等等，佐久奈！其實這傢伙並不是真心要那麼說的。」

「妳這是在庇護恐怖分子嗎？」

「嗚！」

我沒有打算庇護她。可是自己人鬧分裂不太好。

佐久奈對於我的猶豫不決毫不在乎。

「請妳乖乖束手就擒吧。」

扛起那個冷凍鮪魚，佐久奈在大地上蹬了一下。

接著就展現足以媲美疾風的速度，朝著絲畢卡砍過去。我看這下完蛋了——就在我產生放棄心態的下一刻，一陣衝擊波伴隨著「滋鏘——！」一聲，在周遭這一帶引發轟然巨響。

那是佐久奈的鮪魚和絲畢卡的拳頭發生劇烈碰撞的關係。

現場突然颳起一陣狂風，我用手擋住，同時大聲吶喊。

「這、這下糟了啊，絲畢卡！會被做成水豚的！」

「啊、哈、哈、哈！是想要跟我玩嗎!?那就放馬過來吧！」

被挑釁的佐久奈使出渾身解數釋放一擊。

然而那一招被絲畢卡華麗迴避掉。鮪魚打在湖畔的長椅上——接著那張長椅就被粉碎掉了。

「唔哇啊啊啊啊啊啊！」

「不可原諒……！請不要再接近可瑪莉小姐！」

「黛拉可瑪莉跟我是合作關係！就連她本人都同意了啊！」

「就算是那樣……就算是那樣，妳也該去死!!」

佐久奈和絲畢卡頓時展開一場令人眼花撩亂的攻防戰。

那隻鮪魚被人「噗嗡噗嗡」地揮轉著。相對的絲畢卡用俐落的身段化解佐久奈的攻擊。柴薪堆成的山遭到破壞，科尼沃斯發出尖叫聲。就連特利瓦準備好的燒烤套餐也被打散，飛向四面八方。

「公主大人，若是您可以再稍微安靜一點，那樣對我會很有幫助……」

「特利瓦！這個女孩很恨我！好困擾喔！」

「是跟七紅天奧迪隆・莫德里鬧出來的事件有關吧？那種思想淺薄的虐殺行為，明明就會成為製造麻煩的種子……都怪我們沒有管好他。」

「連你也在責備我嗎!?但逆月或許真的在某些層面上做得太過火了吧——」

「凍結吧。」

「!?」

絲畢卡在這時停下腳步。應該這麼說，她的腳跟已經被凍成硬邦邦的了。在地面上瀰漫的寒氣全都纏繞到她身上。

「是魔法……」

「『這是最後的魔力』——剛才那些只是在做假動作罷了。」

佐久奈帶著滾滾殺意衝了過去。

再這樣下去，絲畢卡會被殺掉。

雖然她是理所當然該被人殺掉的恐怖分子，但是——

「都結束了。」

那隻鮪魚被人用很猛的力道揮動。

絲畢卡連動都沒動，或許她是沒辦法動也說不定。

鮪魚打出的一擊敲在她的腹部上。

連帽子都打飛出去了。那具小小的身體在地面上滾了好幾圈，最後她在樹根那邊蹲倒，然後就停下了。

「喔哇!?公主大人!?妳是死掉了嗎……!?」

腳踢到柴火的科尼沃斯朝絲畢卡靠了過去。

這是怎樣？佐久奈是怎麼了？是不是被戰鬥民族之魂附身了？

不對……或許那不能怪她。

因為對佐久奈來說，絲畢卡等同仇敵。

「……我不會殺妳。就做到這裡為止，我放過妳了。」

然而那個銀白色的美少女卻說出這種話，還把鮪魚扔掉。

在不知不覺間，她的雙眼又變回散發理性光芒的狀態。

「佐、佐久奈？這樣就夠了嗎……？」

「我想可瑪莉小姐大概會這麼做吧。再說如今正是我們該跟逆月合作的時候，晚點再來做個了斷。」

絲畢卡倒下了，露營地點遭到破壞，佐久奈毫髮無傷地站在那兒——這已經不是「好猛」就可以形容的了。聽說平常性情溫厚的人一旦生氣起來，就會變得很恐怖，但我覺得這已經超乎限度了。

「可瑪莉小姐，請妳要小心那個人。」

「唔、唔嗯！我有在小心啊！」

「若是出什麼事，請妳要記得跟我說。到時我會幫忙取她性命的……」

「…………」

我跟翎子就別提了，就連特利瓦和科尼沃斯臉上的表情都像在說「真的假的」，人整個都僵住了耶？

這個時候絲畢卡忽然開始「咳咳咳」地咳嗽。

看來她似乎還活著。

「咳咳……啊啊～還挺痛的。原來妳那麼孔武有力呀。」

絲畢卡用倒凹型的姿態撐起上半身。

她的嘴角流下一條紅色血絲。

「……難道妳還要打嗎？」

「沒有，在這邊殺了妳也沒什麼意義。」

絲畢卡從懷裡拿出糖果，含在嘴巴裡。

接下來她又說了些話，聲音的語調比平常低了幾分。

「看在某部分人的眼中，我是應該被殺掉的邪惡存在。這些我都很清楚。所以我不會對妳反擊——剛才這一擊，就當我甘願承受吧。」

「絲畢卡……？妳是不是吃到什麼奇怪的東西了？」

「我原本就是這樣的人。為了達成理想，犧牲是必要的。可是被犧牲的人會想要復仇，我沒有權利去否決這份復仇之心。自從我選擇走上這條路，從那時開始就做好被殺掉的覺悟……也已經做好赴死的覺悟了。」

不，一開始她給人的感覺應該不是這樣。

我看絲畢卡果然也有點改變了。

或許是因為涅普拉斯事件——因為芙亞歐當時的努力，對她造成影響也說不定。

佐久奈在這時用不悅的表情盯著絲畢卡看。

「……難道說——妳是故意接下攻擊的？」

「怎麼可能！只是因為妳的那道攻擊已經超越我的迴避能力罷了！話說原來逆月曾經網羅過這樣的人才呀，損失這樣的人才，我甚至都覺得惋惜了。」

絲畢卡這時笑咪咪地靠了過來。

難道是為了報仇，也想要出拳打人嗎!?——為了保護佐久奈，我擋在她前方，擺出迎戰的架勢。然而絲畢卡卻說出讓人出乎意料的話。

「我說黛拉可瑪莉！這個孩子能不能給我!?」

「……？」

「因為發生吸血動亂的關係，逆月這邊欠缺人才！那都是妳的錯！妳要負起責任，把那孩子交給我吧！」

「請、請別這樣……！」

絲畢卡推開我，靠近佐久奈，更誇張的是，她還開始像隻貓一樣，用臉頰摩擦佐久奈。這個人到底是長著什麼樣的神經啊，明明剛才還跟人家互毆。連佐久奈現在都鐵青著臉，一副不知所措的樣子啊。

「走開啦！佐久奈看起來就覺得很不舒服啊！」

我推開絲畢卡，將佐久奈搶回來。

為了守護她，讓她遠離恐怖分子的魔爪，我緊緊抱住佐久奈，佐久奈接著便「啊哇哇哇哇哇哇哇哇哇哇哇!?」地發出怪叫聲，變得滿臉通紅。雖然我覺得莫名其妙，但是變得慌慌張張的佐久奈也很可愛。剛才那個凶暴的佐久奈一定是一場白日夢。

「佐久奈是屬於我的！絕對不會交給妳！」

「可瑪莉小姐……!?」

「但是那個女孩原本就是逆月的人啊？我這個前任擁有者主張自己有那個權利，哪裡不對了？」

「但是妳應該考量到對方的心情！妳跟別人拉近距離的方式很奇怪。那樣是交不到朋友的。」

絲畢卡的眉毛在這個時候動了一下。

「……原來妳還有朋友啊。」

這句話刺痛了我的心。

「我……我有啊！佐久奈就是朋友！對吧佐久奈!?」

「咦？啊，是的。可瑪莉小姐對我來說是很重要的人。」

「妳看吧，絲畢卡！佐久奈是絕對不會回那個什麼逆月的！」

「喔是嗎？」

讓人意外的是，絲畢卡打退堂鼓打得很乾脆。

總覺得她臉上的表情飄蕩著一種奇妙的哀愁感——不對，那一定是我想太多了。那個天真爛漫又凶惡的「弒神之惡」，怎麼可能會覺得「被佐久奈甩掉好落寞」。

「公主大人，我在想也差不多該為晚餐做準備了。」

「的確是，特利瓦。那就先不吃熊了。」

這時露營小屋那邊傳來一道聲音，對方在說：「佐久奈小姐!?妳這是在做什麼啊～!?」原來是迦流羅和基爾德聽到外面的騷動聲，這才趕來這邊。

沒把這幫人看在眼裡，絲畢卡開口說話了。

「現在這個時間點正好吧。大家可以好好休息一下——等一下我們吃晚餐的時候，讓我為今後的方針做個說明吧。我要解說的，將是能夠替常世帶來安寧的壯大計畫。」

「我好像有不好的預感。」

「沒問題啦！到時會讓黛拉可瑪莉大力賣命喔！」

「『工作』這種字眼可不適合我……」

自從來到常世之後，已經過了一個月——似乎進入絲畢卡計畫的最後壓軸階段。

總而言之，目前還是跟絲畢卡通力合作好了。雖然能體會佐久奈的心情，但為了替常世帶來和平，這個恐怖分子的力量是不可或缺的。

「……？」

就在那個時候，我忽然感應到一股奇妙的視線。

佐久奈若無其事地過來抱住我，就在她的背後——

好像有某個沒見過的人，從湖的旁邊通過……？

☆

太陽下山了。

「只要蒐集魔核，常世就會變得和平……這樣的說法可以採信吧？」

「那當然！妳應該也明白魔核有多麼厲害啊!?但說得更正確一點，應該是要透過魔核救出『巫女姬』，世界才會變得和平起來。」

「原來如此。」

迦流羅在那時低頭看了手邊的鈴鐺一眼，同時點點頭。

我則是看著越烤越熟的肉，一直沉默不語。

若是說到露營果然還是少不了烤肉。就連我很喜歡的小說《安德羅諾斯戰記》也曾經出現在野外烤肉的場景，我私底下對此抱持憧憬。原本想說那個是跟家裡蹲無緣的活動，都已經放棄參與了，但人生中還真不曉得會發生什麼事呢。

「可瑪莉小姐，這邊這個好像已經烤好了。」

「真的嗎!?謝謝。」

翎子用筷子夾住肉，把肉放到我的盤子裡。

那是烤到有點焦的豬肉。光只是看著，肚子都變得好餓。

另外還有一點，那就是這附近就有在販賣食材的店鋪。絲畢卡剛才說：「要去獵熊！」好像只是在玩我，想要看我陷入困擾。可惡。

「我要開動了～」

我張嘴一口咬下。

來。

當我把熱呼呼的肉含在嘴裡的瞬間，那股香噴噴又濃厚的滋味就逐漸瀰漫開

啊啊……也太美味了……疲勞感都沒了……露營真是太棒了。

「可瑪莉小姐，我來餵妳吃吧。」

佐久奈這時說了一聲：「啊～」，拿了紅蘿蔔給我。

我毫不猶豫地咬下。這個也好好吃。感覺好像不管多少都吃得完。

兔子都很喜歡紅蘿蔔，我好像開始能夠明白兔子的心情了……

「青椒也很好吃喔，請用。」

「翎子小姐，不行啦。可瑪莉小姐很討厭青椒。」

「原來是這樣啊？那就吃這邊這個洋蔥好了——」

待在我兩側的佐久奈和翎子會無限供應食材給我。

有肉、洋蔥、鮪魚、香菇、紅蘿蔔、鮪魚、香菇、香菇、肉、鮪魚、香菇、玉蜀黍、鮪魚、肉、南瓜、肉、香菇、鮪魚、香菇——

感覺鮪魚和香菇好像太多了，但那不是什麼大問題。

因為這實在太好吃了。

佐久奈和翎子餵我吃的燒烤最棒了。

可是只有我在吃會覺得過意不去……想到這邊的我轉頭看佐久奈。剛才那些好

像是我在杞人憂天。因為她是交替餵我和餵她自己。

那翎子這邊怎麼樣了？唔嗯，看樣子這邊也不需要擔心。她把我餵食完之後，會特地去拿別的筷子，夾取茄子和香菇。

「黛拉可瑪莉……妳的朋友都是一些怪人呢。」

待在翎子隔壁的梅芳在這時小聲說了一句。

跟之前那個時候相比，她的臉色已經好很多了。之前被關在星洞的棺材裡，曾經流失過體力，但是在湖畔休養的這段期間，她已經復原到可以順利走路的程度。

「……奇怪的人？好吧的確，平常都被一些變態圍繞，可是現在不一樣囉。」

「當然我覺得翎子一點都不奇怪。可是那邊的傢伙就……不，沒什麼。」

聽到對方說沒什麼，反而會讓人介意。

但我還是不要想太多，開心享用烤肉好了。

就在那時我不經意和待在金屬網上的青椒對上眼，青椒看起來好寂寞。

換作是平常，我絕對不會吃。

不管怎麼說我就是沒辦法喜歡上青椒的苦味。

但如果是這顆青椒——

「……我想要挑戰吃青椒。」

「可瑪莉小姐!?」

這句話讓佐久奈驚訝地睜大眼睛，人還站了起來。

我懂她的心情。因為我至今為止可是都一直頑固地避開青椒。

「這、這樣沒問題嗎……？不會太早了嗎……？」

「佐久奈在替我擔憂，這份心意我心領了。可是人就是要接受挑戰，才會有所成長。我總覺得若是不好好面對青椒，就沒辦法成為真正的大人。」

「可瑪莉小姐……！可瑪莉小姐果然是個很厲害的人……！」

「這裡有水。若是覺得太難吃，可以拿去喝。」

翎子趕緊替我準備杯子。

那這下子——退路就斷了。

給我等著，綠色的惡魔。終於來到做個了斷的時刻了。

我當下心跳加速，筷子朝著青椒逐步靠近——

「趕快吃啦!!」

「噗哇啊啊啊啊啊啊啊啊啊啊啊啊啊!?」

那時突然有人拿著一大把青椒塞到我的嘴巴裡。

翎子和佐久奈都發出悲鳴聲，嘴裡叫著：「可瑪莉小姐！」但是我根本沒空管那個。讓人絕望的苦味甚至都滲透到腦子裡了。我不停咳嗽，當場癱軟下去。

青椒的碎片則是從嘴巴裡破破爛爛地掉出來。

而我的憤怒也已經多到能夠巡迴整個宇宙了。

這是怎樣……都還是生的吧!!是想要殺了我嗎!?

「絲、絲畢卡——!!妳是惡魔喔———!!」

「都是因為妳沒在聽我說話，才會變成這樣啦！我都特地為今後的方針作說明了，妳那樣未免太過分了吧！就那麼想跟女孩子搞曖昧啊!?」

「我才沒有跟女孩子搞曖昧！啊——我決定了啦！這陣子都不要吃青椒了！這都要怪妳！是妳害我跟青椒的關係破裂！」

「為了區區的青椒煩惱，挺可愛的！那些待在常世的人們明明都還在為戰亂受苦！」

「…………………」

聽到絲畢卡那麼說，我就只能變得像顆石頭一樣，頓時陷入沉默。

的確，或許是我太放鬆了。我要稍微反省一下。

這時迦流羅用很認真的表情看著我，開口說了一句：「可瑪莉小姐。」

「我都已經從絲畢卡小姐那邊聽說事情原委了。做過綜合判斷後，我覺得必須平息常世的戰亂。因為那跟我們的世界也並非毫無關聯。」

「這是什麼意思？」

「常世的戰亂是被星砦挑起的。他們好像藏身在某個地方，但是根據推測，那似乎只是要毀滅常世的前階段行動。等到常世被毀滅，接下來大概就會輪到我們的世界。」

迦流羅說得沒錯。

雖然被毀滅的順序——這我不是很有概念，但事實上星砦的尼爾桑彼就有在蒐集魔核，而且還做過一些壞事，務必要給那些傢伙的計畫來個當頭棒喝。

「因此我們必須和逆月聯手。拯救常世的具體方法，就只有絲畢卡小姐知道——」

「天津迦流羅是個明理人呢！真不愧是天津覺明的堂妹！」

迦流羅這時紅著臉低下頭。另一方面，另外那位天津先生則是默默地看報紙。

就連小春把他的肉一個接著一個奪走，似乎也不太在意的樣子。

「若是想要拯救常世，那就要蒐集常世的魔核。這我已經說過很多次了。」

「那現在已經蒐集幾個了？」

「兩個啊！一個是我從阿爾卡軍隊那邊回收的，另一個是芙亞歐從特萊梅洛・帕爾克史戴拉那邊奪來的。」

那就是說還有四個？聽了都快讓人昏倒了吧？

然而絲畢卡卻信心滿滿地笑著回應：「沒問題啦！」

「星砦承認他們戰敗，已經跑去躲起來了。我們只要把魔核找出來再回收就可以了。」

「就算妳說要找出來好了……但妳知道那個東西在哪嗎？」

「就是我把那六個魔核藏在特定地點的，我知道約略的位置在哪。雖然大部分都被星砦找到就是了。」

原來是妳隱藏魔核的啊？——都還沒有說出這句話吐槽，絲畢卡就拿出地圖，指著上面的某個點。

那個位置跟這個露營地點有一小段距離。

還是一個城鎮，距離「弒神之塔」算是滿近的。

「這是完全中立國『神聖雷赫西亞帝國』，也是常世的神聖教大本營。涅普拉斯知事府地下有隱藏一些資料，那些資料上寫著星砦在這六個魔核之中，已經得到四個了——而且還把那些全都借給傀儡國家，想要挑起戰亂。」

「那剩下那兩個呢？一個是埋在星洞裡的，另一個是……」

「另一個被安置在這個神聖雷赫西亞帝國裡頭。這個地方的魔核，我用有點特殊的方式隱藏起來，就算那幫人來了也沒辦法輕易找到。」

也就是說我們接下來要去的下一個目的地，就是這個「神聖雷赫西亞帝國」嗎？但是先從容易回收的魔核開始回收，這樣或許會更好吧。

「那從這邊啟程，大概要花多久的時間？我已經很累了，不想走太多路。」

「基爾德・布蘭有帶【轉移】用的魔法石！是滿月準備拿來用於緊急逃脫用的。轉移過去的地方則是存在於常世各地的休憩點，雷赫西亞附近好像也有。這次就來利用那個轉移點吧！」

「哦～……」

那就代表我不用擔心會搞到肌肉酸痛是吧？

這個時候我忽然想到一件事。

「……咦？這裡距離拉米耶魯村好像很近？」

「對啊，神聖教那幫人若是不把根據地放在世界的正中央，他們就覺得不痛快，那些人就是這麼小鼻子小眼睛。就連另外一邊的聖都雷赫西亞也設在核領域中央不是嗎？」

關於宗教，我根本沒留下任何美好回憶，就只有被聖職者和聖騎士團追殺的記憶……但那些全都是眼前這位前教皇大人的傑作就是了。

不對，現在先別管那個。

「既然是在拉米耶魯村附近，那就代表或許能夠跟薇兒她們重逢。」

「搜索隊有分出一半的人前往拉米耶魯村。不曉得她們那邊是否安好……」

「總而言之！這代表我們的前途一片光明！常世的魔核並沒有受到各國保護。不用像以前待在另一個世界一樣，還得跟黛拉可瑪莉作戰，可以輕鬆搞定喔！」

事情就如絲畢卡說的那樣。

雖然這次我們變成覬覦魔核的那一方，讓人的心情好複雜，但既然知道地點在哪，做起來就沒有那麼難了吧。畢竟身為我們競爭對手的星砦都撤退了。

既然決定要那麼做，那我們就不惜粉身碎骨，也要努力一番。

這都是為了實現世界和平。

「來吧，明天就出發！今天大家好好享受這場宴會！特利瓦，肉已經不夠了，你去狩獵熊吧！還有科尼沃斯，不用再放香菇了！小心我殺了妳！好了好了，天津，晚餐時間還在看報紙，眼睛會看壞吧!?」

那時絲畢卡開始用過分有朝氣的聲音大聲嚷嚷。

最近我發現一件事。

雖然失去芙亞歐，但是絲畢卡的舉動又變得更加外放了。

也許那種大到誇張的嗓門也是一種故作堅強的表現吧。

每當這傢伙失去伙伴，她是不是都會像那樣，逼自己表現得更陽光？

我會覺得她有點像在自暴自棄，希望是我多心了。但現在我還是先來享受這些燒烤吧——我展露出自己的慾望，正準備對金屬網上的肉下手。

這時我忽然看見某個人站在絲畢卡背後。

那是擁有一副健壯身軀的男人。

年齡好像比天津還大。種族是和魂種——不對，應該是神仙種吧。他身上各處都捲著像帶子一樣的東西。那個大概是用來捆綁犯人或類似對象的帶子吧。不管怎麼看，我都不覺得這個人是什麼好人。

「喂，絲畢卡！那個人是誰……？」

「咦？在說什麼啊？」

「——絲畢卡・雷・傑米尼，我要逮捕妳。」

對方的聲音宛如岩石般沉穩。

這話讓絲畢卡吃了一驚，她轉頭看了過去。

在場所有人全都表現出「現在才發現」的樣子。

緊接著——都沒人來得及做些什麼，那個男人的動作更快，從他手上伸出來的「針」已刺進絲畢卡的手中。特利瓦在那時放聲大喊：「公主大人！」可是那個針好像不是用來殺掉絲畢卡的東西。

與其說那個是針，倒不如說更像是注射器。

「快點放開公主大人。」

烈核解放【大逆神門】發動了，那是能夠讓物體瞬間移動的能力。

可是傳送過去的刺針卻刺在桌子上，發出好大的「嘶咚」一聲。科尼沃斯不負責任地責備他，嘴裡說著：「瞄準一點啦，笨蛋！」特利瓦在那時發出一聲：「嘖。」

手裡緊緊握住刺針。

這次他維持那樣的姿態在大地上蹬了一下，朝著那個男人襲擊過去。

就在那瞬間，那個男人好像輕聲說了些什麼。

「殲滅外裝04——《縛》。」

接著他衣服內側就飛出大量的「帶子」。

「什麼!?」

那些帶子將特利瓦的身體都包覆住，才短短一下子就把他捲起來了。

咚鏘!!——被捆起來的特利瓦將燒烤用的金屬網架弄翻，同時倒了下去。

無論是我還是翎子也都跟著發出悲鳴聲，連身體都翻倒了。

迦流羅則是在那邊大叫：「好燙！好燙！」到處跳來跳去。

好像是噴飛出去的烤肉滑到衣服內側的關係。這個男人在搞什麼啊——感到戰慄的我重新面對那個男人。

「你、你是誰呀!?既然要襲擊，就應該事前告知啊!?」

「我是『天文臺』的愚者04——劉・盧克修米歐，是前來處分絲畢卡・雷・傑米尼和黛拉可瑪莉・崗德森布萊德的人。若是事先聲明，那就喪失偷襲的意義了。」

…………

……

……又出現新的殺人魔了耶!?

這些人是怎樣啦!!竟然陸陸續續跑來殺我!!——不對，先等一下。這傢伙口中的「天文臺」和「愚者」，我好像曾經聽說過。

「——對喔，你們不就是絲畢卡說過的六百年前那幫人嗎!?」

「我不會讓你對可瑪莉小姐出手的！」

佐久奈在這時握緊魔杖來到前方。

妳有這份心，我很開心。雖然感到開心，但是我卻一直心臟狂跳。

那個可疑人物不管怎麼看都很不尋常。應該是跟絲畢卡有過什麼淵源的人吧。

此外——那個當事人絲畢卡則是渾身無力地趴在地上。

「唔……這是……什麼……難道這個是……太陽……？」

看來她全身都變得軟趴趴的，好像使不上力。

一定是剛才那個注射器對她注入了什麼東西。

被人五花大綁的特利瓦在大聲吼叫。天津的手都已經放到刀柄上了，一直在觀望敵人的動向。至於科尼沃斯，她已經開始動手收拾東西，那感覺就像是「不去觸怒神明就不會遭天譴」。喂，那傢伙可是打算逃跑啊。

「覺得怎麼樣，是不是很難受？」

那個男人——盧克修米歐並沒有像個戰勝的人一樣，表現出得意洋洋的樣子，

© riichu

只是如此淡淡地說著。

「對妳注入的東西，那是古老吸血鬼最難以抵抗的太陽能量。而且這種祕藥還是濃縮了幾萬倍製成的，換句話說，這是可以用來對付絲畢卡・雷・傑米尼的特效藥。」

「是嗎？原來是這樣……」

原來是這樣是哪樣？我完全不能理解。

可是我知道絲畢卡正面臨危機。

那時天津發出一聲「喂」，用帶著警戒意味的語氣問話。

「你是天文臺的盧克修米歐是吧？到底是從哪邊闖進來的。搜索隊的人應該有在輪流替露營地警戒才對。」

「其他那些人都被抓起來了，來這裡的可不是只有我。還有從其他國家借來的軍人，那五百人也跟我一道過來了。」

「……你的目的到底是什麼？」

「就像剛才說的那樣，要來處分絲畢卡・雷・傑米尼跟黛拉可瑪莉・崗德森布萊德。這兩個人為世界帶來諸多混亂——那些混亂甚至足以動搖用魔核打造出來的秩序。」

盧克修米歐惡狠狠地瞪視倒在地上的絲畢卡。

就在那個時候，我看見難以置信的東西。

雖然只有一瞬間，但是絲畢卡的眼中浮現出恐懼色彩。

「這是在接續六百年前的事，常世並不是能夠容許妳這種人擾亂的地方。」

「唔──」

不是我想太多。

那個絲畢卡──那個絲畢卡正在發抖。

就只是被這個謎樣的男人瞪視。

「呵呵……呵呵呵……原來是那樣啊……！還活著是嗎？……都已經過六百年了……未免也太頑強了吧……！」

「『一旦魔核面臨危機，我們就會復活。』──第一世界的魔核被做了這樣的設定。『柳華刀』壞掉了。因此為了殺掉萬惡的元凶，我才會現身。」

「啊、哈、哈、哈……！就連蟑螂也都比你們弱那麼一點吧……原來事情是這樣。就像當初陷害『那西利亞』那樣……就算過了六百年，你們還是……！」

絲畢卡在這時「唔努！」地呻吟一聲。

那是因為盧克修米歐抓住她胸口的衣服，把她提起來的關係。

「住口，妳是殺了許多人的犯罪者。在這裡的人也跟妳同罪。」

「──」

絲畢卡如今飛到空中去。

咚鐮！——那具小小的身軀被人砸到桌子上。

青椒和洋蔥都飛散開來，我慌慌張張地跑到她身邊。

「絲畢卡！妳還好嗎……!?」

「咳咳……呵呵……呵呵呵……我的身體沒辦法隨心所欲行動……」

「到底怎麼了啊!?妳不是超強的嗎!?」

「其實我……跟妳一樣，都在隱藏實力……真實身分是運動神經不好，連魔法都沒辦法使用的最弱吸血鬼……」

「原來是那樣！？！？」

「假的啦……」

「這種時候不要說謊啦!!」

但是這下就確定了。

這個男人是敵人，而且擁有能夠輕易讓絲畢卡屈服的力量。那現在到底該怎麼辦——正當我慌了陣腳時，盧克修米歐的衣服內側再度有一些帶子猛烈地襲擊過來。

「接下來換妳，黛拉可瑪莉・崗德森布萊德。」

「唔哇啊啊啊啊啊啊啊啊啊啊!?」

「可瑪莉小姐！危險啊！」

佐久奈打算朝那些帶子揮出拳頭攻擊，可是她的手一下子就被帶子纏上了。不管灌注多大的力量都甩不開——於是她全身上下就這樣被綁了好幾圈，還被倒吊起來。

「唔……這、這是什麼……!?」

「佐久奈!?我現在就去救妳……！」

「等等，黛拉可瑪莉！那個恐怕是特級神器！」

科尼沃斯在這時大喊出聲。

「而且還散發跟魔核相同等級的異樣氣息！隨便觸碰可能會很不妙啊！不對，若是出現很不妙的情況，那樣還可以採取數據，或許不錯……」

「說對了，殲滅外裝就是要讓這個世界不會發生變革的究極兵器。」

盧克修米歐拿別的帶子射過來。

我連靠近佐久奈都辦不到，而是搖搖晃晃地踏了幾步。

「等——等等！我們可以先聊聊啊！這裡還有很多肉，你要不要也吃一些!?甚至還有青椒喔!?」

「我不餓，而且我們也沒有對談的必要。」

「有那個必要吧！我對所有事情都還一無所知耶！」

「事情的來龍去脈，絲畢卡・雷・傑米尼都知情。用不著讓我特地再講一次。」

「你跟絲畢卡之間到底發生過什麼事!?」

「那個小姑娘想要加害世界。妳也一樣——所以要處分妳們。」

看來對方根本不打算傾聽。

那些蠢動的帶子瞄準我殺了過來。

佐久奈和翎子都在尖叫，大聲喊著：「可瑪莉小姐！」

其他人也都被帶子追殺，害我沒辦法跟他們求助，而且我還忘記要準備裝血液的小瓶子。雖然是那樣，我現在又沒辦法去找別人吸血。

怎麼辦！怎麼辦！怎麼辦！

「！」

那些帶子逼至眼前了。

想說這下完蛋的我閉上眼睛。真沒想到我要被這種連打招呼問候都不給機會的殺人魔幹掉。剛才因為有烤肉吃就高高興興的我好像笨蛋一樣。

帶子的前端觸碰到我的肌膚了。

就在那瞬間——

啪唧————————!!

不知道為什麼，帶子全都粉碎破散掉。

感到驚愕的我睜開雙眼。科尼沃斯口中的「特級神器」全都變成光之粒子，朝著四周散去。

「什麼……無敵的殲滅外裝居然……!?」

這下換盧克修米歐瞪大眼睛。

怎麼了？發生什麼事情了？——感到不解的我看了看四周。

不知不覺間，就連那些在襲擊伙伴的帶子也都散掉了耶。

「妳……剛才做了什麼？」

「我做了什麼……我就只是毫無防備地站在這裡啊？」

盧克修米歐在這時恍然大悟地一僵。

「……原來如此，莫非是那樣。」

「那樣是哪樣……？」

「殲滅外裝在設定上會對『銀盤』的血族起不了作用。『崗德森布萊德』……之前怎麼都沒注意到——噗吥!?」

盧克修米歐的身體在這時橫向摔倒。

是因為佐久奈用右直拳狠狠打中他臉頰的關係。

那個銀白色的美少女在揮出拳頭的同時，還用很低沉的聲音低語。

「不可原諒。我們難得舉辦那麼開心的烤肉大會……」

「等、等等——」

「就跟佐久奈・梅墨瓦說的一樣。」

特利瓦在那時站了起來，開口如此說道。

「這是侮辱公主大人的懲罰，要讓你吃點苦頭。」

透過【大逆神門】轉移過去的刺針刺中盧克修米歐的大腿。這次好像準確命中了——對方發出粗壯的「咕哇啊啊啊！」慘叫聲。

可是他立刻調整好姿勢，又朝我方人馬襲擊過來。

他手中握著銳利的短刀。

「至少要把黛拉可瑪莉・崗德森布萊德給……！」

「束手就擒吧。」

「唔呃！」

此時天津發動他的掃堂腿，這個盧克修米歐三兩下就被弄倒了。

佐久奈和特利瓦趁機跑過去，對那個動彈不得的愚者施加毫不留情的追擊。像是毆打他，或是用腳踢重要部位，用魔杖前端不停挖戳他身上的經穴，再不然就是用刺針刺他的腦門。

「咕……啊啊啊啊啊啊啊啊啊啊啊！！你們給我住手——……！！」

那個盧克修米歐痛苦掙扎，可是另外這兩個人完全不打算收手。

我嚇個半死，一直盯著這場凌虐秀看。

「那是怎樣，這種情況我已經有看沒有懂了……」

「可瑪莉小姐，我是不是也參加一下比較好……？」

「不用沒關係!!那種事情不適合翎子做!!」

「唔、唔嗯。」

這時迦流羅跟天津搭話，說了句：「兄長。」她好像搶到肉了。

「兄長你是不是知道些什麼？那些人自稱是『天文臺』的愚者。」

「我不清楚，也沒有聽大神迦流羅說過。是不是因為改變世界的關係，產生這方面的扭曲現象……不管怎麼說，都不能對那些人置之不理。」

「說得也是，那我們就把他抓起來——去吧小春！現在敵人很衰弱，正好是個機會！妳去解決他！」

「咦，我沒辦法……」

這話害迦流羅滑倒。

「妳是說沒辦法嗎!?為什麼!?」

「因為現在沒空做那個，有軍隊打過來了。」

「軍隊？」

就在這一刻，露營地點被一陣衝擊力籠罩，就好像發生地震一樣。

而且還伴隨無數的軍靴踩踏聲。大吃一驚的我轉頭張望。

就在黑暗的彼端，有一群身上穿著軍裝的男人邊發出歡呼聲邊跑過來。那些——肯定是剛才盧克修米歐口中說的「從其他國家借來的五百名軍人」。

「奇襲作戰失敗了。但總不能在沒做出成果的情況下空手而歸……」

「你在說什麼啊？是想被殺嗎？」

佐久奈在那時抓住盧克修米歐胸前的衣服，朝著他如此質問。

這個渾身是傷的愚者冷靜地發出一聲「哼」，像是在嘲笑對方。

「應該被殺掉的，是那些破壞秩序的人。不管是絲畢卡還是黛拉可瑪莉，都必須消失。」

「這是在危言聳聽……」

「喂，佐久奈！快逃吧！好像有很多敵人打過來了！」

「但、但是可瑪莉小姐，我覺得有必要在這裡將敵人解決掉。」

「不要說那麼可怕的話！我們已經抓到那傢伙了，快逃吧！」

「明白了——呀!?」

盧克修米歐又再度讓帶子擴散開來。

看樣子剛才那陣攻擊還不至於將帶子破壞殆盡。

那些帶子會閃避我，去攻擊其他的伙伴們。

而且光只是這樣還沒完。

那些拿著武器的大軍都打過來了，氣勢就跟雪崩沒兩樣。

有一大堆殺人魔踢散烤肉道具，朝著這邊衝過來。我的伙伴們忙著應付帶子，根本沒心思去管那些人。而我又是這麼手無縛雞之力，就只能眼睜睜看著肉和洋蔥灑落在地面上。

怎麼能夠放任他們胡作非為！

「可惡！既然這樣，我就要用烈核解放——」

「各、各各、各位！我、我已經來了，大家可以放心了！」

就在那個時候，有人朝我們大喊，雖然這道聲音聽起來有點內向。

一名身穿黑色衣服的少女從露營小屋那邊急匆匆地跑過來。

「基爾德!?妳之前跑到哪裡去了!?」

「咦？就是……因為我太陰暗了，所以沒辦法來參加烤肉大會……」

「基爾德好像一直在露營小屋那邊喝橘子汁!!一個人喝!!」

這句話是小春用很大的音量說出來的。

基爾德的臉跟著紅了起來，高聲喊著：「那、那那那、那個不是很重要！」

「我拿了很多魔法石過來！敵人好像擁有對付絲畢卡．雷．傑米尼的特效藥！照這樣看來，他們不可能沒有準備專門用來應付【孤紅之恤】的對策！」

仔細看才發現她雙手都抱著閃閃發亮的石頭。
說到魔法石，給我的印象就只有會爆炸而已。
為了準備迎接即將到來的衝擊，我像隻烏龜一樣縮在原地。
「所、所以才要用這個！大家快趴下——噗啊!?」
這時基爾德滑了一跤。
那些魔法石全都散落一地。而且更可怕的是，所有的魔法石都已經進入發動狀態。
比我更早趴下的迦流羅發出驚愕的悲鳴並喊了一句：「基爾德小姐!?」
這下也沒辦法取消了。
散落在各處的魔法石毫不留情地擴散魔力。
可是那些並不是爆炸魔法。
現場爆出一道強烈的光芒。周遭所有的景色都被魔力覆蓋。
這個是……【轉移】用的魔法。
是不是剛剛絲畢卡說到的「緊急逃脫用魔法石」？
「休想逃……！」
全身是傷的盧克修米歐把帶子射過來。
可是我的身體已經被轉換成光之粒子了。

可瑪莉小姐!?可瑪莉小姐!!

翎子、迦流羅和佐久奈的聲音在耳邊迴盪。

我眼前的景色也逐漸漂白。

而我最後看到的東西是——臉上表情寫著「搞砸了」，面色很蒼白的基爾德。

喂。

吸

[14] 蠢蠢欲動的常世

Hikikomari
the Vampire Countess
no
Monmon

從拉米耶魯村出發後，已經過去幾日了。

可瑪莉俱樂部的身影出現在隔壁那座「捷爾村」中。

「這個是魔核……？沒想到常世也有這種東西……」

有人一直盯著某個東西看。

是納莉亞，她不停凝視排放在桌子上的兩個物體。

簡單來講，那些都是「像星星一樣閃閃發亮的球體」。

據說只要蒐集六個就能夠替人實現願望，是很不得了的道具——這就是魔核。

乍看之下會覺得很像玩具一樣，但它確實散發出微弱的魔力。

「跟我拿的那個很不一樣呢。聽說灌注的願望若是不一樣，魔核也會改變姿態……」

「但是現在沒空去管魔核了。我都已經快要因可瑪莉元素不足餓死。來吧請看，我的手因為戒斷症狀在發抖了……啊啊……可瑪莉大小姐……」

© riichu

「薇兒小姐，請妳振作一點！妳的眼神變得好空洞啊！」
「艾絲蒂爾……若是我死了，請幫我拿可瑪莉大小姐的內褲披在墳墓上……」
「啊哇哇哇，克寧格姆總統！薇兒小姐變得好奇怪！」
「若是還能繼續變得更奇怪，那就厲害了。」
納莉亞隨便回了一些話，望著那兩個魔核看。
把這個東西拿來的人，早就已經離開拉米耶魯村。
她一直在常世中奔走。為了阻止戰亂——為了讓悲傷的人變得更少。因此才會投身於這場漩渦中，奪取這兩個魔核。
——現在就先暫時寄放在納莉亞妳們那邊吧。
——若是不會給妳們添麻煩，能不能幫忙送去給可瑪莉。
——聽說那孩子在跟「弒神之惡」一起尋找魔核。
——咦？妳問我嗎？我接下來還得去追趕夕星。藉助這兩個魔核的力量，終於能夠找到那傢伙的所在地。
——雖然暫時會有一陣子不能見面，但這些事情就拜託妳了。
——不會有事的。可瑪莉會代替我做這些事情。

她們連為重逢感到喜悅的時間都沒有。

好想再跟那個人多說一些話。跟她一起吃飯。

可是那個人把魔核託付給納莉亞等人之後，就像一陣風一樣，就此離去。

真希望她至少能夠等到跟可瑪莉見面為止。這樣不會顯得有點無情嗎？——納莉亞免不了那麼想，但那也代表對方真的是如此忙碌吧。

除此之外，她最後說的那句話，為納莉亞的心帶來很大的震撼。

——妳已經能獨當一面了呢。如果是現在的妳，肯定能夠引導阿爾卡走向正途。

「老師……」

她還嚴令納莉亞「不准跟來」。

是說那個人就跟光一樣消失了，要跟上去是不可能的。

她們就只能做自己能力範圍所及的事情。但首先需要去跟可瑪莉會合吧。

「啊啊……可瑪莉大小姐……可瑪莉大小姐……」

「薇兒小姐!?我不是閣下啊!?就算妳這樣摩擦我，我也只覺得困擾，不知道該如何應對……」

「妳還在做什麼啊！現在不是遊玩的時候吧！」

「唔呸！」

納莉亞用折好的紙扇毆打薇兒海絲的頭。

那個青色頭髮的女僕眼裡都跑出淚水了，她抬頭仰望，口中同時說著：「好過分。」

「我現在都還在為可瑪莉元素缺乏症受苦，妳卻……」

「所以我們才要先去找那個可瑪莉啊！根據老師所說，可瑪莉好像跟逆月聯手了，但不知道這些話有多少真實度！搞不好那個『弒神之惡』正在對她做很過分的事情！」

「唔……」

薇兒海絲的表情忽然變了。

「……說得也對，現在不是拿艾絲蒂爾取樂的時候。」

「原來剛才那樣都是在玩我嗎……!?」

「可瑪莉大小姐正在跟逆月一起尋找魔核對吧？而且還在礦山都市涅普拉斯那邊打敗特萊梅洛・帕爾克史戴拉……」

「似乎是那樣。」

老師有跟她透露一些可瑪莉的相關動向。

據說是他們放入逆月的間諜陸陸續續把這些消息回報過來。

可是那些消息延續到南方大國多馬爾共和國一帶就中斷了。

「首先就只能先前往南邊了吧，我們手邊的情報實在是太少了。」

「敬請放心，我可以追蹤可瑪莉大小姐的氣味。」

「就算是狗應該也沒辦法吧……」

「唔，因為有風在搗亂，氣味都變淡了！早知道就應該多聞一點可瑪莉大小姐的味道……！」

「薇兒小姐該不會是個怪人吧……？」

「難道妳一直都沒有注意到？這個女僕可是跟佐久奈・梅墨瓦並列的兩大變態巨頭之一。」

納莉亞對艾絲蒂爾的反應感到傻眼，當下嘆了一口氣。

此時從休息地點的入口那邊，傳來一陣充滿朝氣又潑辣的喊聲。

「薇兒！納莉亞！那邊出現一些奇怪的人！」

這個人就是柯蕾特・拉米耶魯。

雖然失去右手，但依然是個活潑的少女。

醫生是說「現在還不能亂動」，但是她完全不把這些叮囑當一回事，硬要尾隨納莉亞一行人。

她曾主張：「我也是可瑪莉俱樂部的一員！」

「……奇怪的人？那種人這裡就有啊。」

「不是啦！該怎麼說呢，那些人看起來有點恐怖。可是就跟黛拉可瑪莉和艾絲蒂爾一樣，都穿著軍裝。那個難道是……」

柯蕾特說到這裡，不由得和薇兒海絲對看。

總而言之，去見一見就知道了。

☆

「——喔喔！這不是薇兒海絲中尉嗎！」

薇兒海絲知道自己的眼神都已經呆掉了。

因為在村莊的露天咖啡座裡，聚集了一群變態。

說得更具體一點，那些都是姆爾納特帝國軍第七部隊——通稱「可瑪莉小隊」的成員，他們正坐在戶外的幾張桌子前吃飯。

來人有卡歐斯戴勒・康特中尉。

貝里烏斯・以諾・凱爾貝洛中尉。

梅拉康契大尉。

約翰・海爾達中尉。

「……咦？為、為什麼中尉你們會在常世這邊!?」

艾絲蒂爾已經代為問出其他人心中所想。

卡歐斯戴勒開口答道：「這是個愚蠢的問題。」臉上還浮現可能會被人逮捕的笑容。

「都是因為這個世界有閣下在。而我們第七部隊有緊緊跟隨閣下，伴隨在閣下左右的義務。就很像附著在船底的藤壺。」

柯蕾特聽完出現退避的反應，嘴裡說著：「那個人好噁心。」這種心情，幾位女孩很能體會。

「這樣不算在說明吧，卡歐斯戴勒。」

貝里烏斯發出一聲嘆息。

「薇兒海絲中尉，照這個樣子看來，妳們似乎平安無事——總之能夠跟妳們再度重逢，是值得欣喜的事情。」

「難道你們也被捲入魔核崩壞事件中？」

「魔核？」

那幾個吸血鬼用很狐疑的表情回瞪。

看樣子這四個人並不知道魔核的事情。

說明起來很麻煩，晚點再解釋吧。

「……究竟發生什麼事了，能夠跟我們說說嗎？」

「我們是在京師那邊被一陣光芒吞噬，接著就傳送過來了。這裡有兩個太陽，星座配置也跟我們所知道的不一樣——這裡應該算是某種異世界吧？」

「來這邊真的很辛苦。這個世界沒有魔核。傷沒辦法治好，也沒辦法自由使用魔法。這樣一來想要輕鬆互殺都很難了。」

「耶——！來到沒辦法搞爆破的貧瘠世界。是誰讓劇情這樣發展？我們在霧中迷航。卡歐斯戴勒來這邊裝老大還是個痴漢。」

後來梅拉康契就被人揍飛了。

在這種沒有魔核的地方，最好不要打架——薇兒海絲在心裡想著。

「事情經過，我大致上都明白了。你們的遭遇跟我們完全一樣，都是被強制轉移過來的。雖然是偶然遇到，但幸好可以會合。」

「這不是偶然喔。」

「什麼？」

「我們是追蹤閣下的氣味過來的。」

「康特中尉，不好意思，這樣說感覺有點噁心。」

「哎呀，這次請別搞錯。若要說噁心，那個人非貝里烏斯莫屬。我們是靠著他的嗅覺才能來到這裡。」

「原來是這樣？那就沒問題了。」

「這樣就沒問題的理由，麻煩告知一下。因為他是狗就不覺得噁心，這樣算是種族歧視喔。若是在拉貝利克王國說出那種話，想必會接受各種動物的審判吧，薇兒海絲中尉一定會被判處『用冷凍香蕉毆打的刑罰』——」

「話說回來，薇兒海絲中尉，閣下不在這裡嗎？」

「對……」

這種事情去隱瞞也沒用。

薇兒海絲將她們流落到常世，後來又遇到絲畢卡的事情，全部做一番簡潔的說明。但「可瑪莉曾經敗給特萊梅洛一次」，這件事薇兒海絲決定先壓下不講了。

那時卡歐斯戴勒「哦——」了一聲，意味深長地點點頭。

「換句話說，閣下是跟逆月一起行動。」

「應該是。聽說她們在蒐集常世的魔核……」

「那些都不重要啦！」

先前一直閉口不語的吸血鬼——約翰・海爾達將變空的碗敲在桌子上，嘴裡吼了一聲。

「若是她不在這裡，那就趕快去找她啊！黛拉可瑪莉就是個小雜碎！若是跟殺人魔待在一起，馬上就會被殺！」

「閣下是雜碎？約翰你在說什麼啊。」

「你的眼睛是脫窗啊!?不管從哪個角度看、任誰來看，都知道黛拉可瑪莉是個脆弱的小丫頭！不能繼續這樣下去，要趕快去救她……！」

「喂，臭小鬼。想要耍帥是可以，但不要自己找死。」

「我怎麼可能會死啊!?」

不對，你每次都死吧，面對這番讓人備感無言的吐槽，約翰選擇充耳不聞，並且著手收拾行囊。

納莉亞則是愣住，開口說了一句：「你們吵起來的速度也太快了吧。」

「你叫做約翰是吧？那你知道可瑪莉在哪裡嗎？」

「我不知道啦，所以才要趕快去找她啊。」

「那就沒什麼好說的了——對了，貝里烏斯，能不能靠你的鼻子想想辦法？」

「應該是在南邊。」

這話讓薇兒海絲用驚訝的表情看著貝里烏斯。

那個犬族獸人將雙手交疊放在胸前，眼裡盯著有太陽高掛的方位看。

「我把少到都快感應不到的魔力全部用上了，發動嗅覺魔法。雖然沒辦法連正確的位置資訊都掌握……但她應該在離這邊不遠的地方。」

納莉亞接著拿出常世的地圖。

貝里烏斯在中央一帶用手指圈了好幾圈。

「應該是在這附近……在『弒神之塔』這邊……不對，是『神聖雷赫西亞帝國』才對……」

艾絲蒂爾聽了開口道：「原來狗真的聞得出來啊。」用很震驚的眼神看著貝里烏斯。

卡歐斯戴勒這時拍了一下手，人也站了起來。

「那就這麼定了。等到我們準備好，立刻就開始進軍吧。」

「好耶！那我們趕快走吧，你們這幫混帳！」

「耶——！靠那些裝備沒問題嗎？會不會像平常那樣死翹翹？」

「你這是什麼意思!?」

約翰跟梅拉康契又開始對著幹。

總而言之言而總之，這下行動方針就確定了。

要拿著那兩個魔核去找可瑪莉，並且前往神聖雷赫西亞帝國。再過來，不管是星砦還是絲畢卡．雷．傑米尼，通通都要把他們揍飛，並回到原來的世界裡。如今多了這些伙伴，那些事情做起來應該變得更容易了。

☆

這裡是神聖雷赫西亞帝國。

常世的神聖教大本營。

他們是不依附於任何勢力的完全中立都市國家。

平常是籠罩在靜謐氛圍下的神聖領域，但這幾天以來卻充斥著異常的熱度——用一句話來說就是充斥著俗世的喧囂。路上擠滿來自其他國家的公務員，或是軍人，反倒是神聖教的信眾成了少數派。

此外——都市中央還有一座「雷赫西亞大聖堂」。

在這個教皇所居的神聖堡壘中，目前聚集了大量的重要人物，正展開激烈的論戰。

「——都——說——了！先進攻的是你們那邊吧！」

「才不是！是因為你們侵犯領土，我國國軍才會出動！」

「這是在說什麼!?那我國武器庫發生謎樣的爆炸事件，這又是怎麼一回事!?」

「誰知道！是貴國管理不周所導致的吧！」

現場共計四十二人圍繞著一張圓桌。

那些大人物都是來自存在於常世的各個國家，如今全都來此集結。

在天花板那邊掛了一個垂簾，上面用大大的字寫著「世界和平會議」。

沒錯，他們就是為了和平，才會在這邊大抒己見。

「你們的目的到底是什麼！」「那句話該我們說才對！你們惡意使用不人道的兵器！」「暗殺我國外交官的是貴國吧!?」「那是欲加之罪！」「一定是西傑王國和菲塔帝國聯手策劃的！」「太無禮了！我們可是一心盼望和平！」──

大家也不搞什麼檯面下那一套了。

他們彼此都忙著在互相推卸責任。

基本上這場會議的開辦目的就是要「找出阻止戰爭的方法」。

雖然是從今年開始才發生的，但是在這個世界上，爆發了多起原因不明的戰爭。

無論是誰都不希望再出現更多的爭鬥，但卻不知道為什麼，前往其他國家的重要人物會遭到暗殺，各國的重要據點也曾遭遇襲擊，甚至有精神異常的軍事大臣決定要侵略其他國家──這樣的事情已發生了好幾起。

這下子各國就開始覺得「奇怪」了。

為了找出原因，各國才會到這個中立國聚集，但是──

「這簡直像是來到動物園一樣……」

有人不由得發出嘆息。

在大聖堂深處，在神聖的圓桌主位上，坐著一名蒼玉種小女孩。

她的年齡大概來到十歲吧。

眼神中搖曳著不安，還有一頭宛如霜雪般的白髮。

這個人便是神聖雷赫西亞帝國的教皇，克萊梅索斯五百零四世，但此處皆無人願意聽這位孱弱的小女孩說話。所有人都按照自己的意思非難對手，自顧自地大鬧特鬧。再這樣下去，和平是遲遲不會到來的，克萊梅索斯五百零四世眼裡浮現淚水。

「煩死了，你這傢伙！都講不聽！去外面聊啦！」

「求之不得！我們這次就來做個了斷！」

現場展開大叔對大叔的鬥爭。開個會議還行使暴力，那怎麼行。可是周遭那些國家的人都在旁邊鼓譟，嚷嚷著：「好耶！快上啊！」諸如此類的。此時有人揮出拳頭，這導致會議室裡的桌板炸開，整個議事堂變得狂熱起來——

現下這情況已經瀕臨極限。

「砰!!」的一聲——克萊梅索斯五百零四世用力敲打圓桌，接著便站了起來。

「大、大家不能吵架——————!!」

現場頓時安靜下來。

© riichu

整張圓桌也回歸寂靜。

那位克萊梅索斯五百零四世拚命張口傾訴。

「當著偉大神明大人的面，余覺得這麼做太難看了！余主張這種時候應該要用溝通的！若是要行使暴力，就去其他地方做吧！余認為大家應該先喝杯茶，讓心靈沉靜下來──」

「說話一直裝老成煩死人了!!小鬼頭滾一邊去!!」

「噫嗚……」

這位克萊梅索斯五百零四世一下子就被擊沉了。

因為有人用很可怕的表情瞪她，被擊沉在所難免。

那些大叔們把教皇猊下當空氣，繼續他們的爭執。

而這位克萊梅索斯五百零四世則無力地坐回椅子上。兩年前她跟神明發誓說要為世界帶來和平，可是這份誓言直到現在都還沒能兌現。這是因為無論是誰，都不願意聽這位小女孩說話。

「余不配當教皇……已經沒有臉去面對神明大人了……」

克萊梅索斯五百零四世。

她的本名是「米夏・蒙特利維西卡亞」。

原本是出生在很一般的神聖教教徒家庭中，卻被捲進帝國的權力鬥爭，不知不覺間被人追捧成教皇，是個可憐的小女孩。原本她應該要成為「克萊蒙斯四世」。但是後面掛的數字比較大，給人的感覺更強，於是就弄成「五百零四世」。之所以不是「克萊蒙斯」而是「克萊梅索斯」，都是因為即位的官方文件上出現錯別字，才會將錯就錯用錯的名字來登錄。

總而言之拯救這個世界，是她這個侍奉神明大人的人應盡的使命。

其實這場會議也必須要成功，但是那些大叔只顧著吵架，完全不做一些建設性的議論。想必待在天上的神明大人也在哀嘆吧。

神聖教之中存在「天罰日」這種概念。

當然神明大人會拯救世人，但若是無可救藥的壞人變得太多，那麼神明大人就會覺得「這下子沒救了」，決定抽手。在那瞬間將會有不知從何而來的惡魔湧入，打開通往地獄的大洞。人們將會被懊悔之火灼燒，還會被那個大洞吸進去，將整個地上界重新洗牌一遍。

——余不喜歡「天罰日」。

——神明大人，請您拯救這個世界吧。

克萊梅索斯五百零四世閉上眼睛，對著神明如此祈禱，就在那一刻——

「整場會議搞得像在開舞會一樣毫無進展，這樣下去一點意義都沒有。」

那時有人用宏亮到不可思議的聲音說了這句話。

原本吵吵鬧鬧的爭論聲沉寂下來。

在四十二個人之中，有一個人——就是納克利斯王國的代表人，他正在瞪視這整張圓桌。

這個人的名字好像叫做「劉・盧克修米歐」。

到昨天為止是派另一個代表來，那個代表吃太多，因為肚子痛回國了，後來就派遣這個男人來當代理人。但是不知道為什麼，他的臉被人毆打到腫起來，甚至還撐著醫用拐杖。

「劉・盧克修米歐大臣？你怎麼會搞成這樣？」

「我跌倒了。」

現場眾人群起譁然。既然那麼痛，那他還是先回去比較好，克萊梅索斯五百零四世為他心生擔憂。

可是那個男人卻說了一句：「這不重要。」強行轉換話題。

「你們幾個真是沒見識。這樣下去戰爭是不會停止的吧。你們不去正視真正的敵人，光顧著專心批判其他毫無意義的旁人不是嗎？」

「真正的敵人？你該不會是撞到腦子了吧。」

「最好去醫院那邊找人治療一下！」

那些大叔在嘲笑他，可是盧克修米歐並不在意。

「你們大家不覺得奇怪嗎？在場所有人都不希望發生戰爭，可是總是會有不自然的戰爭火種點燃，進而發展成戰爭。」

「就是因為覺得奇怪，我們才會來這邊開會吧。之所以會搞成那樣，原因出在某些國家想要挑起那種戰爭。」

「是沒錯。但重點不是那些國家——而是在背後操控一切的幕後黑手。」

「說什麼蠢話。」

「多馬爾共和國的大臣啊，貴國拿來攻打鄰國的理由，沒記錯的話似乎是『礦山都市涅普拉斯遭到破壞』對吧。」

「沒錯，那些都是西傑王國的陰謀——」

「不對，這一切都是絲畢卡・雷・傑米尼和黛拉可瑪莉・崗德森布萊德的錯。」

「你是說黛拉可瑪莉・崗德森布萊德……!?」

有個翦劉種大叔當場睜大眼睛站了起來。

那個應該是阿爾卡王國的外務大臣吧。

「那、那傢伙奪走姆爾納特進貢的下一任巫女姬，不就是那位『可瑪莉俱樂部』的領導者嗎！難道那傢伙是為了破壞兩國之間的關係才會……！」

「我這邊已經掌握證據了，晚點給你看吧。在這個世界上，發生了一些不可解釋的事件，全部都是那傢伙搞的鬼——所以我們不應該互相憎恨。應該憎恨的對象是那些卑劣的恐怖分子。」

「——說、說得沒錯！會發生這些戰亂，都是恐怖分子的錯！」

此時克萊梅索斯五百零四世的手緊握成拳，人跟著站了起來。

盧克修米歐所說的話擁有不可思議的說服力。雖然她也不是很懂，但這種時候就該趁機搭順風車吧。首先要先打造出共通的敵人，讓列國團結起來才行。

「恐怖分子替這個世界帶來混亂，企圖讓『天罰日』成真！我們大家要狠狠教訓他們！那麼做才能帶來和平！」

「看來連教皇猊下都贊同了，我們應該齊心協力消滅黛拉可瑪莉和絲畢卡。」

「不過……那些恐怖分子現在在哪？」

「不久後應該就會造訪這個神聖雷赫西亞帝國吧。」

「是嗎!?」

「那些人在尋求名為『魔核』的至寶。若是遭到濫用，魔核是能夠毀滅世界的強力神器。」

不知道為什麼，盧克修米歐在凝視克萊梅索斯五百零四世。

說得更正確一點——是她掛在脖子上的項鍊。

「毀、毀滅世界？那樣有點可怕……」

「那個東西就在雷赫西亞境內，所以那些傢伙一定會攻過來的。」

「…………………………………」

克萊梅索斯五百零四世感覺自己開始冒冷汗。

神聖教教皇代代相傳一項聖權象徵——名為「光之彩球」。

上一任教皇曾經說過這個項鍊是「被神明認可的證明，絕對不能弄丟」，克萊梅索斯五百零四世一直乖乖遵從他的囑託，不管是睡覺還是吃飯，甚至是洗澡，她都一直貼身戴著這個東西，寸步不離身。

而且上一任教皇還說了，這個彩球的別名又叫做魔核。就如名稱所示，那個東西的外觀就像一個彩球，只要把外側的殼弄開，裡面據說就會跑出「像星星一樣閃閃發亮的球體」。

總而言之繼續這樣下去，她的教皇地位將會不保。

一旦「光之彩球」被人奪走，克萊梅索斯五百零四世就會變回無足輕重的「米夏・蒙特利維西卡亞」，會因此被神明大人捨棄。

於是克萊梅索斯五百零四世便慌慌張張地出聲。

「——盧、盧克修米歐先生!?那個恐怖分子什麼時候會來!?該怎麼做才能解決他們!?是說他們長什麼樣子……!?」

「放心吧，我會弄出她們的畫像分發出去。」

「萬分感激！那些人的模樣一定很可怕……」

「那些人在礦山都市涅普拉斯跟星砦對峙的時候，聽說那裡曾經有發布過她們的通緝令，要讓市民去幫忙找出這幫人。我們其實也可以採用相同的手法。」

「可是做起來有那麼容易嗎……？」

「會順利的。」

盧克修米歐在那時歪起單側嘴角笑了一下，接著又繼續說道。

「只要列國齊心合力，那就沒什麼問題了。到時神明只會對恐怖分子降下制裁吧。」

這個笑容好邪惡。

可是克萊梅索斯五百零四世卻不可思議地感到心安。如果是這個人，將有辦法解決恐怖分子——她心中湧現這份毫無根據的信心。

「——來吧，戰鬥的時刻到了。和平和秩序已經離我們不遠了。」

☆

「……這裡是什麼地方？？」

等到我發現的時候，我已經站在草原上了。

天空中掛著只剩下一半的月亮。星座位置和前不久的樣子出現微妙差異，我好像被傳送到距離露營地點很遠的地方了。

「嗯？」

那時我發現背後好像有個柔軟的東西在擠壓我。

是背後有人緊緊抱住我才會那樣。

這種肌膚觸感好像有點冰冷——

「……妳是佐久奈吧？」

「唔呀!?對、對不起，可瑪莉小姐！」

那位銀白色的超級美少女佐久奈・梅墨瓦當下整個人從我身上彈開。

她剛才那樣是在做什麼啊？是因為感到害怕，才會過來抱我嗎？

「這是……因為……那個……我想要守護可瑪莉小姐……」

「原、原來是這樣啊……！佐久奈果然很可靠呢……！」

我摸摸佐久奈的頭。

她的臉頰都紅了，嘴裡還「欸嘿嘿」地笑著。那模樣實在是太可愛了，讓我看到都有種暈陶陶的感覺。或許這個女孩的美少女特質還具有療癒效果。

「原來佐久奈也一起【轉移】過來了啊。」

「似乎是那樣。因為基爾德小姐的魔法石發動，所以才會……」

「基爾德好像搞砸了呢……」

話說那個基爾德到底是什麼人啊？她好像自稱是「滿月的成員」……這麼說來，她跟我在紅雪庵遇到的「影子」好像有著一模一樣的名字？總不可能是同一個人吧。

那時佐久奈嘴裡「啊！」了一聲，用手指指著某處。

「請看那個，是一群紅龍……！」

我也不由得發出叫喊。

在那片遼闊的草原上，到處都有紅色的龍——有一整群「紅龍」在那裡棲息。看來這一帶是牠們的地盤。話說紅龍算是溫馴的動物，就算靠近也不至於被襲擊。不過我的搭檔布格法洛斯是例外。

「好厲害喔！這些都是野生的！而且還是一整群的，是第一次看到呢……！」

「這裡好像有五十頭左右…………咦？」

佐久奈那時好像注意到什麼了。我順著她的視線看過去。

有好幾隻紅龍聚集在一起，正在咀嚼著某種東西。

這裡是不是有長很好吃的草呢？

嗯？可是那些傢伙在吃的東西，仔細看會發現好像是人的形狀？是身上穿著和服的女孩……還有頭上戴著奇妙帽子，綁著金色雙馬尾的女孩……？

那個不就是迦流羅跟絲畢卡嗎？

「唔哇啊啊啊啊啊!?你們這群紅龍在做什麼啊!!」

我發出很大的聲音衝過去，結果那些紅龍就一溜煙作鳥獸散了。

牠們到離這裡稍遠的地方停下，一直在觀察我們。

可是我沒空去管那些紅龍了。

後來這裡就只剩下被唾液弄得黏糊糊的兩名少女。看來她們剛才只是被舔。

「迦流羅!?喂，迦流羅，妳振作一點！」

「呵呵呵……這裡是花田……？奇怪……？祖母大人在那裡揮手……」

「妳的奶奶不是還活著嗎!?」

「請問——可瑪莉小姐，這邊這個人是不是可以殺掉呢？」

那句話讓我心生錯愕地轉頭。

我看見佐久奈將手放到趴倒在地上的絲畢卡脖子上。

她的眼神是認真的。

光明佐久奈進化成黑暗佐久奈了。

「這是個好機會吧……因為『弒神之惡』好像沒辦法動彈……呵呵呵……我看我就慢慢掐死她吧，這樣會比較痛苦……」

「快住手，佐久奈，妳要變回清純的美少女！」

我趕緊過去抱住佐久奈。

她口中頓時發出奇怪的「努哇!?」聲。

「我、我是開玩笑的！開玩笑的……！」

「妳的眼神不像開玩笑啊!?直到妳冷靜下來之前，我都不會放手的！」

「唔啊啊啊啊……我總覺得不用冷靜下來也沒關係……」

「為什麼啊!?」

看樣子還保有理智的人只剩下我。

總之還是先來確認一下狀況好了。

☆

「這裡是距離露營地點往北三百公里的地方！透過星星的角度就能看得很清楚了！」

十分鐘後。

呈現懶洋洋狀態仰躺的絲畢卡用很有朝氣的聲音如此說道。

現在已經開始入夜了。風變得有點涼，蟲子的鳴叫聲傳入耳中，在附近的草叢中，那些紅龍都已經蹲坐下來，開始為就寢做準備。

「若是再往北走一點，應該就能夠看見『弒神之塔』……既然都要傳送，那應該把我們【轉移】到拉米耶魯村啊！」

被轉移到這個地方的就只有四個人。

或許其他人被【轉移】到別的地點了。

「絲畢卡小姐，剛才那個夭仙到底是什麼人啊？」

迦流羅邊用手帕擦拭臉頰，邊如此詢問。

對喔，這點讓人在意。

那個殺人魔突然襲擊過來──他叫做劉．盧克修米歐。雖然遭到我們反殺，被打得很慘，但那傢伙是真心憎恨絲畢卡。

「那個人自稱是天文臺的愚者吧？是妳認識的人嗎？」

「他是我的怨敵。」

「不曉得你們之間有過什麼樣的糾葛？」

「…………」

絲畢卡停頓了大約五秒鐘。

「……那是破壞我夢想的蠢蛋。我原本以為他早就死掉了，卻沒想到他對自己施加封印，讓自己活了那麼久。」

「為什麼要來殺我和絲畢卡？難道那傢伙也是想要成為最強之人的狂戰士嗎？」

「那些愚者的任務就是維持秩序。尤其他們的目的就是要讓第一世界的魔核社會繼續存續下去，因此他們特別討厭『變化』。因為夭仙鄉魔核崩壞的關係，他才會復活吧。那些人會想要殺掉可能替世界帶來變革的人，換句話說，他們會企圖殺掉像我跟妳這樣的革命家。」

「我什麼時候變成革命家了？」

「妳改變了六國之中的人心。那算是很偉大的革命吧，對那些傢伙來說啦。」

愚者的眼睛恐怕有問題。想要拿這種罪名冤枉人也該有個限度。

總而言之現在有新的殺人魔殺過來了。

不管再怎麼打倒，打倒多少次，那種人都會源源不絕地湧現。

「……可瑪莉小姐，接下來我們該怎麼辦？」

此時佐久奈用不安的語氣詢問我。

「我想想喔。若是可以的話，我是想回到露營地點去……」

「那個沒辦法啦！」

這話是絲畢卡邊抬頭看著星星說的。

「我們該做的事情還是沒變。只要能夠蒐集魔核，解開『弒神之塔』的封印，我們就能得到解決這一切的線索。就算那些天文臺的愚者來攪局，要做的還是一樣。」

「可是其他人——」

「反正天文臺的目標就是我跟黛拉可瑪莉！只要我們做出特別顯眼的搗亂舉動，在那邊四處擾亂，那他就沒空去對付其他的伙伴。」

「我贊成絲畢卡小姐的做法。」

「叮鈴」一聲，現場響起了鈴鐺晃動的聲音。

迦流羅接著用冷靜的語氣繼續說。

「【轉移】亂數發動會導致一個結果，那就是原本待在露營地點的伙伴們，可能都被傳送到常世各地去了。可是大家都知道接下來的目的地是要去『神聖雷赫西亞帝國』。所以我們只要按照當初的目的行動，應該就沒問題了。」

「可是……」

「妳會感到擔憂，這樣的心情我很能體會，但他們好歹都是身經百戰的猛將。應該不至於輕易被人抓到。」

「妳真的很明事理呢！真不愧是全宇宙最強的大將軍！」

「……………對、對啊說得沒錯！我是全宇宙最強的！」

這種說法，我好像很久沒聽到了。

總而言之——迦流羅很聰明，既然她都那麼認為了，我就照著做吧。再說也不知道大家都被傳送到哪裡去了，我們若要主動搜索找出他們也是不可能的事情。

就在這個時候，佐久奈驚訝地發出一聲：「咦？」

「請看那個，可瑪莉小姐，那裡有個小屋喔。」

「咦？啊，真的耶。」

就在那一群紅龍的後方，建著一座小小的木屋。

我們小跑步靠近木屋。那裡看起來好像是一個倉庫，裡面放著乾糧和武器之類的東西。

「我知道了。這裡有可能是『滿月』的避難所。」

「什麼意思啊？」

「基爾德小姐的魔法石是用來緊急逃脫用的。那麼【轉移】過去的地方若是有儲備物資，那也是理所當然的吧。這裡連馬鞍和馬鐙都有，想來外面那些紅龍也是滿月的一員吧。若是遇到危急狀況，或許能夠騎那些紅龍逃脫。」

「原來是那樣……這代表那些傢伙可能也會說話囉……」

「會、會說話？？」

「不過這下子我們就能輕鬆前往雷赫西亞了吧！按照紅龍的腳程來看，很快就會到了。」

佐久奈開始在室內興奮地物色起來。

確實如她所說。若是直接用腳走，會走到肌肉酸痛，能夠找到騎獸來騎乘會很感謝。但今天時間已經很晚了，我們大概明天才會出發吧。我看我晚點也來去找那些紅龍說話試試。但有可能就跟駱駝夏洛特一樣，若是有其他人在，就沒辦法回應我——

這時我突然感覺到一絲異樣。

在小屋裡的人就只有我、佐久奈和迦流羅。

「……奇怪？絲畢卡呢？」

「？應該在外面吧？」

「可瑪莉小姐，那種恐怖分子無所謂。比起那個……就是——這裡好像就只有兩張床鋪。若是不嫌棄的話，要不要跟我一起睡呢……？」

「不對，先等等，那傢伙該不會是……！」

我匆匆忙忙跑到小屋外。

至於那個恐怖分子大小姐，不知為何正躺在草原的正中央睡覺。

「……絲畢卡？妳在做什麼？」

「沒做什麼啊！我是想說今天先睡這邊！」

「這樣會感冒喔？那邊有小屋，跟我們一起睡吧。」

「沒必要啦！我喜歡大自然！」

覺得事情有古怪的我低頭看了看絲畢卡的身體。

她就像一個懶人一樣，躺在那邊一動也不動。

為了做些測試，我試著揉揉絲畢卡的手臂。

原本那手臂擁有凌駕在大猩猩之上的力量，現在卻變得極度鬆軟。

這下我的預料似乎成真了，出現很不自然的情況，那就是絲畢卡完全沒有抵抗。

「搞什麼？小心我殺了妳喔？」

「妳該不會沒辦法動吧？」

「我當然有辦法動啊！只是因為沒必要動，我才沒動——呼嚕！」

當我用手指戳肚臍那邊，絲畢卡的口中頓時發出奇妙的低鳴聲。

緊接著我親眼目睹足以讓整個天地變色的畫面。

那就是絲畢卡的臉頰好像有點……好像有點變紅了。

這下我也確定一件事了。

那個盧克修米歐曾經拿看起來像注射器的東西去刺這傢伙。印象中他好像有說這個叫做「太陽能量」，還說那是用來對付絲畢卡的特效藥。只要被注入那個東西，絲畢卡全身的力量都會被剝奪，變得像軟體動物一樣——而且那種狀態好像會一直持續。

「我看妳果然是動不了吧。」

「若是我說動得了，那就變成在說謊了啊！」

「……原因果然是出在那傢伙的注射器上嗎？」

絲畢卡面無表情地回了一句：「應該吧。」

「我是古老的吸血鬼，很不會應付太陽！若是被濃縮後的能量注射到，就算手腳都不能動彈也沒什麼好奇怪的！」

「什麼時候會治好？」

「不曉得，我還是第一次變成這樣。」

這情況簡直糟透了。

我原本是想說若我們擁有絲畢卡的超強力量，想要打倒敵人便是易如反掌。

那現在剩下的戰力就只有——雖然能夠讓時間逆流，但平常卻是最弱的迦流羅，還有吸食血液之後會變得超強，但平常比最弱還要更弱的最弱的我，加上腕力跟魔鬼沒兩樣的美少女佐久奈。

前途是多災多難。

「……對了黛拉可瑪莉。」

「幹麼啦？」

「我想要去上洗手間。」

「…………」

這次我是真的沒看錯。

因為夜色的關係很難看得清楚，但是她都已經臉紅紅到耳朵那邊了。明明都這樣了，似乎還想要逞強，故意表現出很有餘裕的樣子，裝得像是面無表情一樣——簡單講就是為了做樣子給別人看，感到害羞或者是其他的不明情感快壓抑不了，才會一直在那邊眨眼睛，眨了好幾次。

前途當真是多災多難。

我發出一聲嘆息，為了讓絲畢卡靠在我肩上好支撐她，我決定蹲下。

吸

[15] 神之領域再臨

Hikikomari the Vampire Countess no Monmon

神聖雷赫西亞帝國就在拉米耶魯村前方不遠處。

我提議：「先去見薇兒她們！」，可是絲畢卡卻說：「先去回收魔核比較快！」於是我們就暫時先跑去雷赫西亞那邊，要來完成我們此行的目的。再說又不能不拿食物餵那些紅龍，因此不管怎麼看，我們都沒辦法直接過去拉米耶魯村那邊。

咚——咚——

當我們穿過城門一腳踏進城鎮內，我就聽見不知從何方傳來了教會的鐘響聲。常世的雷赫西亞是人口約兩千人左右的小型都市國家，但我覺得這裡的人比另一個世界的人更加虔誠。身上穿著祭服的男女老少會跪在各處，對神明獻上祈禱。

「這裡的建築物都是紫色的呢。感覺好像在哪裡看過……」

「那些應該是曼陀羅礦石吧？涅普拉斯的貿易收支報告書上面有寫到一點，那就是礦石販售的對象也包含雷赫西亞。那些聖職者好像很喜歡會發亮的東西，真是太庸俗了！」

「哦——」

家家戶戶都有裝飾的「斜十字配光之箭」紋樣，這些幾乎都是曼陀羅礦石做的。

也許那種紫色還蘊含宗教意味吧。總覺得有股神聖氣息（隨便說說的）。

我們將紅龍寄放在廄舍內，決定先去吃個飯。

我覺得我好像有點興奮呢。

其實像這樣在各個地區的餐廳之間巡迴，已經成了我的一個祕密小樂趣了。

對於那些職業家裡蹲來說，或許不該有這樣的想法，但身為一個小小的小說家，我會想要去體驗各式各樣的人事物。來吧，神聖雷赫西亞帝國的蛋包飯啊，就讓我會會你，看你有多少能耐吧！

哎呀不對，暫時先不講這個了。

「辛苦啦！已經可以把我放下來囉！」

「……為什麼我得背妳啊？」

「因為我是需要照顧的人啊！」

「不要說得那麼理直氣壯啦！還有為什麼從剛才開始就在舔我的脖子？雖然只有一點點，但妳該不會有亂吸我的血吧？」

「我有吸喔！妳的血一點都不好喝！」

「難怪我一直覺得很暈！快點下來啦！」

「噗嚕！」

我把絲畢卡扔在店裡的沙發上。

絲畢卡則是擺出不服氣的表情，嘴裡說著：「好過分～！」她的雙手似乎能動了，但到現在好像還是沒辦法隨心所欲自行站立。如果是現在，我看我還能對她處以搔癢之刑，但等到她完全康復，我很可能會被殺掉，所以我什麼都做不了。太不甘心了。

「可瑪莉小姐，有一些行李是不是能夠處分掉呢？」

「咦？佐久奈，我們有帶那麼多行李呀？」

「不是的，我是想要殺掉躺在那邊的行李。」

「唔哇啊啊!?那個菜刀妳是從哪邊拿過來的!?」

「她一直給可瑪莉小姐添麻煩……甚至還偷偷吸妳的血，這我不能忍受……我覺得在這裡把她處分掉，對人類來說是一種幸福……」

「快住手，佐久奈，若是在店裡面搗亂會給人家添麻煩！」

我趕緊從佐久奈後面架住她的手臂。

這時絲畢卡嘆了一口氣並說：「我也是逼不得已的啊。」

「因為糖果已經沒有了，我就只能直接攝取血液。」

「糖果？是在說紅紅的那個嗎？」

「對啊，那個是專門為體質虛弱的吸血鬼所製作的健康食品。我是很會消耗熱量的體質，若是不時常舔些血，很有可能會昏倒。」

「都已經吸那麼多血了，為什麼身高還那麼矮……？」

「…………」

啊，絲畢卡在鬧彆扭了。

我好像開始能夠讀出她的細微情感變化。

「……妳好失禮喔。是想要我把妳身上的血通通吸乾嗎？」

「對、對不起。我不是故意要說難聽話，只是想說血液會不會跟身高有關係，有了革命性的發想罷了……」

「不管做什麼，黛拉可瑪莉都不會長高，就只有這點是顯而易見的啦。」

這下就連我都跟著鬧起彆扭了。

這傢伙說的話就跟薇兒一樣，都喜歡隨便講講。我現在還只是像竹筍那樣，任誰都能看出我總有一天會像竹子一樣長得更巨大才對。

算了，去在意那些也毫無幫助。我看還是先來點餐吧。

……嗯？奇怪？好奇怪喔？

這裡沒有蛋包飯……!?

為什麼……!?

「絲畢卡小姐，我們趕快來決定今後的方針吧。」

「迦流羅！不好了，這間店沒有在賣蛋包飯！」

「蛋、蛋包飯？這確實也是一件大事，但是……首先我們比較想知道魔核在這個都市的哪裡。」

我一直盯著菜單看，都快在上面看出一個洞了。

好奇怪。居然存在沒有賣蛋包飯的店……

「也對喔！自從六百年前我對常世的魔核許願後，我就拜託當時那些支持者分別把魔核隱藏起來。若是有人拿去亂用就糟了。可是魔核會釋放出魔力，所以幾乎都被星砦找到了，好像是這樣啦。」

「那在這裡的魔核難道有什麼不一樣嗎？」

「雷赫西亞的魔核裝在神聖教教皇代代相傳的『光之彩球』中——就藏在那個裡面。彩球是能夠隱蔽魔力的神器，想必連星砦那幫人都不曉得這件事。說真的，原本是想對六個魔核都做相同的處理，可是那種彩球就只有一個。」

「原來是這樣。那我們只要去謁見教皇猊下就可以了吧。可是……既然是代代相傳，那就代表那個『光之彩球』對神聖教來說是很重要的道具吧？」

「來到常世之後，我有試著調查過，那個好像是能夠讓教皇變得有教皇架勢的聖權象徵！在我不知道的情況下，那已經變成另一種意義上的重要寶物了！」

「看來就只能誠心誠意跟對方拜託了……」

「可瑪莉小姐，找到蛋包飯了嗎？」

「沒有！佐久奈妳也一起找……！」

「那要不要吃這邊這個漢堡排？我們一人一半吧？」

「漢堡排也不錯，但是……………………………………………………………………………………

……………………嗯？？」

在菜單最後那邊。

就很像在打廣告一樣，貼著一些通緝令。

這些人是不是有偷吃東西啊？唔哇，他們的臉都凶惡到不行。比拉貝利克的大猩猩還要恐怖五倍的感覺。拿來跟我之前遇過的殺人魔相比，他們根本就無法相提並論呢。

這些到底是什麼人呢？

當我想到這時，我不經意看見上頭寫的名字——

『這些是對整個世界造成威脅的極惡恐怖分子！

絲畢卡・雷・傑米尼和黛拉可瑪莉・崗德森布萊德。

若是看到這兩個人要立刻報警，不然就殺掉！』

…………………？

…………？？

我想說是不是在作夢，就把那個菜單闔上，然後再打開一次看看。

上面還是清楚寫著我和絲畢卡的名字。

「……為什麼我們又被通緝了！？！？」

「可、可瑪莉小姐？發出那麼大的聲音會給店鋪添麻煩……」

「現在沒心思想那個了啦！快看這個！」

我把菜單攤開放在桌子上。

迦流羅的表情這下變得越來越陰鬱了。

「妳們是做了什麼？該不會是吃霸王餐逃走……？」

「我們又還沒開吃！啊——真是的，到底要被人通緝幾次才行啊！佐久奈，我

接下來會進入逃亡生活！因為那些衝著獎金來的人會蜂擁而至襲擊我們！」

「好、好的！總覺得這樣很像在私奔呢……欸嘿嘿……」

「不，沒那個必要。」

迦流羅在這時冷靜地開口。

「兩位請看，看看這個畫像。畫得實在太差勁了，根本看不出是誰。」

「咦？啊，聽妳那麼一說……」

絲畢卡姑且不論，我的長相可沒有那麼凶惡。

既然連餐飲店的菜單上面都有刊登，那就表示這個通緝令可能已經在雷赫西亞各處流通了吧。可是我們到目前為止都還沒有遭受攻擊。換句話說，就連這個城鎮上的居民都沒發現我們已經進入國境了。

「這個到底是誰畫的啊，已經不是沒有繪畫天分可以形容的了。」

「畫這個的人是沒有繪畫天分，還是不知道可瑪莉小姐跟絲畢卡小姐長什麼樣子——？問題在於我們潛入雷赫西亞的事情已經被敵人知曉，除此之外敵人也已經在想因應對策了吧。或許現在要回收魔核沒那麼容易了。」

「這些……很有可能是愚者的傑作。」

那時絲畢卡用很認真的語氣呢喃了聲。

「那幫人為了把我幹掉，什麼事情都做得出來。只不過是拉攏雷赫西亞為他所用罷了，這點事情他們輕易就能幹得下手……」

這傢伙一說到愚者的事情，突然就會變得很認真。

但我想這也代表那在她心中留下的心結也是那麼深。

「妳要提起精神，絲畢卡。只要大家一起齊心協力，任何難關都能跨越。」

「……妳是想被弄成人乾啊？用不著妳說，我本來就很有精神啊？」

「如果是那樣就好。」

「我看我還是把妳的血通通吸乾吧！」

「那樣是不好的！」

迦流羅在這時慌慌張張地介入。

「妳們兩個，不能吵架喔。還有佐久奈，妳還是把小刀收起來比較好……」

「不行，我好像沒辦法壓抑自己的右手。一看到那個吸血鬼企圖吸食可瑪莉小姐的血，我就……」

「總、總而言之，我們還是來吃吃飯，大家冷靜冷靜吧！請問可以點餐了嗎!?」

店鋪後方在那時傳來很有朝氣的聲音，對方回應：「現在就過去！」

咦？已經要點餐了嗎？看來現在不是跟絲畢卡玩鬧的時候。我要趕快找到蛋包飯的替代品——為此焦急的我開始看起菜單。

就在那一刻，耳邊傳來一陣「哐噹——!!」聲。

我好像聽見某種東西破掉的聲音。

「閣、閣閣……閣下——!?」

緊接著我又聽見很熟悉的嗓音。

於是我轉過頭查看。結果發現站在那裡的人是——身上穿著店員制服，頭上的紅色頭髮綁成單馬尾的少女。看來剛剛好像是她弄掉盤子。不對不對，現在還有更重要的事情。

「——艾絲蒂爾!?妳怎麼會在這裡!?」

「是、是因為我獲取情報，聽說閣下有可能在這，所以才……！」

這個人是艾絲蒂爾・克雷爾。

她眼裡泛起淚水，渾身顫抖，還拿袖子用力擦拭眼角，接著用很像軍隊裡頭在跟人敬禮的方式硬挺地敬禮，嘴裡喊出一些話。

「您沒事真是太好了！我一直在找您……！」

「是、是這樣啊？那其他人呢……」

咚哐——!!

我又聽見某種東西破掉的聲音。

「可……可瑪……可瑪莉大小姐………………！？！？！？」

「咦？」

破掉的杯子碎片在地上散落一地。店裡的主管則是發出怒吼：「妳們是要打破多少才甘心啊!?」但我卻看見一名女僕對這句話充耳不聞，反而不顧一切地衝了過來。

對方有著青色的頭髮和翡翠色的雙眼。

而且整張臉都沾滿了淚水。

「可瑪莉大小姐————!!」

「薇兒！原來妳也在這裡呀————咕欸!?」

女僕用很猛烈的力道貼到我身上。而且還把臉埋在我的肚子那邊，用很詭異的方式連續呼喊著：「可瑪莉大小姐、可瑪莉大小姐。」因為那樣很癢又很丟臉，於是我就像一尊銅像一樣，整個人定在那邊。

「啊啊可瑪莉大小姐……！終於找到您了……！不是每天晚上在妄想中出現的假可瑪莉大小姐，而是有溫度的真可瑪莉大小姐，現在您就在這……」

「喂、喂喂，妳別哭啦？我哪裡都不會去的……！」

「可瑪莉大小姐————!!」

「哇啊啊啊啊!!不要揉我的側腹啦!!」

「『哪裡都不會去』？——可瑪莉大小姐在說謊吧。您不就把我丟在拉米耶魯村，自己走掉了嗎？就算有不得不那麼做的原因也一樣，都不可原諒。也不想想我是多麼擔心可瑪莉大小姐……」

「對、對不起……」

「我這一生都不會再離開您，我們快點合體吧。」

「喂，不要繼續貼著我啦!!若是骨折怎麼辦!!」

© riichu

佐久奈那時從背後抱過來，嘴裡說了句：「我也要合體！」我覺得自己好像變成漢堡裡面的肉了。搞不好我會就此被人壓死——這陣疑慮在我心中浮現。

「這是在做什麼啦。我知道妳很開心，但是這樣做太引人注目了吧。」

「就是啊薇兒！若是一直貼著黛拉可瑪莉，會被她傳染矮子病！」

此時穿著店員服飾的納莉亞和柯蕾特靠近我們。

我當下覺得好感動，都快哭出來了。

「能夠找到妳真是太好了。照這個樣子看來，妳好像過得不錯。」

「謝謝妳，納莉亞……妳是特地過來找我的嗎？」

「那是當然的吧！我可是可瑪莉的姊姊。」

「姊姊這個部分還有討論空間。」

「總而言之——」

納莉亞的目光稍微朝著斜下方瞥了瞥。

那裡有著懶洋洋靠在沙發上的少女——絲畢卡・雷・傑米尼。

「——之前都發生什麼事了，說給我聽聽吧。尤其是那個恐怖分子到底有什麼企圖，這部分要說得明明白白。」

☆

帶領納莉亞她們來到這裡的，是第七部隊的成員（主要好像都是仰賴貝里烏斯的嗅覺）。

我當時心裡想著：「為什麼那幫人也會來常世啊？」但後來又想說他們可能是被夭仙鄉的魔核崩壞事件波及。

目前那些人跟納莉亞等人分頭行動，為了賺取生活費，聽說是在教會那邊做清掃工作。到時就算教會爆炸了，那也不是我的責任。

「所以說——後來我們就來這個餐廳打工了。但真沒想到可瑪莉會來這裡。」

「可瑪莉大小姐是聞著我的氣味過來這裡的。」

「我怎麼可能認得妳的氣味啊。」

嘴裡嗯嗯嗯地吃著漢堡，我還顧這張桌子。

我們已經變成團體客人了。這裡有我、佐久奈、迦流羅和絲畢卡，除了我們這幫四人組，再加上納莉亞、艾絲蒂爾、薇兒跟柯蕾特她們這些「可瑪莉俱樂部」成員，就連她們也一起圍繞在這張桌子前。

前者和後者之間的溫度有些差異。

因為她們對於那個坐在窗戶旁邊的恐怖分子，抱持截然不同的態度。

基本上我們有跟納莉亞她們說明過事情原委了。我還說特萊梅洛把我弄傷，是逆月替我治療的，還有我聯合絲畢卡跟芙亞歐，一起趕跑星砦，並且跟迦流羅她們會合，之後跑去露營——接著又出現謎樣的襲擊者，為了逃走，我們發動【轉移】卻失敗了，結果被傳送到意想不到的地方。

在這之後為了拯救常世，我們還需要蒐集「常世的魔核」。

「我看這個吸血鬼就拿來當毒藥的實驗體好了。我剛好完成了『吃下去會跳舞跳到死的毒藥』，這就來試試看吧？」

「先、先等等，薇兒！」

那個女僕想要拿出裝了毒藥的小瓶子，我過去抓住她的手。

看在其他那些人眼中，絲畢卡果然是「窮凶極惡的恐怖分子」。

「妳的心情我懂，但還是不要下毒比較好。」

「那不然把她關進監牢吧？拿來當成種植蕈類的溫床似乎也不錯。」

「那樣不行！我們必須跟絲畢卡同心協力！」

「可瑪莉大小姐……」

對方嘴裡發出嘆息，看起來像是很傻眼的樣子。

那對翡翠色的雙眼透著一絲認真的色彩，不停凝視著我。

「她可是恐怖分子喔。我不在的這段期間，似乎發生過很多事情，但您是不是忘了，因為逆月的關係，姆爾納特帝國曾經陷入危機之中。」

「我沒有忘記，可是絲畢卡也有她的苦衷。」

「就算有苦衷好了，還是不該做出那些殘暴的事情。可瑪莉大小姐實在是太天真了。為了不讓您因這份天真受傷，我的職責就是在旁邊協助您。」

「可是……」

「薇兒海絲小姐，那個人是不會加害我們的。」

這時有鈴鐺的聲音響起，發出「叮鈴」一聲。

迦流羅用筆直的目光看著薇兒說話。

「跟她一起短暫行動一段時間後，我已經明白了。絲畢卡小姐為了實現自己的目的，確實會冷血到不擇手段，但我們目前利害關係一致。此外——她的心性並非永遠都不會改變。受到可瑪莉小姐的影響，想來正一點一滴出現變化。」

「唔……艾絲蒂爾妳覺得呢？」

「咦!?那個……這件事情還是交給梅墨瓦閣下吧！」

「我覺得拿來當成種植蕈類的溫床還不錯。」

「喂，絲畢卡！妳也說些什麼啊！再這樣下去可是會變成蕈類的養分喔!?」

「我的目的是要把常世打造成樂園。」

絲畢卡用莫名沉著的語氣接話。

「為了實現這點，無論是什麼樣的手段，我都敢用。就連要跟從前曾經廝殺過的敵人合作，我也在所不惜。不——或許彼此合作才是最大的重點。我想芙亞歐應該也希望我們這樣。」

「芙亞歐？在說那隻狐狸嗎？」

迦流羅這時補充道：「對。」

「芙亞歐小姐之前救過可瑪莉小姐，明明在天舞祭上做過那麼過分的事情……卻受到可瑪莉小姐的感化，和她一起作戰。」

「聽了真讓人難以置信。那隻狐狸不是曾經把可瑪莉小姐砍成兩半的殺人魔嗎？」

「芙亞歐再也不會做那種事了。那傢伙已經變了……」

「就算是敵人，還是能夠彼此諒解。她曾經跟我們如此提及。」

納莉亞和薇兒在那時看似感到不可思議地歪頭。

柯蕾特則是說了聲：「對了。」並拍拍薇兒的肩膀。

「那個人是不是叫做……絲畢卡？不覺得那個人身上傳來奇怪的感覺嗎……？」

「是啊，能夠感覺到一股變態波動。」

「我說的不是那個。而是覺得有種懷念的感覺……」

「……？」

薇兒盯著絲畢卡的臉看了一陣子。

緊接著她似乎察覺些什麼了，隨即屏住呼吸。

然而薇兒很快又換回原本那種冷酷的表情，轉頭看納莉亞。

「……克寧格姆大人有什麼看法？畢竟這個人是曾經跟馬特哈德聯手的恐怖分子。」

「只要她沒有抵抗的跡象，那不就好了？當然我並沒有原諒那個吸血鬼，但我只要遇到能夠利用的東西，什麼都能拿來利用，算是合理主義者。」

「明白了。」

薇兒又嘆了一口氣，肩膀聳了聳。

「我會遵從可瑪莉大小姐的選擇。我想就算我勸她，她也不會聽吧。」

「謝、謝謝妳……！」

「不管發生什麼事，我都會守護您的，請您放心。今後您就在我的衣服內側生活吧。我會像在養育孩子的袋鼠那樣，將您整個包覆住。」

「哇啊啊啊!?那樣衣服會被撐大，不要啦!!」

感覺很久沒有這樣了。雖然平日裡薇兒的奇異言行讓我傷透腦筋，可是先前有一陣子這種煩惱從我身邊消失，害我心中一直有揮之不去的鬱悶感……不對不對，我的腦袋是不是異常了。那個女僕就應該跟佐久奈一樣，當個乖寶寶才對。

「……妳是一個很有福氣的人呢。」

那時絲畢卡用有些深有所感的語氣嘀咕。

這樣的說話語氣很不像她會有的，讓我驚訝不已。

「絲畢卡？妳怎麼了？」

「沒什麼！只是看到有人在我眼前秀恩愛，會很想把對方殺了！」

「剛才妳說到『殺人』這個字眼對不對？我看果然還是讓妳當溫床會比較……」

「快住手，薇兒！那種奇怪的注射器，我這個當上司的要負起責任沒收！」

「這樣話都談不下去了，妳要冷靜一點啊。」

這時感到傻眼的納莉亞過來介入。

「絲畢卡，妳說蒐集魔核就能解決一切對吧？」

「對啊，還有其中一個魔核就在這個神聖雷赫西亞帝國裡，應該是在教皇手上吧——」

就在那時，外面忽然變得吵鬧起來。

好像有一大票人在移動的感覺。

「發生什麼事了啊？那邊的演講臺上好像站了某個人。」

「真的耶。那個是……一個小女孩？」

從窗戶那邊能夠看見雷赫西亞廣場上的樣子。

就在廣場中央，站了一個手裡拿著擴音器的女孩子。

從這裡看不太清楚，但是她身上的服裝散發出神職人員氣息。而且上面還裝飾著神聖教的象徵性符號「斜十字配光之箭」，並且戴著跟某位教皇大人很相似的奇妙帽子（但是迷你版的）。

「各位！請大家仔細聽好！余是神聖教教皇克萊梅索斯五百零四世！」

啪啪啪啪啪啪啪啪啪。

現場揚起一陣拍手喝采聲。假如那些人來自第七部隊，他們可能早就「教皇猊下!!教皇猊下!!」地鬼吼鬼叫了，但是神聖教的信徒似乎不至於做那麼沒品的事。

話說回來——她說她是教皇？

那個小女孩是教皇嗎？

哎呀不對，絲畢卡也一樣啊，外觀上看起來是幼小的女孩子，卻在當教皇。但我想這個跟年齡應該也沒有太大的關係——才剛想到這邊，那個絲畢卡就猛敲我的頭。

「就是那個！那個女孩擁有的東西就是魔核！」

「好痛、好痛啊——不要打我啦!?若是傷到我這個稀世賢者的腦袋該怎麼辦!?」

「傑米尼大人，若是您繼續欺負可瑪莉大小姐，我會把您埋在土壤下喔。」

「現在哪有空弄那個啊！快去吧，黛拉可瑪莉！這可是千載難逢的好機會！」

「可是漢堡排還沒吃完……」

「晚點我再帶妳去能吃到宇宙第一美味蛋包飯的店！」

「!?宇宙第一……!?」

「所以妳要聽話！若是動作不快一點，小心我把妳頭上亂翹的頭髮都拔光喔!?」

「好啦好啦！我知道了啦，不要碰我的頭髮！」

「等等，可瑪莉大小姐……!?」

我絕對不是被宇宙第一蛋包飯引誘。

但我還是背著絲畢卡衝出那間店。

伙伴們也趕緊跟過來。絲畢卡握住我的頭髮，嘴裡說著：「快點快點！」在那邊催促我。這個粗暴的吸血鬼就算動彈不得了還是那麼粗暴。絲畢卡口中的「六百年前的朋友」，在跟她應對的時候，肯定吃了不少苦頭。

☆

克萊梅索斯五百零四世過了一段悶悶不樂的日子。

自從上任成為教皇後，無論如何她都想讓全世界見識神的威儀。

那不單只是出於「想要布教傳道」這種神職人員思維——而是希望透過神聖教的四海一家親思想來平息所有的紛爭，讓人們都能找回笑容。

就在眼前，來了許許多多信奉克萊梅索斯五百零四世的神聖教教徒。

為了迴避「天罰日」，這種時候就該卯足勁。

「這個世界充滿了令人痛心的悲劇！雖然之前我一直都不明白原因，但現在已經知道一切的悲劇都是源自於『黛拉可瑪莉・崗德森布萊德』和『絲畢卡・雷・傑米尼』這兩個恐怖分子！神明大人是那麼說的！」

其實那些話應該是劉・盧克修米歐講的才對。

可是他卻提議說：「別說是我說的，打造成神所說的話會更好吧。」那樣更容易說服信眾——那個人的意思是這樣。造假神明大人說的話，這萬萬不可，可是為了阻止這些紛爭，那也是逼不得已的辦法。余也學會大人的作戰方式了——克萊梅索斯五百零四世的胸口因此出現奇妙的悸動感。

「而那些凶惡的恐怖分子企圖對這個世界的機要——也就是這個神聖雷赫西亞帝國發動攻擊！我們已經頒布通緝令了，想來有些人也已經知道了吧！那些人的目的就是要得到余所擁有的教皇信物『光之彩球』！」

那是上一任教皇交給她的神聖教至寶。

當克萊梅索斯五百零四世把那個東西高舉起來，信眾紛紛發出「喔喔！」的感嘆聲。

「那些人是惡魔！假如『光之彩球』被奪走並且遭到濫用，那麼『天罰日』就會到來，通往地獄的大門也將會開啟！所以我們絕對、絕對！要阻止他們！因此余——將會睡在這裡!!」

就在克萊梅索斯五百零四世的身邊，佇立著一座小屋。

那個小屋是石頭砌成的，堅固到弓箭和槍彈通通無法穿透。

「真要說起來，余會成為誘餌！余是絕對不會退縮的！連余平常在用的海豚抱枕也都拿過來了！來吧，那些企圖讓世界陷入混沌的卑劣恐怖分子啊！若是敢進入這個小屋的半徑三十公尺內，當心小命不保！余會狠狠揍你們一頓——!!」

信眾再度拍手，並且開始祈禱。

那個勇敢的教皇想要拿自己當誘餌，他們都覺得很感佩。

克萊梅索斯五百零四世「嘿咻」一聲從演講臺上下來，而且暗自下定了某種決心。

——余要回應大家的期待！要抓到那些恐怖分子！

想出這個作戰計畫的，正是克萊梅索斯五百零四世自己。

「余來當誘餌！」——當她出面說明，說她想要採用這樣的作戰計畫，盧克修米歐和各國大臣就擺出很微妙的表情。居然要讓「光之彩球」在世人面前亮相，用來引誘那些恐怖分子，若這種野蠻行為讓那些虔誠的神聖教教徒得知，他們可能會口吐白沫倒地吧。可是她只能這麼做了。不管要使出什麼樣的手段，都必須為世界帶來和平，這正是教皇的職責。

——那、那軍隊應該是會出動的吧？

克萊梅索斯五百零四世帶著不安的心情環顧四周。

剛才說「余要狠狠揍你們一頓——!!」，這樣的宣言當然是在虛張聲勢。一旦有什麼人入侵到小屋的半徑三十公尺以內，馬上就會有多國籍軍隊出動，一同發動攻擊。

但是擔心那麼多也沒用吧。

除了對神明大人祈禱，克萊梅索斯五百零四世還走向那棟小屋。好久沒有演講了，她覺得很疲憊，打算來床鋪上小睡一下。

「嗯？」

就在那個時候，她聽見人牆那邊有人發出慘叫聲。

克萊梅索斯五百零四世反射性轉過頭。

是有人丟出某種東西才會那樣。那個東西咕嚕咕嚕地轉動，以拋物線狀飛出——上面還刻著不可思議的花紋，是看起來很像發光寶石的物體。

「那個是什麼？好漂亮喔～……」

克萊梅索斯五百零四世悠哉地眺望空中。

她根本不曉得那是裝了爆裂魔法的魔法石。

過沒多久，寶石就直接命中位在一旁的小屋。

常世之人根本沒見識過的不可思議力量就在那時迸裂開來。

跟個稻草人一樣杵在原地的克萊梅索斯五百零四世都還沒來得及弄清發生什麼事，人就已經被吹飛，接著又在一頭霧水的情況下，眼看小屋炸成碎片四散開來。

「呀啊啊啊啊!?」

這是她發自內心所發出的慘叫聲，同時她還在石板路上滾了好幾圈。

怎麼會有這種事情。想都想不到半徑三十公尺以外會有炸彈丟過來。畢竟克萊梅索斯五百零四世的丟球成績只有七公尺。到底是誰做出這種事情？余可是教皇，是神明大人的頭號僕人，至於是誰企圖取她性命，大概就只有那些恐怖分子了。

「！」

這時她忽然驚訝地抬頭。

那裡有許多信眾在倉皇奔逃，還有各個國籍的軍方士兵趕過來，再加上爆炸引發的壯烈火焰，正濃烈地向上竄燒——一時間湧入太多信息，導致她太慢注意到，但是克萊梅索斯五百零四世確實看見了。

看見一個正在哈哈大笑，笑得很誇張的吸血鬼。

還有一個看起來很貧弱的吸血鬼，她背上背著剛才那個吸血鬼。

雖然長得跟通緝令上的圖不太一樣，但是看衣服還是能看出那是誰。應該是說她們的反應明顯跟其他那些過路行人不同，因此就只能朝那個方向推論了。原本還以為她們若是真的要來，那可能是明天或後天才來，真沒想到剛演講完就打過來了。

換句話說。

那些人。

那些人就是——

「是、是、是恐怖分子來了——————!!」

☆

「——啊、哈、哈、哈！這個是從基爾德·布蘭那邊偷來的【小爆炸】魔法石！炸起來的樣子還真是爽快呀～！」

「妳、妳……妳這是在做什麼啦——————!?」

背上還背著絲畢卡的我放聲大叫。

也沒多想就把這傢伙帶過來的我太愚蠢了。

難得發生「通緝令上的人像圖畫得有夠差」這種奇蹟，讓我得以逃過一劫，這下子不就等同在自行昭告「我就是恐怖分子」嗎！

「咦……？原來絲畢卡小姐意外的是個不太會用大腦思考的人……？」

「是那樣沒錯，迦流羅小姐，我覺得應該要快點把她弄成水豚才行。」

「拿來當成毒藥的實驗體會更好，就把毒藥加進那傢伙的糖果好了。」

待在背後的伙伴們都很傻眼。用不著多說，就連我也傻眼。

我再也不帶她去廁所了。

「還在做什麼啊！若是在那邊發呆會死喔!?來吧快看，那些原本藏在暗處的軍人都慌慌張張跑出來了！這裡果然有陷阱！」

「什麼！……難道妳……是知道那邊有陷阱才丟炸彈的!?」

「就是因為有陷阱，一切才會在計算之中！別管那些了，快點趕去魔核所在處吧！」

「就算妳那麼說——」

「可瑪莉小姐，危險！」

佐久奈的拳頭在那時呼嘯而過。

「呃咕！」——從旁邊襲擊過來的士兵因顏面遭到毆打，就這樣飛了出去。看樣子她又救了我一次。

「佐久奈！該怎麼辦，這樣下去會死掉啊！」

「我們把絲畢卡・雷・傑米尼交出去吧。然後拜託對方放過我們……！」

嘴裡一面說著，佐久奈將那些士兵宰爛丟掉，遇到下一個又是宰爛丟掉。

照理說她原本應該是擅長用魔法的吸血鬼才對，為了適應常世那過於嚴苛的環境，才會一時間成了用肉體作戰的吸血鬼吧。

「佐、佐久奈小心後面！」

「咦——」

一些拿著刀劍的士兵從佐久奈背後飛撲過去。但那麼脆弱的美少女若是要持續跟人打肉搏戰，我想應該是沒辦法——於是我決定豁出去了，想要過去擋在她身前。

「嘿！」

「咕欸！」

可是有人動作更快，迦流羅揮出去的金屬棒命中那個士兵的後腦勺。成功屠戮敵人的迦流羅發出「啊哇哇哇」聲，變得面色蒼白，手裡的金屬棒還跟著掉落。

「我打人了……！要趕快替他治療……！」

「真不愧是天津迦流羅！就拜託妳繼續維持這個步調吧！」

「我不要！雖然習慣被人家打，但是我很討厭打人……！」

「晚點看妳想要被打多少，我都可以幫妳，現在妳先忍一忍！」

「為什麼我非得被人打不可啊!?」

「現在不是吵架的時候吧！又有越來越多敵人湧現了啊！」

納莉亞在那時揮舞雙劍，同時大聲喊出這句話。

那些士兵好像真的把我們當成恐怖分子看待了，全都殺紅了眼，朝我們衝過來。眼下這種情況哪還有讓我們發牢騷的餘地。在絲畢卡的催促下，我開始奔跑。

「可瑪莉大小姐，我認為捨棄那個恐怖分子才是上策。」

「可是這傢伙就是不離開我啊！一直緊緊抓住我的頭髮——」

「找到了！就是那個女孩！」

這時我看見——在那個炸到飛散的小屋旁邊，癱坐著一個幼小的女孩子。

她身上的特徵是一頭白髮，還是個蒼玉種。一發現我們靠近她，那個女孩就爆出「咿咿！」的尖銳悲鳴聲，人跟著後退。

「諸位！趕快把那些恐怖分子抓起來！她們要過來了！」

「快趕過去，黛拉可瑪莉號！妳動作太遲緩了！」

「我看是妳太重了吧……!?」

「只是妳太貧弱才會這樣吧!?小心我殺了妳喔？」

這傢伙老是在舔糖果，跟我相比，體積一定是比我大的吧。但那些先擺一邊，我很貧弱也是事實。以前不曾在背著貨物的狀態下短距離奔跑，體力很快就迎來極限。

「啊！」

「可瑪莉大小姐！」

剛才那陣爆炸把一些道路石板都掀起來，我一絆到就跌倒了。

絲畢卡從我的背上滾落，嘴裡發出聽來像是「噗嚕!?」的悲鳴聲。薇兒在千鈞一髮之際抱住我的身體，讓我免於摔倒。

可是一切都太遲了。

眼前站了一些手裡拿長槍的士兵。

那銳利的尖端慢慢逼近我們。就算靠薇兒的暗器也沒辦法通通抵擋掉。

這樣下去會死——正當我那麼想的瞬間。

「可瑪莉小姐！請舔我吧！」

「咕噗！」

「梅墨瓦大人!?」

那個佐久奈不知道從哪邊冒出來的，直接將手指插進我的嘴巴裡。

我感覺得到，從她手指的皮膚內側滲出了一些血液。

我懂了。原來她是那個意思啊。

「這是在做什麼！不能夠逼可瑪莉大小姐做她不願意做的事情！假如真的遇到逼不得已的狀況，那也預計是由我用嘴對嘴的方式獻上鮮血——」

薇兒的喊叫，我根本沒聽進耳裡。胸口深處有某種東西湧現上來。那是龐大的魔力氣息。能夠凍結一切的白色能量奔流。參雜著微弱甜味的血液在我的口內蹂躪——過沒多久，我的意識就轉換了，進入殺戮模式。

☆

轟!!——

現場爆出一陣衝擊，很像有陣暴風炸開一樣。

那些來自各國的軍隊精銳都被風吹跑，像樹木的葉子一樣，被吹了起來。

白色的能量在廣場上飄蕩滯留。像在舔拭人們肌膚的寒氣充斥於這一帶，那股寒意彷彿將人帶回寒冬，讓人背脊發寒。

「這、這是……神明大人嗎……？」

克萊梅索斯五百零四世連腿都軟了，眼裡不停凝視那威武的模樣。

這簡直是太神聖了。唯有至高的存在顯靈於世，才會呈現出那樣的姿態吧。

不對不對，怎麼可能有這種事。

她應該是惡魔才對。更正，是恐怖分子。證據就是她那眼神像在說本人連兔子都敢殺，可是人們卻嚷嚷著：「神在發怒了！」拔腿四處奔逃。

克萊梅索斯五百零四世在那時鼓起勇氣大喊。

「各、各位！逃跑是不對的！這個人可是恐怖分子！」

「我不是恐怖分子。」

「咿!?」

不知道是什麼時候來的，身上帶著白色能量的吸血鬼已經來到她眼前。

這個人是黛拉可瑪莉・崗德森布萊德。想要將這個世界轉變成地獄的萬惡元凶。

她腳邊有一些冰啪嘰啪嘰地擴散開來，將克萊梅索斯五百零四世的衣襬凍結在地面上。雖然她很想逃跑卻逃不了，因為脫衣服太羞恥了。

「那個是……魔核？」

「咦!?不、不是的！這個是——這是世上……」

「借我吧，很快就會還妳。」

實在太可怕了。

克萊梅索斯五百零四世覺得自己都快尿褲子了。

就在那個時候，她看見黛拉可瑪莉背後有一些士兵衝過來。

「得、得救了！這個人是惡魔！趕快把她抓起來！」

「上頭下令要我們連教皇都殺！大家別管那麼多，直接把她們刺成人串吧！只要『光之彩球』沒事就可以了！」

「咦？」

連同教皇一起殺？他們不是來救助自己的嗎？

一些疑問在腦海中打轉。就連面對克萊梅索斯五百零四世，那些士兵依然釋放出殺氣，要拿長槍刺她。這算什麼？我也會死嗎？——正當她為此感到絕望的瞬間，遠方傳來某個人的喊叫聲。

「黛拉可瑪莉！抓那個女孩子當人質！我們要綁架她！」

「——知道了。」

「綁架……？？等等……啊啊啊啊啊啊啊啊啊啊啊啊啊啊啊啊啊啊啊!?」

黛拉可瑪莉維持抱著克萊梅索斯五百零四世的姿態跳了起來。

不對，與其說那個是跳，倒不如說是飛翔。她噴射出謎樣的冷氣，飛向天空的彼端。克萊梅索斯五百零四世的眼睛都在旋轉了，而且她非常想吐。之前自己一直隱藏這件事，但其實她有懼高症。每次在大聖堂高處的陽臺上演講時，她都會流很多的手汗——

可是黛拉可瑪莉卻不理會這些。

於是克萊梅索斯五百零四世就帶著慘叫聲化為流星了。

☆

黛拉可瑪莉・崗德森布萊德。

「銀盤」的血族之女。

殲滅外裝都起不了作用，而且她還擁有規格外的烈核解放。

剛才那場廣場騷動其實是用來測試對方力量的示威活動。這下已經知道沒辦法用魔法、也沒辦法用烈核解放的雜兵不可能對付得了她。

只是他沒想到這個女孩會如此強大。

「——教、教皇猊下被綁架了啊!?這下讓多國籍軍隊出動不就白費功夫了嗎！」

「所以我就說了啊！不應該用那麼白痴的作戰方式！」

「看樣子那幫人打算據守在東方的『克萊蒙斯尖塔』那邊。」

「那我們就應該早點把那裡炸了！」

「那可不行！若是要找教皇的替代品，要多少有多少，但卻不能失去『光之彩球』。神聖教可是唯一擁有統理這亂世力量的——」

「……阿爾卡的大臣啊！但你剛才好像在那裡偷偷說『神聖教去吃屎』？」

「那只是我個人的看法！用客觀的角度來看，宗教力量是不可或缺的吧！」
「我國也贊成這種做法！身為教皇權力象徵的『光之彩球』確實很重要！」
「那都是在胡扯！我們只要盡快進攻就好了！」
「這是在說什麼啊！教皇猊下的人身安全才是最重要的吧！」
「不行，魔核……不對，應該是神聖教的至寶，那東西可不能受到傷害呀。」
「盡說些莫名其妙的話……！」

看來星砦有把魔核借給那些受他們控制的傀儡國家。

而利用那份魔力「發掘」魔法的國家都會覺得有可能破壞「光之彩球」──也就是魔核的行為，全都是不好的。可是他們又不想讓其他國家知曉魔核的效能，於是才會提出如此毫無根據的主張，聲稱：「為了實現和平，神聖教是必要的。」

真是愚蠢。

他手裡可是已經做好擊滅那些恐怖分子的準備了。

就在那個時候，有個傳令兵跌跌撞撞地闖了進來，看那樣子都快把大聖堂的門踢破了。

「有事稟報！那些據守在克萊蒙斯尖塔的恐怖分子跟我們聯繫了！他們說『交出所有的魔核，否則就把教皇殺掉。』──」

這下待在大聖堂裡的大叔們都開始議論紛紛起來。

原來她們要的是這個——盧克修米歐在這時嘴角上揚。

之前在露營場所那邊，他已經偷聽過了，知道那幫人擁有的魔核有兩個。

除此之外，很可能都落在星砦的傀儡國家手中。

換句話說，她們打算藉這個機會聚齊剩下那四個魔核。

「沒必要感到焦急。那幫人是沒辦法破壞『光之彩球』的。」

這時盧克修米歐慢慢站了起來。

「我已經編出一套攻略辦法，那幫人根本不是我們的對手。」

「……納克利斯的大臣啊，事到如今，你想我們還會相信你嗎？」

「這話什麼意思？」

「就是你對教皇提出的愚蠢作戰計畫表示贊同的吧！再說你畫出來的人像圖跟本人一點都不像不是嗎！那些恐怖分子的長相根本就沒有這麼凶惡！」

「不好意思，我不擅長畫畫……」

大聖堂內頓時被一陣啞口無言的氣氛包圍。

這幫人和盧克修米歐眼中所看見的世界是不一樣的。

若是有得選，他根本不想和這些養分扯上關係。可是盧克修米歐奉行的個人主義是能夠利用的東西全都要拿來利用。若是常世的戰亂不能停止，這些人的心無法安定下來，第一世界就不能重新找回秩序。

殲滅外裝04《縛》——

於是他發動神器，無以計數的帶子開始左搖右擺。

看到這種不尋常的神祕現象，其他那些人全都張開嘴定格。

「——跟我合作吧。她們抓捕人質或是據守在某個地方都沒用。因為我擁有超乎常人的力量。」

吸

[16] 閉門頑抗的吸血姬

當我回過神，我已經成為綁架犯了。

「怎麼會這樣!?」

「這樣的現實實在是太殘酷了，我開始有想要逃避的感覺。我好像在廚房那邊放了一些等著要洗的東西，所以我要先回櫻翠宮了。否則花梨小姐會生氣的……」

「快停下，迦流羅!!那個是窗戶啊!!而且這裡差不多有十五樓高喔!?」

「請放開我！這樣下去軍隊會打進來，我們所有人都會立地成佛啊！小春～！小春妳在哪裡～！快來救救我～！」

那個時候突然有一支箭矢「咚嘶！」一聲刺在窗框上。

迦流羅「呀啊！」地發出慘叫聲，摔坐在地上。

而我則害怕地望向窗外——的地面。結果發現看上去像是有一大群軍人列隊，將我們這些閉門頑抗的犯人全都包圍起來。應該是說那就是眼下的真實畫面。薇兒還在旁邊悠哉地拍手，嘴裡說著：「恭喜您，可瑪莉大小姐。」

「我們完全被包圍了呢，這下完蛋了。」

「這哪裡值得恭喜了啊!!為什麼事情會變成這樣!?」

「這都是多虧可瑪莉小姐才會那樣！我都忘了……妳本人的意願如何暫且不論，但妳是跟『殺戮霸主』這個稱號很相配的麻煩製造者。」

「對不起。」

我無從反駁。

大概是因為我老實道歉的關係吧？迦流羅在那時趕緊加話：「但、但這也是可瑪莉小姐的魅力之一！」這是在打圓場。我是該高興，還是不該呢……

「……但這下困擾了呢，如此一來我們就被人甕中捉鱉了。」

「可瑪莉大小姐，要不要跟我一起睡覺？趁現在睡覺，還能將這一切當成是夢。」

「我連百分之一的意願都沒有。」

「這是個好點子，我要來睡了。」

「不要睡啦，迦流羅!?」

目前我們幾個來到屹立在廣場東側的尖塔上，在那裡閉門頑抗。

因為有了佐久奈的血液，發動烈核解放的我曾經抱著絲畢卡和教皇——還有面臨危機的伙伴們（薇兒、迦流羅、佐久奈）飛翔。大概是「必須拯救大家」這種心理因素在作祟吧。

不料絲畢卡又在我耳邊嚷嚷：「那個塔正好適合我們！」我才會在無意識間聽從她的指示，陷入這種據城頑抗的境地，真是可喜可賀。

在尖塔的最上層，有個像宮殿接待間的地方。

中央有一張沙發，一位小女孩就坐在上面。

她臉上浮現出恐懼的表情，身體不停顫抖，眼裡一直看著我們一行人。

這個人就是神聖教的教皇——克萊梅索斯五百零四世。

「——妳、妳們這些無禮之徒！把余抓來有什麼企圖!?難道是想要把余吃了!?是不是那樣!?先跟妳們說，余吃起來應該不會太美味喔！」

「那種東西不吃是不知道的吧!?我看就先把妳軟軟嫩嫩的肚子肉削下來，拿來油炸看看吧～！」

「呀啊啊啊啊啊啊啊！別碰我，過去旁邊啦！」

絲畢卡開始用匍匐前進的方式追趕克萊梅索斯五百零四世。那個銀白色的小女孩面色蒼白地逃來逃去。妳的心情，我能體會喔，我以前也差點被那傢伙做成火鍋配料。

「啊、哈、哈！這種適合拿來捉弄的孩子，我很喜歡呢！再讓我多聽一些慘叫聲吧！」

「妳的眼神是認真的！是真的想要把余吃掉～！」

「──這樣不行，不能欺負小孩子。」

有人擋在絲畢卡前方，那個人就是佐久奈。

她抓住克萊梅索斯五百零四世的雙肩，在她耳邊輕聲細語說了些話。

「不會有事的，我們不會加害於妳。雖然那個匍匐前進的人很可怕，但若是真的出什麼事，我會把她殺掉的，請妳放心。」

「唏咿咿咿咿咿咿咿咿咿!?妳身上散發出淫邪的氣息!!好可怕!!」

「咦……淫邪……？？」

鏗！──佐久奈看上去像是受到打擊，直接定格在原地。

絲畢卡接著爆笑起來，嘴裡說著：「妳很會看人呢～！」

克萊梅索斯五百零四世就像一隻逃跑的兔子一樣，翻個身跑到房間角落，然後就蹲在那邊，開始發出「呼唔～！」一聲威嚇我們。

會這樣也很正常吧。對她而言，我們可是會對雷赫西亞的和平局面造成威脅的恐怖分子，如假包換。

「這下困擾了呢。」

絲畢卡用匍匐前進的方式靠了過來。

我倒是覺得妳做這種事更讓人困擾。

「她完全不想親近我。我有這麼可怕嗎？」

「妳該不會是無法客觀審視自我的那種人吧？」

「黛拉可瑪莉妳沒資格對我說那種話吧！不過我也沒必要跟她混熟。只要那個女孩能夠好好發揮人質的功用就好。」

絲畢卡說現在在雷赫西亞那邊，來自常世的各個國家正在召開會議。簡單講就是來自各國的大人物都會齊聚一堂。

因此絲畢卡才要抓克萊梅索斯五百零四世當人質，然後提出「不希望這孩子沒命，就將剩下的魔核全部交出來！」這種要求。雖然我覺得事情發展變得很莫名其妙，但是她說這也是為了前往「弒神之塔」所實施的作戰計畫一環。

「……那我們把自己關在這邊據守，這樣有意義嗎？」

「不管遇到任何事，不斷嘗試跟遭遇失敗都是很重要的！假如那麼做沒用，到時我們只要奪走『光之彩球』再逃跑就好。只要使用妳的烈核解放，就能輕鬆搞定不是嗎？」

「怎麼這麼亂來……」

之前在鎮壓涅普拉斯知事府的時候，我就有個想法了，那就是這傢伙的作戰計畫都很不經大腦。感覺就很隨便，即使沒有成功也無所謂，諸如此類的。是因為那些都能帶來一定的效果，部下們才會那麼仰慕她吧。

這時迦流羅將手放在下巴上，喃喃自語地說了一句：「話說回來。」

「原來教皇是一個年紀差不多十歲左右的少女啊。莫非那女孩並不像外表看到的這樣，其實是個早熟的天才。」

「明明長得比可瑪莉大小姐嬌小，頭腦卻有可能比可瑪莉大小姐好。」

「那種意有所指的說法是怎樣。」

「妳們真笨啊，這傢伙不管怎麼看都是傀儡吧!?那孩子根本就沒有實權！現在那些雷赫西亞的士兵都在大喊『連教皇一起殺掉』喔！」

我們瞥了瞥那個被囚禁起來的小女孩。

她好像能夠聽見我們的對話，這位克萊梅索斯五百零四世就抱著膝蓋坐在那裡，眼裡一直有淚水滑落，口中還發出啜泣聲。

「余……余會……嗚嗚……」

我跟迦流羅趕緊站了起來。

因為她實在太可憐了。

可是最終那位克萊梅索斯五百零四世的淚水還是潰堤了。

大概是之前隱忍的那些都一起爆發了吧。

「余……余好沒用……！嗚嗚……嗚嗚嗚嗚嗚嗚嗚……嗚嗚嗚嗚嗚嗚嗚嗚!!余那麼不中用，實在太丟人了————!!」

「妳、妳不要哭嘛！我們都會幫妳的！」

「說、說那種話一定是在騙人——！嗚嗚嗚嗚！嗚啊啊啊啊啊啊啊啊啊啊……!!」

「妳看，我這裡還有點心喔！要不要吃吃看風前亭的羊羹!?」

我心中有著濃烈的罪惡感。

於是我們便開始安慰那個嚎啕大哭的小女孩。

☆

「……身為一名淑女，讓各位見笑了。」

過了一陣子後，克萊梅索斯五百零四世的情緒才平息下來。

是迦流羅的和風點心奏效了。那個小女孩淚眼汪汪地吃著羊羹，這模樣看起來很像倉鼠之類的小動物。害我覺得她有點可愛。

「我沒吃過這種點心……」

「那個是我做的，希望能夠合妳的胃口。」

「什麼!?」

對方那對閃閃發亮的雙眼就這麼盯著迦流羅看。

接著她將點心「咕嚕」地吞下。

「這、這是妳做的!?能夠做出這麼美味的東西……」

「妳能夠吃得開心，我很高興。這裡還有，再請妳繼續品嘗看看吧。」

克萊梅索斯五百零四世頓時展露宛如向日葵般的笑顏。

直到剛才為止，她都還一副世界末日要來的表情，真是難以置信。看來迦流羅的和風點心果然擁有為這個世界帶來和平的效果。可是那個蒼玉種小女孩卻突然間擺出凝重的表情，眉頭深鎖，嘴裡「唔唔唔……」了幾聲。

「妳的名字叫做天津迦流羅是嗎？如此溫柔的味道，恐怖分子不可能做得出來。這到底是怎麼一回事呢……？」

「我不是恐怖分子，而且我有話要跟妳說。」

「有話跟我說？」

「那個就讓我來說吧！」

當絲畢卡用很大的音量喊出這句話的瞬間，那個克萊梅索斯五百零四世的肩膀就嚇到抖了一下。

她手裡還緊緊握著羊羹，人躲到迦流羅背後去。

看吧，都是因為真正的恐怖分子插嘴，事情才會變成這樣。

「好可怕！迦流羅身上沒有，但是那個人卻散發邪惡的氣息！」

「妳這個小女孩真夠沒禮貌的！小心我把妳拿去蒸烤喔!?」

「咿咿咿咿……！」

「喂，絲畢卡，這樣話就談不下去了吧！抱歉，克萊梅索斯五百零四世，這傢伙是不懂得察言觀色的恐怖分子——」

「咿咿咿咿……！別靠近我！妳身上有殺人魔的風範！」

「…………」

這話讓我好受傷。不過佐久奈過來摸摸我的頭，對我說：「用不著放在心上。」說得也是，我不用放在心上嘛。反正連佐久奈都被人說成「淫邪」了，想來克萊梅索斯五百零四世是很容易自己胡思亂想的那種人吧。

這時迦流羅「咳哼」地清清喉嚨。

「克萊梅索斯五百零四世小姐，我有個請求，請問妳願意聆聽嗎？」

「請求……？」

「我們是為了世界和平而戰，並不是什麼恐怖分子。為了阻止戰亂，無論如何都需要魔核。」

克萊梅索斯五百零四世在那時緊緊握住胸前的鍊墜。

那是魔核——「光之彩球」。

「……妳說的那些話，確定都不是假的嗎？是真心希望和平到來？」

「是的。」

「那這樣……就跟余一樣了。」

對方的聲音聽起來很懊惱。

這是那個女孩最真實的心情。

「自從余成為教皇之後，一直都是一事無成……余的工作明明就是平息戰亂，讓這世界上的所有人找回笑容，實際上卻是每天關在大聖堂裡看那些教典。想也知道，余幾乎不具備身為教皇應有的權限，就連那些樞機主教也都不聽余的話。余這麼沒用，實在太丟人了……」

「但就算是那樣，妳還是想讓世界變得和平起來吧。」

「那是當然的！」

這位小女孩緊緊握住拳頭，用認真的眼神看著迦流羅。

「這是因為余都聽見了。聽到那些渴求和平的人民之聲……」

「聲音？」

「余擁有異能。那是余被選為教皇的其中一個理由……余只要躺到床上睡覺，就能夠聽見人們的心願。」

我這才想到在常世這邊，人們都說烈核解放是「異能」。

大概是因為她很希望「能夠聽見他人的聲音」，才會出現這種力量吧。

「那些聲音都不知道是哪裡的誰發出的。但除了偶爾會聽見的惡魔之聲，其他人都希望能夠擁有安寧的生活。他們討厭戰爭，不希望有人死去，一直在說神啊、神啊，請救救我們……每天夜裡都會聽見這些聲音，所以余必須實現他們的心願。再說……神明大人也是如此命令余的，她要我『讓常世恢復和平』。」

「原來妳連神的聲音都能夠聽見？真厲害呀……」

「余沒有說謊。神明大人還說自己的名字叫做『那西利亞』。這個名字聽起來很神聖對吧？」

那時有個東西抖動了一下。

是仰躺在地的絲畢卡震了下肩膀。

……？發生什麼事了？總覺得絲畢卡的表情好像忽然間變得很陰狠。

「所以余一定要努力才行。可是現在卻被恐怖分子抓起來，而且還沒能如實統領這個神聖雷赫西亞帝國，被那些樞機主教當成不需要的東西看待。余覺得自己實在太丟人、太丟人了……」

「那沒什麼好擔心的，我來這裡就是為了讓常世恢復和平。」

此時絲畢卡用認真到可怕的聲音如此訴說。

「……但是余聽說你們才是萬惡的元凶啊？而且各國為了擊退妳們，全都團結起來了。余覺得照這個樣子進展下去，戰爭將會結束。」

「是因為劉・盧克修米歐那麼說？」

那時絲畢卡用滾的方式翻了個身。另外那位小女孩教皇彷彿被人說中似的，整個人僵住，絲畢卡觀察她的臉五秒鐘後，嘴裡發出失望的嘆息，並說了句：「這樣下去不行。」

「這樣是不行的，小克萊。」

「小、小克萊……？」

「那傢伙根本就覺得常世變成怎樣都無所謂，妳總有一天會被他殺死。」

這話讓我大吃一驚，轉頭看向絲畢卡。

「先等一下，絲畢卡，難道那傢伙已經能夠控管雷赫西亞了？」

「說得更貼切一點，應該是他能夠控管聚集在雷赫西亞的各個國家才對！若不是那樣才奇怪，怎麼可能發布通緝令，把我們抹黑成恐怖分子！」

原來弄到最後都是那個夭仙在搞鬼啊？

讓人意外的是——克萊梅索斯五百零四世也表示認同，嘴裡說著：「余也有這種感覺。」

「之前余去當誘餌執行作戰計畫的時候，盧克修米歐曾經捨棄余。能夠做出那種事情，根本不可能打造出神明大人所希望的世界。」

「妳說得沒錯，可是我們卻有辦法。」

「咦……？」

絲畢卡將手肘撐在地上，把身體撐起來。眼裡寄宿著不可動搖的意志。

「常世本來就應該是和平的。為了實現這點，不管要付出什麼樣的犧牲，我都在所不惜——不過我的想法跟黛拉可瑪莉有點出入就是了。」

「這、這些話都是真的嗎？妳是真的想讓常世……迦流羅。」

「是的，我想絲畢卡小姐是真心想要改變常世。」

那個克萊梅索斯五百零四世不停盯著絲畢卡看。

緊接著她好像注意到什麼了，眼睛跟著睜大。那種感覺就很像是牙齒裡面卡的東西被掏出來，或者是原先準備好的伏筆被作者漂亮回收——

「『絲畢卡』……我想起來了……！那個是神明大人曾經提過的名字……！」

「神明大人……？是說那西利亞嗎？」

「沒錯，那西利亞大人曾說『只要把這些事情交給絲畢卡，一切就會好起來』。」

也就是說……余可以相信妳囉……？」

手裡握著「光之彩球」，那個女孩的身體不停顫抖。

這件事說來也真是奇妙。那個那西利亞大人是不是絲畢卡認識的人啊？為什麼她會出現在克萊梅索斯五百零四世的夢境裡？

「對了，克萊梅索斯五百零四世」。」

當話一說出口，我才注意到一件事。現在還叫她克萊梅索斯五百零四世好像怪怪的。

這種時候還是學學絲畢卡，叫她「小克萊」好了。

「……對了，小克萊。那西利亞是什麼樣的人？」

「那西利亞大人是神明大人，身上散發神聖的氣息。有一頭青色的頭髮，還有像翡翠一樣漂亮的雙眼，模樣總是又冷酷又帥氣……」

「可瑪莉大小姐，尖塔那邊都已經調查完了。」

不知道是什麼時候來的，薇兒忽然現身並站在我身旁。

「咦？妳剛才跑去哪了？」

「我專門做諜報工作的。就在各位聊些沒營養話題的同時，我已經去調查過克萊蒙斯尖塔是什麼樣的設施了。」

「真不愧是薇兒海絲呢！要不要再來我底下做事啊!?」

「還是不要吧。若是僱用這傢伙，可是會萌生整天被性騷擾的煩惱喔。」

「沒那個問題，可瑪莉大小姐。無論何時何地，我都會侍奉在可瑪莉大小姐身側。」

「靠太近了啦！夠了喔妳，有閒工夫在那用臉頰磨蹭，還不如提出調查報告！」

薇兒這時回了一句：「您好冷淡。」臉頰跟著鼓了起來。

「根據我的調查，這座塔好像是用來讓賓客住宿的設施。不管是廚房還是浴室都很完善，也儲備了很多食材。我認為來這裡閉門據守是很合適的地點。」

「是、是這樣啊……」

「另外我還有偷偷確認過外頭士兵的狀況，他們並沒有要進攻的跡象。感覺比較像在伺機而動，但我們這邊有教皇跟魔核在，想來他們是沒辦法輕而易舉出手的。」

話說到這邊，薇兒看向克萊梅索斯五百零四世——也就是小克萊。

只不過……

「啊，咦……？」

不知道為什麼，小克萊的肩膀抖了一下。

羊羹還從她手中掉落。這時迦流羅一臉擔憂地凝視她的臉龐，嘴裡問了聲：

「小克萊小妹妹？」然而對方卻一臉驚訝無比的樣子。

緊接著那女孩便抬手指著薇兒，嘴裡念念有詞地說了句話。

「神、神明大人……？」

在場大多數人全都不解地歪過頭。

神明大人？在說這個變態女僕嗎？是不是哪裡弄錯了……？

☆

黑夜拉下帷幕。

有曼陀羅礦石增添色彩的神聖雷赫西亞帝國就算處在黑暗中，依然煥發神聖的紫色光芒。現在應該是那些虔誠信徒在靜靜就寢的時間了，但同時也是「世界和平會議」的舉辦時間。各國大人物和軍人在路上走來走去，不是喝酒就是在暢談閒聊。

至於那個正在頑抗據守的凶惡罪犯黛拉可瑪莉，她的伙伴也聚集在觀光客會去的酒吧裡，於此地開起祕密會議。

「——我們要突擊、突擊！趕快去拯救黛拉可瑪莉！」

「咚!!」的一聲，有人在敲桌子，他就是約翰・海爾達。

這個少年是第七部隊中時常有去無回的那一個，是很受死亡熱愛的少年。他正在抖腳，還瞪著納莉亞看。

「現在哪還有閒工夫在這邊吃飯啊，那個尖塔可是被士兵團團包圍了啊。」

「但我覺得不要用突擊的比較好。若是在另一個世界裡，是能夠考慮採用這樣的作戰計畫，可是常世這邊沒有魔核幫忙復活，所以不能亂來。」

「唔……！」

那個約翰將雙手交疊放在胸前，咬牙切齒起來。

圍繞著這個圓桌的，總共是六名伙伴。

有納莉亞、艾絲蒂爾、柯蕾特、約翰、貝里烏斯跟卡歐斯戴勒。

白天的時候，因為可瑪莉發動烈核解放，那場騷動才算是不了了之。納莉亞和艾絲蒂爾也得以脫離險境，並跑來這和第七部隊會合，在這裡商量作戰計畫。

那時柯蕾特壓低音量問了一句：「問妳喔，納莉亞。」

「這些人真的是可瑪莉的部下嗎？為什麼他們長得都很像罪犯？」

「那是因為他們就是罪犯啊。若是妳隨隨便便靠近會出事，還是躲起來比較好。」

「嗯。」

這時柯蕾特把身體縮成一團，開始啃香腸。

看到她那個樣子，卡歐斯戴勒聳聳肩膀，開口補上一句：「真是的——」

「怎麼會說我是罪犯呢？我從來都沒有被關進牢裡過。之所以會被分配到第七部隊，都是因為擔上了莫須有的罪名。」

「我看你一定是這裡面最噁心的。你那個時候做了什麼？」

「我只是為了未來奮戰而已。」

「啊？」

「先別管那個了，我們要來先思考一下今後的方針。我想找個地方據守頑抗應該是閣下提出的作戰計畫，但我們也不能在這邊咬著手指乾瞪眼。」

「那怎麼可能是作戰計畫啊！那傢伙是被敵人包圍好不好！」

「只不過是那種程度的包圍網，按照閣下的實力來看，她早就已經準備好突破用的手段了吧。」

「……難道你都還沒有發現嗎？那個黛拉可瑪莉可是雜碎啊。」

「妳未免也太愚蠢了吧。」

此時長得像狗的貝里烏斯開口了，還附帶一聲嘆息。

「那我問妳，閣下是如何擊退那些廣場上的士兵，跑到高塔裡面據守的？若是不具備萬夫莫敵的戰鬥力，那種事情是不可能辦到的吧。」

「這些一定都是逆月的頭頭做的啦！對喔……那個恐怖分子也跟她在一起！搞不好黛拉可瑪莉現在正在哭泣！這次就算只有我一個人，我也要去！」

納莉亞在這時基於好奇開口問了一句。

「吶，約翰，你該不會是喜歡可瑪莉吧？」

「嗚咕！」

正要起身卻只起立一半的約翰因為被桌腳絆到，當場摔倒。

艾絲蒂爾接著出聲說了句：「你、你還好嗎!?」趕緊幫他站起來。而約翰變得面紅耳赤，一直狠狠盯著納莉亞看。

「我……我是……」

不料有人替她接話，這個人就是卡歐斯戴勒。

「是啊，那是當然的！我們第七部隊成員全都被閣下那楚楚可憐又凶惡的樣貌吸引，是一群崇高的戰士啊！就連約翰都不例外。」

「就、就像他說的那樣!!若是少了那傢伙，第七部隊就會完蛋!!」

納莉亞在那時嘆了一口氣，將義大利麵一圈一圈地捲起來。

絲畢卡・雷・傑米尼說要拿教皇當人質。換句話說，她正在施行某項作戰計畫。若是他們在外面隨意引發一些騷動，可能會給可瑪莉她們添麻煩——但她還是想要先確認一下，看看可瑪莉她們是否平安無事。

「想想都覺得煩躁。若是真的遇到緊急狀況，就來使用魔核好了。」

「魔核……？是在說閣下的母親寄放在我們這裡的常世魔核？」

「沒錯沒錯。只要有了這樣東西，就能獲得魔力供給。若是情況緊急，我在想或許可以把這個交給擅長使用魔法的人。」

「那就借給我吧，我會把所有東西都燒光。」

「我想我的空間魔法應該也能夠派上用場。」

「這裡有兩個，借給約翰和卡歐斯戴勒是可以——咦？」

那個時候納莉亞忽然察覺一件事。

「……怎麼好像少了一個人？就是那個戴著太陽眼鏡的怪人。」

「在說梅拉康契嗎？那傢伙不久之前說『要去上廁所』，之後就從座位上離開了。」

「那種人隨便怎樣都無所謂吧——！總而言之魔核就先寄放在我這啦！我們趕快去包圍那座尖塔，將那些士兵通通打趴——」

就在約翰要站起來的同時。

遠方正好傳來一陣悶悶的爆炸聲響。在場所有人都驚訝地抬起臉龐，那好像是某個地方有某種東西連續爆炸的聲音。過沒多久，店鋪外面也跟著騷動起來。感覺好像有一些士兵在移動，嘴裡還發出怒吼——

「——喂！那傢伙是不是很擅長用爆炸魔法？」

「的確是。還有一件事，就是他都會帶很多封入爆炸魔法的魔法石走動。」

「剛才那場爆炸跟那傢伙有關的可能性多高？」

「十之八九是他幹的，正所謂有爆炸的地方就有梅拉康契。」

「……………………」

艾絲蒂爾這下連眼珠子都跟著天旋地轉了，嘴裡一面「啊啊啊啊……」地呼喊著。

第七部隊是跟脫韁野馬沒兩樣的狂戰士——她們差點忘了這件事。從前蓋拉・阿爾卡營運的夢想樂園（莫名其妙）被炸掉，也是出自這幫人之手。

「啊！……克寧格姆總統！請等一下！」

「我哪有辦法等啊！要去確認一下實際狀況……！」

納莉亞手裡拿著雙劍，從店裡飛奔出去。

就在那瞬間，眼前突然站了一位看都沒看過的神職人員，擋住她的去路。

「失禮了，妳就是那個桃紅色頭髮的翦劉種吧。」

「啊？你是什麼人。」

「有個戴太陽眼鏡的吸血鬼要我幫忙傳話：『敵人想要走地下道入侵內部。我暫時抵擋下來了，拜託派援軍過來。』」

「！」

原來梅拉康契並不是不分青紅皂白胡亂發動突擊。

看來戰爭已經開打了。

納莉亞推開那個被派來傳話的男人，從此地跑了出去。

可瑪莉即將面臨危機。無論如何都要拯救她。

☆（稍微倒轉一下）

嘶唰嘶唰。嘶唰嘶唰。

我正在用洗髮精嘶唰嘶唰地清洗眼前這些金髮。當我用指腹摩擦脖子後面的地方，某個傢伙就懶洋洋地發出「呼嚕～」一聲，變得好放鬆。

那副模樣看上去真的就像一個普通的少女。

她感覺就快直接倒向背後，於是我趕緊出手撐住她的身體。被盧克修米歐注射的特效藥好像還在作用，這傢伙甚至沒辦法靠她自己的力量站立。所以我才會像這樣照顧她，不過——

「好舒服啊～把黛拉可瑪莉當成奴隸壓榨，實在太舒服了～」

「妳也該稍微懷抱一點感激之情吧？若是少了我，妳什麼都做不到啊。」

「我當然很感謝啊！像這種事情，除了妳就沒有其他人能夠拜託了！若是去拜託佐久奈‧梅墨瓦或是薇兒海絲，她們會把我的頭皮掀起來。」

「但我也有可能惡作劇啊。」

「妳又不是有辦法欺負別人的人。不管對方是什麼樣的壞蛋，妳都有辦法將自己的情感代入到他身上，是個空前絕後的天真小鬼啊！像妳那種跟短尾信天翁沒兩樣的慢郎中特質，就讓我來利用一下吧——噗呸呸呸呸！」

我用臉盆裝了一些熱水，直接從絲畢卡的頭頂上澆下。

絲畢卡用手擦擦眼睛，嘴裡嚷嚷著：「妳幹什麼啦——」

「這樣洗髮精都跑到眼睛裡了耶！我等一下要把妳弄成絞肉！」

「對、對不起。妳還好嗎？」

「原來妳不是故意的！？！？這份善良真是太讓人吃驚了!!這下我連殺妳的力氣都沒有了啊，妳說該怎麼辦啦!?」

「我是覺得失去那種力氣也無所謂。」

「可瑪莉大小姐，這裡有一整瓶的洗髮精，我們把那些通通注入這個吸血鬼的眼睛裡吧。現在是個好機會。」

「唔哇!?快住手，薇兒！絲畢卡現在沒辦法動彈啊!?」

我們目前人在尖塔中的浴場裡。

我、薇兒和絲畢卡正在一起沐浴。現在我們可是在據城堅守，這樣不會太悠哉了嗎？——我心中不免浮現這樣的想法，可是一直處在緊繃的氛圍下，也有可能會引發胃下垂，於是我們決定用輪班的方式休息一下。目前迦流羅、佐久奈跟小克萊這三個人應該正在站崗把風，監視塔外的狀況。

「話說回來……我們要在這裡關到什麼時候啊？」

當我問這句話的時候，我正在用海綿擦拭絲畢卡的身體。

絲畢卡抬頭仰望天花板，嘴裡應了一句：「這個嘛——」

「我覺得能夠黏在這裡多久就黏多久吧。」

「接下來還需要幾個魔核啊？」

「還需要三個，那些應該都在星砦的傀儡國家手上。」

「我要順便分享一個消息，那就是我們已經回收兩個魔核了。」

薇兒正坐在浴缸的邊緣，於此刻開口接話。

絲畢卡在那時眨眨眼睛，盯著那個全裸的女僕看。

「……啊？是那樣嗎？」

「對，在克寧格姆小姐那邊。」

「那些都是怎麼回收的？我就連要弄到一個都花了很大的功夫啊。」

「那是因為……」

女僕猶豫了一下。

「這中間發生了很多事情，晚點再跟您說吧。」

「哦……既然如此，剩下的魔核就只有一個了。我們暫時待在這裡一陣子，觀望情況，若是對方完全沒有動作，我們就靠黛拉可瑪莉的烈核解放逃跑吧。」

「我又不是馬車。」

我拿熱水去淋絲畢卡的身體，把那些泡泡沖掉。原本以為這樣就結束了，但可怕的是那傢伙居然還要求我：「把我抱到浴缸裡面！」那時薇兒立刻過去扛起絲畢卡的身體，像是在丟東西一樣，把她砸到浴缸裡面。

當下立刻激起一陣「啪唰!!」一聲，弄得水花四濺。

絲畢卡的頭大力冒出水面，嘴裡「噗啊！」地喚著。

「要是溺死該怎麼辦!?妳就會多了殺人前科耶!?」

「我是用不會溺死的角度丟的。傑米尼大人，您太靠近可瑪莉大小姐了。」

「妳還真是過度保護啊，就因為妳老是這樣，黛拉可瑪莉才沒辦法獨立喔？」

「或許妳不能理解，但人們是要互相幫助才能活下去的生物。可瑪莉大小姐要獨立，那都是另外一個次元的事情了——來吧，可瑪莉大小姐，讓我替您把全身上下的每個角落都清洗一遍吧。」

「不用了啦，我自己清洗就好!!」

那個變態女僕就像章魚一樣，過來纏繞在我身上。

正當我們像平常那樣，一進一退持續攻防的同時，絲畢卡臉上忽然浮現奇妙的表情，並且沉默不語，而我也注意到這件事了。她一直看著我和薇兒，最後一副嫌無趣的樣子，從鼻子裡「哼」了一聲。

「妳們兩個還真的是很喜歡彼此呢，但我不能理解。」

此時我正好用中指彈到薇兒的額頭，將她擊退。

而且我還趁機跳入浴缸中。坐到絲畢卡隔壁去。為了避免她溺水，我必須在旁邊照顧她。

「我、我才沒有跟她互相喜歡。只是她一直來糾纏我罷了。」

「可是妳們兩人的生活模式就是互相支持著彼此。薇兒海絲會強行拉著黛拉可瑪莉到房間外面去，黛拉可瑪莉則是會為了薇兒海絲粉身碎骨而戰——妳們是彼此需要呢。只有脆弱的人才會做這種事情。」

「不，也沒那麼誇張啦。」

「我是可瑪莉大小姐的戀人兼配偶兼女僕。」

「一直釋放好感的就只有女僕自己。不過呢……她確實一直在支持我。絲畢卡妳身邊沒有這樣的人嗎？」

「關於這點……」

不知道為什麼，絲畢卡用很遙遠的目光望著半空中看。

再來她那張小嘴便蹦出讓人意想不到的某個字眼。

「那西利亞……」

那個是小克萊提過的神明大人之名。

「……那個神是妳的朋友？？」

「不是，是我那個被封印在塔內的朋友，她的名字就叫做那西利亞。」

「為什麼絲畢卡的朋友會變成神啊，還是單純只是同名同姓？」

「應該是那西利亞的祈禱傳達給克萊梅索斯五百零四世才會那樣吧。她是很喜歡惡作劇的女孩，就算僭稱自己是神也沒什麼好奇怪的。」

「咦？那就是說小克萊被騙了？」

「也有可能在我沒察覺的情況下，她成為真正的神了。」

「傑米尼大人，先不要講那個了，剛才我被當成神明的事情也挺讓人在意的。」

那檔事的確很謎。

小克萊曾經仔細端詳薇兒的臉，然後主張：「她就是神明大人。」但很快就發現是她弄錯了，假如這個變態女僕真的是神，那世界就等著滅亡吧。

「是不是因為薇兒海絲跟那西利亞很相像的關係？那女孩看起來也給人冷酷的感覺，再加上頭髮的顏色又很像……雖然存在微妙的差異，但都是屬於青色系的。」

「這沒什麼說服力耶。只是這點程度的相似，就有辦法弄錯嗎？」

「並不是只有這點程度。妳的意志力跟那西利亞很相似。我第一次見到妳的時候，甚至也把妳錯當成那西利亞……之前會把妳抓走，一方面也是為了詳細調查妳們如此相似的理由。」

絲畢卡邪惡地笑了一下，眼裡直盯著薇兒看。

「但現在我發現那好像只是巧合，只是有機會當替代品啦。」

「唔！……不、不行！我不會把薇兒交給妳的！」

「啊、哈、哈！開玩笑的！沒有人可以取代那西利亞！」

「可瑪莉大小姐，請您再說一次『不會把薇兒交給妳』。我聽了都快升天了。」

「我、我才不說！」

「妳們真的很要好耶！都讓我想殺妳們了——可是我會忍耐！反正過不了多久，我應該也能見到那西利亞。」

薇兒一直黏過來，在做抵抗的同時，我還浮現一些想法。

若是我跟她立場調換的話。

要跟薇兒分開六百年，我有辦法忍受得了嗎？

我不知道，也無法想像。

或許絲畢卡跟那西利亞重逢之後，才能變成完整的她吧。這個恐怖分子少女就很像只有一隻翅膀的鳥。最近這傢伙會用羨慕的眼神看我，但那大概是因為我能如願擁有名為薇兒的另一側翅膀吧。

既然事情是那樣，那我就要趕快蒐集魔核。

總覺得絲畢卡有點可憐。

「——嗯？」

那時我突然察覺一件事，就是周遭變得吵鬧起來了。

有很多人在說話的聲音，還有某種東西爆炸的聲響。甚至從浴室外頭，還能感覺到有人跑過來，那時門突然「啪哐！」地開啟，一位銀色頭髮的美少女隨之現身。

「可瑪莉小姐！事情不好了！」

這個人是佐久奈·梅墨瓦。

不知道為什麼，她衝進浴室的時候，模樣顯得很憔悴。

「怎、怎麼了？佐久奈也要一起洗澡嗎？」

「那個——我很高興收到這種邀約……那現在先別管那個了！外面的軍隊開始行動了！」

「欸？」

一陣巨大的聲響來襲。

緊接著就出現劇烈震動，整個尖塔都在搖晃。絲畢卡嘴裡發出「呼嚕——」的悲鳴聲，人跟著向後翻了過去。一些沙塵從天花板上嘩啦嘩啦地掉落，看著那些沙塵，我呆呆地站在原地。

糟了。

看來敵人已經按捺不住了。

☆

多國籍軍隊被賦予一項任務。
就是藉著夜色掩護偷襲那座尖塔，趁塔裡那些傢伙出現破綻有機可乘時，回收教皇和光之彩球。克萊蒙斯尖塔的地下部分和大聖堂相連。他們就是在等那些恐怖分子放鬆警惕，然後再透過地下隧道一口氣直搗黃龍。
負責打頭陣的人是盧克修米歐。他叫那些包圍尖塔的多國籍軍隊狂射大炮，因此絲畢卡和黛拉可瑪莉的注意力不至於總放到地下那邊。
這是很簡單的作戰計畫。
明明是那麼簡單的作戰計畫，卻變得——
「——耶！你們這樣偷襲好卑鄙。看我用魔法把所有人都幹掉。不想死就滾回去GO　TO　HELL!!」
「這傢伙在搞什麼……！」
有個戴著太陽眼鏡的怪人用很快的速度四處移動，朝四面八方丟出魔法石。每次丟都會引發壯烈的爆炸，把那些士兵炸飛。
盧克修米歐當下立刻展開《縛》。可是那個怪人卻一直在隧道裡面跳來跳去，將那些逼近的帶子攻擊全都華麗閃躲掉。

「耶——！全彈命中，替天行道誅殺惡人。接下來將要展開屬於我的宇宙。」

而且那傢伙會從各個角落丟魔法石過來，讓人疲於應付。

隧道的天花板和地面都被炸開，士兵們因恐懼而顫抖並四處逃竄。

「未免太囂張了……！你這個堪稱是世界仇敵的惡魔……！」

「又有炸彈了！他到底是在變什麼魔術!?」

「盧克修米歐大人！我們先暫時撤退吧！我們的偷襲行動已經被敵人察覺了！」

那些士兵都臉色大變地大吼。

他怎麼可能撤退。這些破壞者一定要處分掉。

若是在這裡放棄，常世將會變得無藥可救。

「耶！——————爆炸吧！」

「!?」

不知不覺間，那個怪人已經像一隻蜘蛛一樣，從空中降落下來。

同時還撒下魔法石之雨。盧克修米歐讓帶子重疊，藉此達成防禦效果——可是卻沒能完全抵擋爆炸帶來的狂風，人就這樣被吹跑了。

「咕啊啊啊啊啊啊啊啊啊啊!!」

他在粗糙的石板路上滾了好幾圈，好不容易才重新站穩。

有好幾條帶子都碎掉了。而且還有碎片刺在他的頭上，讓他嘩啦嘩啦地流著血。

氣喘吁吁的盧克修米歐瞪視著那個怪人。

就在沙塵的對面，那個戴著太陽眼鏡的怪人踩著舞步慢慢靠近這裡。那模樣酷似在神聖教教典中登場的惡魔。那些惡魔會笑嘻嘻地殺人，而且毀滅世界就像在弄壞一個玩具一樣。

「休想得逞。我會在這裡把你——」

「找到啦!!你就是想要對黛拉可瑪莉下手的蠢蛋吧!!」

頓時一陣熱風呼嘯而來。過沒多久，濃烈的火焰漩渦接著來襲。

盧克修米歐再度展開《縛》來防禦。對方正好是他的剋星，那些帶子都被火焰燒掉，破破爛爛地崩解掉——

「去死吧————!!」

有個金髮少年穿過那片火牆，朝著盧克修米歐打過來。

盧克修米歐交叉雙手防禦，但是卻沒能抵銷拳頭帶來的衝擊，他的身體邊旋轉邊撞在地面上。

在劇烈的疼痛中，盧克修米歐慢慢站了起來。

看來這幫人是利用魔核在行使魔法。那些多國籍軍隊的士兵都害怕到癱坐在地上。都是一些派不上用場的傢伙——盧克修米歐嘴裡「嘖」了一聲，再度發動《縛》。眼前有這個金髮少年在，再加上戴著太陽眼鏡的怪人，後面還有頂著一頭桃紅色頭髮的翦劉種，跟長著狗頭的獸人，以及紅褐色的吸血鬼、長得像枯樹的男人，這群人正跑向這裡。

「是黛拉可瑪莉的伙伴嗎？真是辛苦你們擺那麼大的陣仗……」

「喂梅拉康契！把這傢伙幹掉就可以了吧!?」

「耶——！」

「覺悟吧——!!」

那個少年帶著火焰突擊過來。

撐不住了。他們實在太強了。這些人太習慣死了又能復活的世界，根本就是狂戰士。因此一遇到戰鬥場面，他們就會像字面上形容的那樣，拚死命作戰。對死亡依然有所顧忌的盧克修米歐無法做到像他們那樣。

「就讓外面那些軍隊來處置你們吧，就此別過。」

盧克修米歐讓殲滅外裝躍動起來。

操控那些帶子，切斷位在隧道邊緣的柱子。

過沒多久，天花板就以極為猛烈的狀態崩落。

「啊!?這是什麼情形……」

「看來他打算連通道都一起破壞掉，根本就不管跟他一起作戰的士兵死活。」

「嘖……我們先撤退吧！喂，約翰！別在那裡發呆！」

這些不法分子撤退了。

這條隧道是遇到緊急狀況時，可以讓教皇逃脫到國外用的通道，備有完善的設備，能夠甩開追兵。只要破壞特定的柱子，此處結構的支撐力就會一口氣失衡，讓隧道本身遭到破壞。敵人則是會直接被活埋。

天花板在崩塌，瓦礫不停掉落，地面隆起。

那些人死的時候是什麼樣子，連拜見的必要都免了。

盧克修米歐接著操控《縛》，行動敏捷地逃離現場。

☆

當我被佐久奈拉著手回到原先那個房間時，整座塔都在搖晃。

好像是因為那些士兵在用大炮轟炸的關係。

而且還不是只有一發。爆炸的聲響連續出現好幾次，小克萊都在發抖了，迦流羅抱住她的肩膀，放大聲音呼喊。

「這、這下不好了！尖塔的牆壁似乎遭到破壞！」

「什麼啊!?我們這裡可是還有人質耶!?那些人在想什麼啊!?」

「可瑪莉小姐，我們快逃吧！我負責打頭陣！」

「妳別逞強，佐久奈！那些都是狂戰士的工作！」

又有炮擊炸過來。伴隨著震動，尖塔開始傾斜。

此時絲畢卡口中發出「呼嚕！」的鳴叫聲，人跌在地面上，臉還用力地撞在牆壁上，敲出一聲「啪嘰！」，我看那樣應該很痛吧。可是現在沒空去擔心絲畢卡了。

「可瑪莉大小姐，我們快逃吧。我剛才發現這裡還有後門。」

「那個後門大概也被敵人堵死了。現在就只能靠【孤紅之恤】了吧？不管是誰都好，妳去吸別人的血啦！」

「不管誰都好，那種無節操的話虧妳說得出口……!?」

「現在情況那麼緊急，哪還有空去管禮儀規範！快點吸！」

「嗯嗯……」

絲畢卡說得有道理。

既然這樣，就只能自暴自棄了——於是我將手放到離我最近的迦流羅肩膀上。

「抱歉，迦流羅！讓我吸一下！」

「咦？咦咦咦咦!?」

奇怪的是，此時換薇兒和佐久奈發出淒厲的叫喊。

「請先等等，可瑪莉大小姐。若是要吸血，請不要吸天津大人，找我吧。」

「可瑪莉小姐，比起和魂種，我認為蒼玉種的【孤紅之恤】會更好用，不知您意下如何……？」

我把她們兩個的抗議當作耳邊風，鎖定了迦流羅。那個和風少女「啊哇啊哇」地紅著臉，模樣看起來很狼狽。可是我沒空管那些了。我慢慢將嘴巴靠近她的脖子——

然而到頭來，我還是沒能吸到血。

「把嘴巴閉上。」

「!?」

不知道是什麼時候的事情，已經有人從我背後扣住我的雙手了。

然後我的身體就這樣被彈飛出去，在地面上撞了好幾次才停下。好痛。現在是什麼狀況，我根本搞不清楚。到底發生什麼事了——感到狐疑的我想要站起來，卻在那時出現非常不對勁的感覺。

那就是我的嘴巴那邊被人貼上超強力膠帶。

不管怎麼拔都拔不下來。

「唔——!唔——!」

「可瑪莉大小姐！」

「可瑪莉小姐!?妳還好嗎!?」

薇兒和佐久奈慌慌張張地跑了過來。

妳們兩個先等等，不要硬拔啦！感覺我的嘴唇也會一起被扯爛啊!?——情況就是這樣，我們之間的攻防戰持續不斷，為了弄清楚狀況，我的視線開始在這個大廳裡游移。

接著我看見令人驚訝的東西。

那就是在窗戶旁邊，站了一個讓人似曾相識的男人。

「你、你是——！」

「盧克修米歐先生!?你是什麼時候來這的!?」

「呼啊……呼啊……我是利用《縛》……爬上來的。接下來要逮捕妳們……」

那個人就是「天文臺」的愚者——劉・盧克修米歐。

不知道為什麼，他渾身是傷，而且還累到隨時都有可能倒下，但唯獨他身上散發出來的殺意是在玩真的。那些詭異的帶子在空中輕飄飄地飄浮，敵人用感覺不到溫度的目光睥睨著我們。

緊接著他的眼睛突然停留在某一個點上。

他在看的是蹲坐在牆壁旁邊的少女——絲畢卡・雷・傑米尼。

「……看樣子妳變弱了不少，特效藥果然很管用。」
「我看你才是被整得七零八落吧？是不是跌倒了？」
「是沒錯。可是用現在這副模樣逮捕妳也已經綽綽有餘了……」
「啊、哈、哈！好重的執念啊……到底是有多麼恨我!?」
「我是為了秩序而戰。像妳那樣拿恨意當原動力，那是精神不夠成熟的人才有的特權。」
「…………」
感覺絲畢卡要發飆了。
平常不管被人說些什麼，她明明都能輕飄飄地略過，為什麼就只對盧克修米歐的話過度反應？
我很想勸她冷靜一點，可是現在的我就只能發出「唔——！」的喊聲。
有沒有其他人能夠幫幫我？——在這時迦流羅不經意進入我的視線範圍內。她嘴裡喊著：「怎麼辦怎麼辦!?」像隻狗一樣到處跑來跑去。
那傢伙已經不行了。
這時絲畢卡用冷淡的目光仰望盧克修米歐。
「……一直在講秩序秩序，你們到底把常世當成什麼了。」
「養分。」

對方的回答很簡潔。

「常世是用來滋潤第一世界的養分。我們要維持魔核創造出來的秩序，希望能夠讓第一世界繁榮興盛。但為了實現這點，常世必須處於安定狀態。秩序已經被星砦擾亂——因此我們必須恢復常世該有的『受壓榨的秩序』。」

「哈！意思是說你的行動都是為了平息這場戰亂？就跟我們一樣……那怎麼可能。你只是想要讓常世變回那個方便你們使用的世界罷了。」

「剛才我就已經說過是那樣了，而那也是我們的使命。」

「那要用什麼方法？在我看來，這場戰亂可沒那麼容易平息喔？」

「只要毀滅邪惡的象徵就行了。把所有的責任推給絲畢卡・雷・傑米尼和黛拉可瑪莉・崗德森布萊德，當著民眾的面處刑就好。」

「嗯嗚嗚嗚嗚嗚！嗯嗚嗚嗚嗚嗚！」

「請妳冷靜一點，可瑪莉小姐！還差一點就能拿下來！」

「梅墨瓦大人，靠您的蠻力，會連嘴巴都一起撕下來。可瑪莉大小姐，請您從內側舔膠帶讓黏性減弱。若是太難的話，我可以從外側幫忙舔。」

「嗯嗚嗚嗚嗚嗚嗚嗚嗚嗚嗚嗚嗚嗚嗚嗚嗚！」

居然要公開處刑，開什麼玩笑!!若是在常世這邊死掉，那就真的死了啊!?

可是絲畢卡卻和我形成反差，人顯得很平靜。

她帶著嘲弄的目光仰望盧克修米歐。

「那就沒什麼好談的了！處刑沒辦法解決根本問題！常世應該要透過那孩子的力量導正！隔了六百年才醒來，抱歉挑這種時候講，但你對這個世界已經毫無用處了——」

「其實那西利亞早就死了。」

接下來的這番話，讓絲畢卡臉上的表情頓時消失。

「這就是她已死的證據。」

盧克修米歐丟出某樣東西。

那個東西敲出金屬聲響，在地面上彈了一兩次。

那個——是不是髮飾？到底是誰的東西呢？

就在那個時候，我忽然感到一陣錯愕。

因為絲畢卡變得面色鐵青，之前不曾看她露出那種表情。

「那個是……那西利亞的……」

「沒錯，六百年前妳跟那西利亞・拉米耶魯離別。在被趕到第一世界後，想必不知道常世後來的狀況吧？那個巫女姬早就已經死了。因此她的名字也從《稱極碑》上消失。」

「那不可能……」

「怎麼不可能，妳這六百年來都是白過了。」

「就是不可能！我跟她早就約好六百二十二年後要相會！【悖論神諭】不可能出錯！再說那女孩應該都被封印在『弒神之塔』裡頭，你們是怎麼──噗嚕！」

盧克修米歐的帶子捕捉到絲畢卡了。

被奪走力量的「弒神之惡」根本就難以抗衡。

「妳之前在做的事情都像小孩子的遊戲一樣。不管是綁架教皇，還是找個地方堅守頑抗，甚至是在那之前做的所有行動，全都一樣。明明活了六百年，卻是一個長不大的吸血鬼──太悲哀了。」

「……！」

絲畢卡的身體彷彿凍結一般。

盧克修米歐再來什麼話都沒說，而是轉過頭，那代表接下來輪到我們了吧。而且我還聽到一群士兵跑上階梯的聲音，這下子戰敗只是時間上的問題。但我至少要把這個黏黏的膠帶剝下來──不對，先等等？若是鼻子那邊流血滲進去的話，是不是就有辦法了？

我獲得了革命性的靈感，而在同一時間。

直到剛才為止都默不作聲，光顧著發抖的小克萊出聲了。

「先、先等等，盧克修米歐先生！她們都是好人！若是要讓世界變得和平起來，余覺得應該要跟她們攜手合作才對——」

她說話的聲音到這邊就沒了。

小克萊在那時一臉不可思議地俯瞰自己的身體，嘴裡發出一聲「咦？」，盧克修米歐身上伸出一些帶子，前端已刺進她的腹部。

「唔……小克萊！」

迦流羅在那時大叫了一聲。

小克萊小小的身軀隨即「咚唰」地崩落。

佐久奈決定晚點再來處理我嘴上的膠帶，她拔腿衝了過去。

「去死吧。」

之後佐久奈握緊拳頭、灌注力道，瞄準盧克修米歐的臉打出必殺一拳。

「咕呃……」

臉頰被人用力毆打的愚者，身體搖晃了一下。

可是那些帶子卻不是這樣。攻擊帶來的後座力讓佐久奈身上滿是破綻，結果她立刻被模樣如蛇、在房間裡四竄的神器捆綁住。

「你這個混蛋……快、快放開我……！」

「怎麼會有這麼野蠻的蒼玉種。可是妳不是殲滅外裝的對手……我要把妳們所有人通通抓起來，就跟妳一樣。」

「為什麼要那麼做……！小克萊小妹妹根本就沒做什麼啊……！」

「教皇慘遭恐怖分子的毒牙染指，殉教了。常世的聯軍將會為此群情激憤，彼此攜手挺身對抗恐怖分子——若是能夠讓事情發展變成這樣，也算是收尾收得漂亮吧。」

「…………」

那傢伙在說什麼啊……？

若是要平息戰亂，這麼做或許很合理。可是小克萊也很想拯救常世，那個人卻毫不留情地割捨她——這點萬萬不能原諒。

「唔唔唔唔唔唔唔唔!!」

「可瑪莉大小姐!?」

我渾然忘我地邁開步伐奔馳。

必須治療小克萊，一定要把盧克修米歐揍飛，還要拯救被帶子綁住的佐久奈和絲畢卡——因為有好幾樣事情想做，於是我就橫衝直撞地奔跑起來。可是一個手無縛雞之力的吸血鬼，根本什麼都辦不到。

「閉嘴。」

「可瑪莉大小姐!!」

那些帶子甩了過來。為了保護我，薇兒還被打飛。

我連叫出一聲「嗚——！」的餘地都沒有。

因為在不知不覺間，我也被打到撞在地面上了。

我的背好痛。盧克修米歐那傢伙沒有用帶子，而是直接過來踩住我。對喔，一旦被我觸碰到，那些神器就會粉碎掉。只要我能夠碰到——想到這邊，我伸出手，可是手腕卻被人用力抓住，導致我未能如願。

「可瑪莉大小姐——呀!?」

「束手就擒吧！妳們這些恐怖分子！」

一些援軍神不知鬼不覺地抵達此處。

那些身上穿著軍服的男人將薇兒和迦流羅從背後緊扣手臂架住。

糟了。這下真的糟了。不管是絲畢卡還是佐久奈，甚至是迦流羅，都被抓起來了。蹲在那邊的小克萊還受了傷。現在這種狀況根本沒辦法發動烈核解放，跟我們為敵的士兵永無止境地湧現——

「嗚唔唔唔!!嗚唔唔唔唔唔唔唔!!」

「妳先睡一覺吧。」

我的脖子上感受到一陣衝擊。

伙伴們的驚叫聲變得越來越遙遠。眼前的景象也一直在忽明忽滅。當我會意過來，知道自己被盧克修米歐那傢伙用後腳跟踢中的瞬間，我的意識也跟著沉入黑暗深淵中。

☆

■神聖雷赫西亞帝國．教皇廳公告

想要將這個世界鯨吞蠶食的恐怖分子——「絲畢卡．雷．傑米尼」和「黛拉可瑪莉．崗德森布萊德」已經被多國籍軍隊逮捕。她們潛入神聖雷赫西亞帝國，抓了教皇克萊梅索斯五百零四世猊下當人質，手段暴虐無比。因為她們的卑鄙行徑導致猊下受傷，目前猊下被送往帝國的醫院，但持續陷入昏睡狀態。不單犯下這次的罪行，那些恐怖分子還一而再再而三做出多樁蠻橫行動。惡意讓各個國家之間產生嫌隙，暗中動手腳，想要挑起戰爭。絕對不能容忍她們。因此神聖雷赫西亞帝國教皇廳要以神之名行事，除此之外，還要代表所有的四十二個國家與地區，決定對那些恐怖分子公開處刑。希望能夠盡可能廣招各路人士來此，讓大家在禱告之中迎來邪惡滅亡、戰爭終結、和平曙光乍現的瞬間。

※

「——這是什麼鬼東西!!讓人都快看不下去了，根本是場鬧劇!!」

這裡是波瓦波瓦王國的皇宮。

普洛海莉亞・塔茲塔斯基將教皇廳送過來的書狀看了一遍，接著當場將那個東西揉捏成一團，然後丟到地上。在旁邊窺視的莉歐娜用一點都不緊張的語氣說著：

「這下事情好像變得不妙了呢。」

「真沒想到黛拉可瑪莉被抓了。還有那個絲畢卡・雷・傑米尼，她是逆月的頭吧？為什麼會在常世這邊？而且還要公開處刑……難道是之前那場『世界和平會議』做出的決議？」

「對喔！之前派去出席世界和平會議的那群環尾狐猴都怎麼啦!?」

「前不久有收到他們的信喔？說雷赫西亞那邊有溫泉湧現，大家決定要先悠哉泡個溫泉再回國。」

「……………那會議結果呢？」

「什麼都沒寫。至於他們是不是真的有出席，這點也不確定。」

「早知道就應該讓我去!!」

© riichu

普洛海莉亞在那個時候抱頭大叫。

不對，先等等。自從來到常世之後，她們征服的不是只有波瓦波瓦王國。另外還有兩個國家，分別是威凱王國和密特王國，可以等那邊的人過來回報啊——雖然心中浮現這樣的想法，卻被她當場否決掉。現在已經進入不該等待，而是該採取行動的階段了。

「真是太出乎意料了……真沒想到波瓦波瓦王國會那麼散漫。公務人員白天都在睡懶覺，還有這裡的人每天都為了水果起爭執……」

「再說那些動物每天都會進貢香蕉，這是在做什麼啊？是因為普洛海莉亞妳變成國王了，他們就覺得應該要獻水果嗎？」

「想要拿東西進貢給強者，這是一種野生本能吧。但香蕉不應該給我，應該分給那些肚子餓的國民。」

「可是這些很好吃呢。聽說波瓦波瓦的香蕉在常世這邊也很有名～」

「但現在不是悠哉吃東西的時候！」

「啊，好痛！」

普洛海莉亞用中指彈莉歐娜的額頭，同時還將雙手交疊在胸前，陷入沉思。

當她即位成為國王才知曉常世實在發展得太不成熟了。他們的統治方式太接近近世時期，魔法文明一點都不發達，不只是這些外在部分，人心也很幼稚。雖然像書記長那樣滿肚子謀略對健康有不好影響，但若是像常世這邊的人一樣，一直散漫地生活下去，那這個世界也會變得亂糟糟，爭鬥將會永無止境地延續。

那個絲畢卡・雷・傑米尼就算了。

若是讓人殺了黛拉可瑪莉・崗德森布萊德，這個世界一定會變得更加混沌。

搞不好另外一個世界跟這個世界之間，還有可能發生大戰。

現在問題在於有很多人無法想像這點。想出這場公開處刑的愚蠢之人，是打算破壞世界的秩序嗎？

「──我們走，莉歐娜。要出動波瓦波瓦王國的軍隊，順便去跟威凱王國和密特王國聯絡一下。」

「這麼說也對。若是黛拉可瑪莉那傢伙真的死了，我會覺得心裡過意不去。」

「這跟心裡是否能過得去無關，我只是想要盡可能拯救更多的人罷了。」

「嘴巴上那麼說，其實還是很擔心黛拉可瑪莉吧？」

「哼。」

普洛海莉亞握住立在一旁的槍枝。

在這裡沒辦法使用魔法。

可是普洛海莉亞擁有烈核解放。

除此之外──雖然感覺不太可靠，但這裡還有很多動物會跟隨她。

「黛拉可瑪莉的事情，用不著擔心。憑藉她的心，不管遇到什麼樣的逆境都能克服。再怎麼說我都只是為了人民才拿槍的。」

☆

這裡是神聖雷赫西亞帝國的第一級監獄——

據說這個設施專門關押那些接受審判後，被宣判要執行死刑的異端分子或叛教教徒。

我們被「天文臺」的愚者劉・盧克修米歐抓起來了，還被關在陰暗潮溼的牢籠裡。

「……這情況——是不是不妙？」

「的確不妙。靠我的【逆卷之玉響】也破解不了。再這樣下去，我們將會被公開處刑。」

「處刑會很痛嗎？」

「一定會痛的吧，因為會死啊。」

「啊啊啊啊啊啊啊啊啊啊啊啊啊啊啊啊啊啊啊啊啊啊啊啊啊啊啊!!」

「可瑪莉大小姐，請您冷靜一點。只要發動我的【潘朵拉之毒】，或許就能夠逃脫。」

「對、對喔！那就靠妳了，薇兒！」

「我會努力的。另外若是要發動的話，需要先逃脫。」

「那妳有講等於沒講啊!!」

不管我再怎麼掙扎，也都只有敲出鎖鍊的撞擊聲。

當然我的手腳都被綁著。雖然好不容易才成功剝除貼在嘴巴上的黏著膠帶（那個好像不是神器），但是薇兒、迦流羅、佐久奈和絲畢卡都被關在別的牢籠裡，導致我沒辦法攝取血液。換句話說，足以逆轉局勢的超強力量【孤紅之恤】無法發動。

「現在該怎麼辦!?我實在是太不想面對，都要開始逃避現實了啊!?」

「這種心情我很能體會，若是遇到困境，又沒辦法理性思考，那樣將會無法逃脫。我們先來想想能用什麼方法跟宇宙通信吧。嗶嗶嗶嗶嗶……這裡是常世、這裡是常世，發出求救訊號，請求救援、請求救援。」

「快回來啊，迦流羅!!逃避現實是不對的!!」

「可是這樣下去會死啊!?讓人不由得想要逃避現實啊!!」

我們兩人在那裡大吵大鬧起來。

就在那個時候，我忽然聽見一道苦悶的「嗯——！嗯——！」聲。

那讓我回過頭。隔了一個牢籠，再過去的那個牢籠關了一個銀白色的美少女。她就是佐久奈·梅墨瓦。可是她身上的束縛非比尋常。其他人頂多就只是被綁住手腳，但不知道為什麼，就只有她被迫咬著口枷，眼睛那邊還被眼帶遮住，甚至身上被人用繩索綁出龜甲縛。她就像隻毛毛蟲一樣，不停扭來扭去，還拚命發出叫聲，在那「嗯——！」來嗯去。

「佐……佐久奈!?為什麼就只有佐久奈被人用這麼嚴密的方式關起來啊……!?」

「大概是因為她很危險吧，梅墨瓦大人在我們之中是力氣最大的。」

「但是這樣也太過分了吧……看起來好可憐……」

面對那麼溫和的美少女，怎麼做得出這種事情。簡直是不可原諒。難道我們就不能想點辦法逃脫嗎——？我開始思考起來，心中的怒火熊熊燃燒。

我不只是擔心自身安危。

我也很掛心腹部被帶子刺中的小克萊。我不希望把事情想得太壞，但希望她能平安無事。待在這樣的牢籠裡，根本沒辦法過去確認她的狀態。

那時我不經意看見和我一樣被綁起來的金色雙馬尾少女。

那是絲畢卡·雷·傑米尼。

之前那種天真爛漫的氣息都不知道跑哪去了，如今她臉上的表情灰暗得像是參加葬禮一樣，一直頹坐在那。我開始反芻在尖塔上發生過的事情。當盧克修米歐對她展示那個謎樣的髮飾，絲畢卡的態度就突然間出現變化。

這背後一定隱藏了什麼祕密。

「絲畢卡……妳怎麼了？」

「沒什麼。」

她的聲音很帶刺，感覺就不像沒什麼。

「是因為那個髮飾嗎？就是傑米尼大人朋友的那個……」

「…………」

絲畢卡沉默了一陣子。

她盯著我和薇兒看了幾眼，最後終於開口輕聲說道：「對。」

「是我把那西利亞藏在塔裡面的，所以她不可能被殺。可是那個髮飾就是那西利亞的沒錯……裡面有灌注些微的魔力，透過那種魔力就可以分辨得出來。」

「就算盧克修米歐那傢伙擁有她的髮飾，也不代表她真的死了吧……」

「理論上是那樣。但那些『天文臺』的愚者可是能夠平心靜氣地把那西利亞殺了。就算她有魔核守護……我也不怎麼有把握……」

絲畢卡這樣的態度很不像絲畢卡，開始變得婆婆媽媽的了。

我知道這傢伙深陷困擾之中。

為了讓常世變得和平起來，為了跟朋友重逢，她一直很努力，還花了常人無法想像的六百年漫長歲月。可是因為愚者的出現，這一切都將化為泡影——我不由得發出一聲嘆息。

那個絲畢卡・雷・傑米尼總是緊閉心房。

也許這個吸血鬼骨子裡真的是個家裡蹲吧。

「喂，絲畢卡。我都決定要跟妳合作了。」

「……什麼啊。那種事情就算妳不說，我也知道，妳就是要來給我利用的。」

「就是啊。所以我覺得妳也差不多該跟我說清楚了吧。我看妳就算是面對逆月的伙伴，也沒有敞開心胸對吧？該怎麼說呢……就是妳會故意做出一些很奇葩的事情，讓人們無法窺見妳人性化的一面。我總覺得那個樣子看來讓人非常心痛。」

「也許我真的是那樣吧！反正我就是不願意讓任何人看見自己的真心！但那樣也無所謂。人在活著的時候，都會懷抱無法跟其他人言明的傷痛。這是很正常的事情。」

「可是讓這樣的傷痛變得正常化，奇怪的是造就這種情形的世界吧。」

「………………」

她的精神層面究竟經歷過怎樣的成長過程？

不願意將自己的心情說出來，從口中說出的，都是一些毫無益處的謊言和玩笑話。把其他人當成道具，盡情壓榨，若是有人來妨礙自己，她就會毫不留情殺掉對方——這連逆月的幹部「朔月」也無法看透她的真實想法。這六百年來，絲畢卡一直是孤軍奮戰。而她本人還把這一切視為理所當然。

那時我不經意和絲畢卡對上眼。

不知道為什麼，她用看似驚訝的表情望著我。

可是她很快就把視線轉開了。像是在回顧過往似的，嘴裡呢喃出聲，說了句：

「其實我——」

「我這個人……跟以前在密室的時候相比，依然沒什麼改變……」

「密室？」

「也許妳跟我很相似。雖然相似，卻走在不同的道路上。我跟那西利亞分隔兩地，妳卻能夠和薇兒海絲待在一起。」

「我是不會從可瑪莉大小姐身邊離去的。」

「那西利亞也曾經對我這麼說過。」

絲畢卡自嘲地笑著，並抬頭仰望天花板。

「雖然很不爽，但是跟妳對照之後，我才明白自己的處境。這下妳要怎麼負責啊。」

「？？」

那些話我有聽沒有懂。

看來她果然還是不願意把話講白，講到讓我能聽懂的地步？

如此這般，我為此感到有點遺憾，但那時絲畢卡卻補上一句：「好吧。」臉上浮現沉著的表情，這點挺讓人意外的。

「雖然至今為止都沒有跟任何人提過……但我會把我經歷過的所有過往都說給妳聽。內容信不信由妳。」

「絲畢卡……！謝謝妳。我當然會相信妳，妳不用擔心。」

「…………」

不知為何，絲畢卡一副難以啟齒的樣子。

她別開目光，嘴裡嘟囔著。

「……若是敢跟其他人說，我會把妳殺了。」

「嗯，我會保密的。」

「那我也能聽嗎？」

「薇兒海絲就很像黛拉可瑪莉的一部分不是嗎？」

這時迦流羅慌慌張張地插嘴問了句：「請、請問──」

「那我呢……？」

「別擔心！我晚點會殺了妳！」

「我知道了，我絕對不會聽的。」

迦流羅想要把兩個耳朵都塞起來。

可是當她發現自己的雙手都被綁住，這才驚覺不妙。

「——請問一下!?我現在沒辦法蓋住耳朵耶!?」

「那是六百年前的事情了——」

「請先等一下！我還不想死啊！」

絲畢卡並沒有管她，而是開始說了起來。

那是有關她至今為止走過的六百年旅途經歷。

吸 Monmon

[16.5] 曾經有過這樣一段往事喔

Hikikomari the Vampire Countess no Monmon

「那樣的痛楚居然變得稀鬆平常，這樣的世界才奇怪。」

六百年前——

在這個荒蕪的世界中，我發現了唯一的一絲美好。

因為我遇見鳥籠中的少女——那西利亞・拉米耶魯。

我在姆爾納特帝國中悄悄誕生。

沒有任何人祝福我。我的母親是從夭仙鄉那邊抓來的戰爭奴隸，在我被生下來之後，據說她很快就因為流行病亡故。那個時候算是戰國時代末期了，各國跟如今相比，更加排外許多，和其他種族融合被視為一種禁忌。假如我身上流有神仙種血統一事穿幫，傑米尼家在帝國中的地位將會變得岌岌可危。因此我被當成「不存在的東西」處理，還被關入宅邸裡的密室幽禁起來。

我是一個徹頭徹尾的家裡蹲。人們會對我怒吼、欺負我，對吸血鬼來說很重要的營養來源就是血液，那些人甚至都不給我足夠的血。我在想他們不如把我殺了吧，可是上一任當家的妻子是個不上不下的善良人士，據說正是她拿「奪走其性命未免太可憐了」這句話制止大家的。

在如此鬱悶的日子裡，因為一個意外的契機，我和她相遇了，她成了我獨一無二的好朋友。那個人跟我一樣，都被幽禁起來，或許我對她因此湧現了親切感吧。

我三不五時就會從這個牢獄中逃脫，跑到她待的鳥籠，去跟她說說話，去吃點心，跟她一起玩桌上型遊戲。

可是開心的時光並沒有持續太長。

那西利亞是巫女姬。不僅被當成姆爾納特帝國的基幹，還是被囚禁起來的神女。

不是我這種卑賤的吸血鬼可以觸碰的對象。

後來我被帝國的那些大人物發現了，下場很悽慘。

他們會毆打我、臭罵我，踐踏我的尊嚴。

最後我們決定要脫離這個充滿爭鬥的世界。

那西利亞曾經說過——「我們去找不同的房間，一起在那裡當家裡蹲吧。」

若是那西利亞沒有牽著我的手引導我，那麼我一直都會是「不存在的東西」。

也許就是有那西利亞在，才讓我變成一個像樣的人。

於是我決定追隨那西利亞，跟第一世界說再見。

☆

我們要前往有兩個太陽飄浮的第二世界，那裡是被稱為「常世」的奇妙場所。

那是只有純潔之人——「家裡蹲」居住的世界。

當時的常世跟六百年前的現世相比，文明水平算是很落後。明明魔力很豐富，人們卻不曉得要怎麼運用魔法。教會那些人用魔法生火的方式後，他們就用驚訝又歡喜的眼神看著我們。當我們教會人們越來越多的魔法，他們就開始把我稱為賢者（另外那西利亞還是按照原本的稱呼，被人們稱為巫女姬。）。

就這樣，我們被人們接納，成為世界的領袖，負責統治那些心地善良的家裡蹲。我們找了一個村莊當根據地，那個村子不知不覺間開始被人叫成「拉米耶魯村」。大概是比起「傑米尼村」，這樣念起來更順吧。

這中間發生的事情，還真的是形形色色。

當時的神聖教教皇克萊蒙斯一世來見我們，長老還傳授了魔核給我們（那個好像是領導者之證），我打造了棒棒糖工廠，到常世的各個地點巡迴，增加屬於我們的地盤——跟從前待在傑米尼家密室的時候相比，情況簡直是一百八十度大轉彎，每天都過著閃耀的生活。在食衣住行上並沒有任何不便之處，人們對我也是無比的好。

能擁有這一切的回憶，都要歸功於那西利亞。因為和那西利亞在一起，所有的事物都變得那麼讓人開心。我希望如此和平的日常能夠永遠持續下去。不會有任何人來加害我，想要永遠活在這個溫暖的搖籃中。

可是過沒多久，我就聽見了和平的傾軋聲。

☆

「第一世界在戰國時代的漩渦中翻攪了將近兩百年。按照那種狀況來看，人們根本不可能憑自己的力量找回和平——因此我們才會現身。就讓常世成為第一世界的養分吧。」

有六個人突如其來現身了。

他們自稱是「天文臺的愚者」。

這些人可是如假包換的侵略者。「門扉」被開啟，第一世界的軍隊也打過來了。常世是魔力的寶庫，對他們來說是值得垂涎的土地。那些愚者讓六國的注意力都轉向常世，想要強行結束戰國時代。而全世界的「門」算起來似乎有六個，樂園就彷彿被蟲蛀蝕似的，逐漸遭到汙染。

沒有經過巫女姬和賢者的同意，那些人擅自打造各式各樣的王國。

有姆爾納特帝國、拉貝利克王國、天照樂土、白極帝國、阿爾卡王國跟夭仙鄉——與其說這些是王國，倒不如說以更貼切的角度來看，它們是被當成第一世界那幾個國家的殖民地。通過那些「門」，有大量的人來到常世，直接將這裡據為己有，甚至還開始主張：「這裡就是我們的第二故鄉！」

過不了多久，人們就開始狩獵原住民。

因為對那些人來說，常世的「家裡蹲們」似乎很礙事。

我和那西利亞展開逃亡。

不斷逃跑、逃跑、逃跑、逃跑、逃跑——

之後到了某日，我們跟那些愚者交手了。

地點很靠近白色紀念碑「弒神之塔」。

他們的目的是要齊聚我們所擁有的常世魔核。不知道他們想要用在什麼樣的用途上，但肯定不是什麼正當用法。

我拚死命戰鬥，但到頭來還是沒能擊破他們的「殲滅外裝」。

那西利亞受了很重的傷，幾乎快要死掉。

於是我就對魔核許願——「拜託救救那西利亞」。

長老曾經說過魔核有各式各樣的制約。

——雖然魔核會實現人們的心願，卻有兩種是不可行的。首先魔核無法對人們的意志動手腳。換句話說，沒辦法讓某個人消失，或是殺掉他，甚至是讓那個人死而復生。另外還有純粹的心願，這也是無法實現的。魔核能夠實現的就只有具體手段。例如向魔核祈禱，期許「世界和平」，對魔核來說卻會過於抽象，導致它無法理解。也許魔核還會用不可預期的駭人方式幫忙實現願望也說不定。

結果這導致那西利亞被封印在高塔中。雖然我並不清楚其中原由，可是對那些愚者來說，那西利亞似乎是形同「破壞者」的危險人物。若是丟下她不管，她會有性命危險，所以我想必須將她幽禁在任何人都接觸不到的密室裡。

最後她透過烈核解放【悖論神諭】，跟我留了一些話。

——不用擔心。當季節跨轉六二二度，我們將會再度重逢。有「天上的寶石」相伴。

我決定相信她所說的。將那西利亞藏匿起來後，我將魔核交給支持者們，拜託他們隱藏起來。若是魔核落入愚者手中，這個世界的秩序將會再度改寫。

然而事態卻朝最壞的方向發展。

「人類實在太愚蠢了。明明就擁有那麼龐大的資源，各國卻沒辦法協調好，各做均衡分配。為了獨占一切，人們才會展開戰爭。這樣下去就連常世也會進入殘酷的戰國時代。眼下只能使出最終手段了。」

結果最後我還是什麼都沒能做到。

那幫人為了讓常世淪為食糧，早就已經想出好幾套計畫了。

「收回常世魔核的備用計畫將會被放棄。已經對心願做微調，也發動完成了。常世將會變成被封閉起來的隔絕世界，成為讓第一世界繁榮起來的養分。而妳將會就此死去。」

看樣子魔核已經在第一世界那邊啟動了。那時整個世界突然被狂猛的暴風籠罩。樹木被吹得沙沙作響，天空也被毀壞了，我們的樂園眼看正要逐漸被毀掉。在不知不覺間，我的身體也跟著飄浮起來了。

「唔……我會把常世奪回來！再次和那西利亞一起攜手打造樂園！我是絕對……絕對不會放棄的……！」

那些愚者肯定沒聽見我的叫喊。

我就此被巨大的龍捲風吞噬，在那片暗雲之中失去了意識。

處刑臺上的恐怖分子

「──之後等到我醒來的時候，我就已經在原本那個世界裡了。強撐著活了很長一段時間。」

絲畢卡訥訥地說著，說話時像是在扼殺自己的情感。

周遭的夜色已經開始泛白。

至於那個迦流羅，她早就在一旁流著口水睡著了，還睡得很香甜。

「弒神之惡」口中說出的往事有點脫離常軌，資訊也都沒有經過太多的整理。

按照一般人的感性來衡量，會很難相信那些是真的吧。

可是我不覺得絲畢卡在說謊。

因為她那對宛如星星的雙眸一直帶著光芒。

「那幫人對現世的魔核許願，打造出一套循環系統，要讓常世的能量通通轉送到現世去。並封印『門扉』，還拿來當成媒介，將魔力傳送過去，打造出人們就算被殺也不會死去的無限再生社會。而魔核的效果範圍之所以會因種族不同出現差

Hikikomari
the Vampire Countess
no
Monmon

異，理由就在於要避免人們胡亂開戰。一旦進攻其他國家，就會面臨對自己超級不利的情況，因為『敵人可以復活，我軍卻不行』，這樣一來，就無人能做侵略性的戰爭。」

「咦？可是蓋拉・阿爾卡的馬特哈德好像有做過這檔事……？」

「偶爾也是會出現這樣的笨蛋，但一般人不會那麼做。還有核領域算是緩衝地帶。因為現世的人幾乎都是無可救藥的戰鬥狂，所以預留一些緩衝餘地也是很重要的吧。」

「所以我們才會一直打那種娛樂性戰爭啊……真是沒救了……」

「一旦魔核毀壞，這樣的秩序也會崩解，於是那幫人就讓魔核轉變成別的樣貌，交給各國守護。甚至開始有人把魔核當成神來崇拜。那種東西根本就不是神，而是讓常世衰退的邪惡裝置罷了。因此我一直在尋找魔核——想要打破所有的秩序，讓自己得以回歸常世。」

「可是妳還是如願來到常世了吧？這樣就不用毀壞那邊的魔核啦？」

薇兒說得沒錯。

然而絲畢卡卻在那時神情嚴肅地搖搖頭，開口回了句：「不是那樣。」

「必須把魔核全都破壞掉。那不是人類該使用的東西。一旦出現像愚者那種濫用魔核的人，就算靠我的力量也無法跟他們抗衡。」

我懂了。若是有人許願「將整個世界做成蛋包飯」，到時整個世界真的會變成蛋包飯吧？

「總而言之剛才說的那些都是我的目標。只不過當我察覺自己有這個目標，我都已經多花三十年了。那些愚者許下的心願既巧妙又複雜，想要看出魔核是如何運作的，需要花上很長一段時間——這也是一部分原因啦，不過被趕出常世後，我曾受到打擊喪失一些記憶，這部分也讓我吃盡苦頭呢。我曾經淪為奴隸，被盜賊四處追趕……但那些想要傷害我的人，我已經把他們全都殺了。」

「……妳剛才那麼理所當然地提到三十年，為什麼有辦法活那麼久啊？」

「因為我是神仙種和吸血種的混血兒，但我原本壽命大概就只有兩百年左右吧？可是如此一來，若是要把常世奪回來，時間根本就不夠用。再說那西利亞也說過——『當季節跨轉六二二度，我們會再度重逢』。因此我才會獲得能夠活很長一段歲月的烈核解放。正確說來，那是一種能夠干涉『流動』的能力。」

烈核解放是來自於心靈的力量。以本人的意志力或心願、信念和生存態度為基礎，為世界帶來變革。

這傢伙以前好像說過「是靠魄力才活那麼久」之類的，或許那說法並非完全是錯誤的。

「我一定要跟那西利亞再度重逢。然後把常世打造成屬於那些家裡蹲的樂園——聽完我說的這些話，我想妳大概很後悔跟我合作吧？」

「為、為什麼？」

「因為我打算破壞所有的現世魔核啊。一直處於被人奪走魔力的狀態，實在很不爽，那樣就很像在阻礙另一個世界的文明發展。可是一旦來自常世的魔力供給停止，現世很有可能再度落入戰國時代——妳應該無法容許那種事情發生吧？」

「…………」

絲畢卡說的話也滿有道理的。

她和我所嚮往的目標或許很相似也說不定。

而且還跟芙亞歐夢想中的「所有人都能死得其所的世界」具備共通點。

可是這之中依然存在著根本的差異，那就是為了實現目標而走的路。

這個人實在是太過冷酷了，若是有人膽敢阻礙自己前行，那她下手將不留任何情面。至於那些不具備「家裡蹲」素質的人，也就是她看不順眼的那些人，對於絲畢卡而言就跟路邊的石頭沒兩樣。

「……妳真的很邪惡耶。」

「對啊，所以我才會被人叫成『弒神之惡』。」

「可是妳很努力呢，沒想到妳意外的是個很棒的人。」

「…………」

只是因為她太過純真才會那樣吧。

之所以會那麼冷酷，是因為她擁有相對強大的心願。不管要使出何種手段，她都希望讓常世恢復如初，把那西利亞找回來。即便手段很邪惡，她本身的思想也絕不該被人否定，我倒覺得更該加以尊重。

正是因為這樣，我才想跟絲畢卡友好相處。

我想應該能夠找到跟這傢伙共存的方法才對。

「我還不是很瞭解妳，可是我覺得我們有機會相處融洽喔。」

「妳──」

那時絲畢卡的神情出現奇妙的扭曲感，而且她還大喊出聲。

那種表情就很像遇到外星人一樣。

「妳簡直是愚蠢到家了！愚蠢到可怕的地步──只不過稍微聽人說了一點點往事，就將自己的感情代入，而且是到不正常的地步。所以妳才會一天到晚受那些邪惡的殺人魔威脅性命。」

「這種事情，我自己也很清楚。但那也是沒辦法的事情嘛……我就是覺得即便碰到妳這種人，也還是有機會跟妳交心啊。」

「…………」

「我覺得不該毀壞魔核。當然隨隨便便殺人也不行。應該能夠找到方法才對，讓妳不再需要那麼做。所以我覺得應該針對這點好好的想一想。」

「…………」

「但起碼可以確定愚者的做法是錯的。不能夠對那傢伙置之不理。絲畢卡妳也這麼覺得吧？所以妳再也不用一個人作戰。我也會努力扳倒那個盧克修米歐的。」

這時絲畢卡低下頭去。

腳尖跟腳尖互相摩擦，變得扭扭捏捏的。

後來她又微微地伸了個懶腰，嘴裡發出一聲「咕啊——」。

她大力擦拭停留在眼睛裡的淚水，臉上露出平常會有的輕浮笑容。

「——我又不是一直都是一個人！身邊有很多逆月的伙伴在喔！」

「說得也對。有特利瓦跟科尼沃斯——甚至還有芙亞歐呢。」

「就是說啊！但是我也會利用妳。光靠逆月對付那些愚者，感覺有點累呢。」

「對啊，請多指教。」

我臉上浮現笑容，對絲畢卡如此回應。

絲畢卡的表情瞬間閃過一絲認真神色。接著她忽然將目光轉開，過了一下子，她用好像能聽見又好像聽不見的微妙音量做出回應，嘴裡回了聲：「……嗯。多多指教。」

這下子我是真的覺得自己有機會跟絲畢卡好好相處。

「……可瑪莉大小姐，我很不滿。」

剛才沉默了一陣子都沒有說話的薇兒開口了，語氣聽起來像是真的很不滿。

「可瑪莉大小姐是打算用這種方式增加新的女主角吧。可以跟我相處的時間越變越少，這我不能容許，讓我更想把傑米尼大人拿去培養蕈類。」

「妳在說什麼啊。」

「畢竟——最貼近可瑪莉大小姐的人，就該是我才對……」

那個女僕嘟起嘴，眼裡一直盯著地面看。

她似乎在鬧彆扭。這讓我不由得發出一聲嘆息。

「我想要跟誰交朋友，那都是我的自由吧。」

「那假如我把可瑪莉大小姐晾在一邊，每天都跟柯蕾特你儂我儂，這樣可瑪莉大小姐也無所謂嗎？」

「…………」

「看吧。」

「那、那也沒什麼好擔心的。我要跟妳一起回去原來的世界，這點自始至終都不會改變，所以我們才需要跟絲畢卡合作……」

「那麼傑米尼大人就是用來讓我們回家的道具對吧？她不是後宮成員對不對？」

「我是很想跟她好好相處……嗯？後宮成員是什麼？」

「若是把可瑪莉大小姐扔著不管，那您就會跟來路不明的小姑娘（具體而言就是翎子大人）結婚，變成一個水性楊花的女孩。必須好好看緊您。」

「我才該把妳看好吧，都不知道妳什麼時候會做出變態行徑。」

「這麼說就對了。無論何時何地，我都會守著可瑪莉大小姐。所以也請可瑪莉大小姐要一直看著我喔。」

「唔、唔嗯……」

那時忽然傳來一記「啪鏗!!」聲，是有人在踢鐵製牢籠的聲音。

嚇一跳的我轉頭張望。結果發現絲畢卡一臉煩躁的樣子，嘴裡「嘖」了一聲。

「不要在那裡秀恩愛啦!!我的耳朵會爛掉。那樣很像看到從前的我們，會很火大耶!!」

「是在說妳和那西利亞嗎？但我覺得我們應該完全不一樣吧。」

「哪裡不一樣了！妳和薇兒海絲比翼雙飛肝膽相照。我在想——黛拉可瑪莉．崗德森布萊德若是失去薇兒海絲，八成會變得像我這樣。成了為達目的不擇手段的恐怖分子，還是徹頭徹尾的那種。所以妳可要好好珍惜那女孩。」

「可瑪莉大小姐，那個恐怖分子有的時候也會說些人話呢。照那樣聽來就像在說我和可瑪莉大小姐是很相配的伴侶。」

薇兒的耳語，我就當沒聽見。

總覺得絲畢卡看著我們的眼神好像隱約透露著憧憬和羨慕。

我會變得跟這傢伙一樣？是在說笑吧——雖然這麼想，卻無法斷然否認。多虧有薇兒在，我才能苟延殘喘活到今天。若是這個女僕消失，我就會被打回原形變回家裡蹲。

不對。

搞不好會變得跟絲畢卡一樣，不顧一切試圖找回薇兒。

我覺得我好像稍微能夠理解絲畢卡這傢伙的心情了。

「總而言之！現在該做的就是先從這裡逃出去！若是動作不快一點，在跟那西利亞重逢之前，我就會先下地獄！」

「但是我和可瑪莉大小姐會上天堂。」

「不管是哪種我都不想！可惡，一定要想辦法逃走……」

為了找到突破口，我朝四周張望。目前手腳都被綁住了。就算把枷鎖去除，也會因為有鐵籠的關係無法逃脫。再說負責看守我們的士兵應該也不少。這下完了。什麼都想不出來。唯獨要被人處刑的瞬間是越來越接近——

噗嘰————!!

那時我忽然聽見很大的聲響。

嚇了一跳的我看了看隔壁的監牢。

那個監牢位在薇兒和迦流羅所在區塊的後方。

一個銀白色的美少女——佐久奈・梅墨瓦正氣喘吁吁地站在那兒。

她全身都是汗水。臉上的表情像是很有成就感的樣子，就好比是剛剛才苦修完成的修道僧。

咦？為什麼她會站著？

佐久奈不是被人綁得嚴嚴實實嗎？

「可瑪莉小姐。」

在擦拭額頭汗水的同時，佐久奈轉頭看我。

「總算……總算破壞繩索和鎖鍊了……還有口枷也是……」

「妳是用破壞的？怎麼做的啊……？」

「靠蠻力。」

「靠蠻力！？！？」

佐久奈朝我回了一句：「是的！」臉上浮現猶如花朵綻放的笑容。

我從以前就知道這女孩力氣很大，但沒想到大成這樣。我看盧克修米歐肯定也沒料到結果會是這樣。

關在隔壁的絲畢卡笑得很開心，嘴裡說著：「越來越想要她成為我們的一員呢～！」我都說佐久奈不會交給妳了。

「我覺得有點疲憊……可是現在不是說這種喪氣話的時候吧。」

「難道說——妳一整晚都在跟繩索搏鬥？」

「是，因為這樣下去會遭到處刑。再來只要掰開這個鐵牢就能逃脫……嗯！」

佐久奈伸出雙手，抓住兩根鐵棍，接著用盡全身力氣將鐵棍朝左右拉開——

但最後那些鐵棍依然還是文風不動。

「呼……呼……不行……靠我的力量沒辦法破壞……！」

「那是當然的吧！若是真的能夠破壞掉，佐久奈就不是正常人啦！」

「沒能派上用場，很抱歉……」

接著佐久奈就軟軟地癱坐在地上。

我是覺得光是能夠破壞那些拘束她的東西就已經很厲害了。

「……絲畢卡，妳的超強力量還沒恢復啊？」

「還遠著呢。雖然腳已經恢復了，卻沒辦法發揮像從前那樣的力量。」

「那迦流羅……」

「嗚嗚……花梨小姐……我沒睡喔……工作……都有好好在做……」

在這種情況下還能睡大覺，簡直太強了，我好羨慕。我也想變得那麼強。

不對，那個不重要。

眼下情況明顯是山窮水盡的狀態。

要想的事情太多，腦袋都快出問題了。

不是只有在想要怎麼逃脫牢獄。

另外還有最後一個魔核的去向。以及被刺傷的小克萊。在露營地點分開的伙伴們。因為廣場騷動而分開的那些伙伴。還有直到現在都沒有找到的普洛海莉亞和莉歐娜。以及人應該在常世某處的媽媽。最後是愚者——那個想要殺了我們的秩序維護者。

我已經搞不清楚了。

到底該從哪邊開始著手才好。

「很簡單啊，先把愚者打倒就對了。」

絲畢卡在那時用很冷靜的語氣如此說道。

「那傢伙一直在妨礙我們蒐集魔核。只要能夠把他排除掉，事情就會有轉機。八成還能弄到跟那西利亞有關的線索……」

「但是在那之前要先從這裡逃脫吧。若是能夠使用魔法就好了……」

「嗯？魔法……？」

這個時候我突然想起一件事。

那就是我們在蒐集魔核。

而且絲畢卡那邊已經有兩個了。

「——可以用魔核！常世的魔核跟另一個世界的魔核不一樣，會散發魔力對吧!?」

「對啊，因為這裡的魔核被設定成那樣。」

「那我們不就能夠用魔法了!?只要交給佐久奈，她就能夠用冰凍魔法……」

「沒辦法啦。」

絲畢卡在那時開口接話，附帶一聲嘆息。

「現在還沒辦法拿出來，還要再花一點時間吧。」

「那是什麼意思啊？難道是被愚者搶走了……？」

「為了避免被他搶走，我早就藏起來了……所以那樣東西形同不在這裡。」

感覺她話說得很隱晦。

但既然都藏起來了，沒辦法取出也在情理之中。

「那是放在哪啊？啊，該不會是之前我們窩在裡面的尖塔？」

「誰知道。話說回來——」

當絲畢卡再度開口時，眼睛朝我的胸口瞥了一眼。

「不知道那個愚者為什麼會放過妳的項鍊？」

「放過……？那是什麼意思啊？」

「沒什麼！無知的人就一直無知下去吧，那樣比較幸福！」

「這天底下找不出比我更適合睿智這個字眼的吸血鬼了。」

「對喔！妳正好是無知的『知』的相反嘛！」

「無知的知？妳在說什麼啊？」

「……傑米尼大人。莫非您知曉那個鍊墜的真面目？」

這時薇兒換上銳利的目光，開始質問絲畢卡。

絲畢卡毫不客氣地大笑，回了句：「對啊。」

「之前發生吸血動亂的時候，我就看出來了。可是我現在不會搶奪那個。因為我們是在同一條船上的伙伴。」

「…………」

「這麼擔心啊？沒事啦，我跟黛拉可瑪莉都一起待到現在了，但是我並沒有算計她，這就是最好的證據吧？」

「……說得也是，那就先暫時相信您吧。」

這是怎麼一回事？那兩個人之間好像有微妙的空氣在流淌著……？

我開始感到狐疑，就在那瞬間。

「喀鏗！」一聲——一個詭異的金屬聲響起。

我在想該不會是佐久奈把鐵籠折斷了，於是就轉頭看了一下。

可是事情卻跟我想得不一樣。

那是通往外頭的門開啟的聲音。

有好幾個人慢慢走了過來。那些是雷赫西亞的士兵，還有其他各個國家的士兵。

除此之外——走在那群人最前方的，是身上纏繞奇妙帶子的神仙種男子。

「妳們已經祈禱完畢了嗎？遺書也寫好了？」

佐久奈在那時握起拳頭。迦流羅則是睜開眼睛，嘴裡發出一聲：「唔欸？」

看樣子決定命運的瞬間已經到來了。

「天文臺」的愚者劉・盧克修米歐靜靜地宣告。

「接下來就是處刑的時刻，群眾都等不及要看妳們的死狀了。」

☆

已經陸陸續續找到證據，證明黛拉可瑪莉和絲畢卡就是挑起戰亂的幕後黑手。

那些幾乎都是盧克修米歐捏造的。

可是常世的人們卻信了。

她們才是這一切的元凶！只要她們消失，和平就會到來！——像這種顯而易見的希望，一旦被攤在人們眼前，那些已經對戰爭感到倦怠並精疲力竭的人民就會很容易被人蠱惑心靈。

有某部分的理性國家展現出慎重態度並表示：「就算她們真的是幕後黑手好了，現在拿她們處刑也還太早。」但是他們卻敵不過民眾的施壓。常世開始清一色染上某種色彩，充斥「將那些恐怖分子處刑！」的暴力聲浪。

於是神聖雷赫西亞帝國就進入空前絕後的狂熱狀態。

當然那並不是宗教帶來的熱度。

從世界各地聚集而來的人們，他們的注意力都放在——廣場的處刑臺上。

讓這個世界陷入混沌的惡人——絲畢卡・雷・傑米尼跟黛拉可瑪莉・崗德森布萊德（加上另外那三個人）被擊滅的瞬間，人們早就已經迫不及待地等著，希望它快點到來。

——處刑！處刑！處刑！處刑！

人們的狂熱疾呼已經是止都止不住了。

而那些人都是特地來觀賞這場處刑秀的，他們當然會有那種反應了。

「來了！就是那些恐怖分子！」

「這樣的小丫頭是恐怖分子……!?」

「誰還管那個啊！她們竟敢把我的故鄉毀掉！」

這是被人刻意打造出來的憎恨，還有在誘導下引發的惡意。

在士兵的率領下，此次事件的罪人們現身了，就在那瞬間，整個廣場上充滿了來自人們的「負面意志力」。

——處刑！處刑！處刑！處刑！

來自全世界，讓人都快要聽不下去的臭罵聲不停投向我們。

恐怖分子們持續沐浴在這一切之下。

還有那個深紅的吸血姬——

☆

我好想去上廁所。

被關在監牢裡的時候，就只能六個小時去上一次。

到了處刑時間，甚至演變成「妳也沒必要上了吧」，直接被人帶走。

只是現在這種氛圍讓人根本無法說出：「能不能去上廁所？」

迎接我們的都是人、人、人——是一整片的人，就很像在大草原上生長的草一樣。而且他們嘴裡都在說著：「處刑吧！」，不然就是「去死！」、「納命來！」沐浴在那樣的臭罵聲中，讓人都想對這些人說：「你們是把為人最真誠的心都忘到哪去啦？」

「可惡……大家都被騙了！不對的人明明就是星砦。」

「居然聚集了那麼多群眾，真是太讓人驚訝了。我看在逮捕我們之前，那個夭仙早就已經在動員了吧。」

「那些都已經不重要了！再這樣下去會死的！小春～！兄長～！不管是誰都好，拜託救救我～！」

「迦流羅小姐，就不能靠妳的烈核解放想想辦法嗎……？」

「我沒辦法啦！」

迦流羅在嘀咕那句話的時候，表情看上去都快哭了。

「那個愚者放出的帶子把我的手圈住了！不知道為什麼，【逆卷之玉響】會被無效化，沒辦法發動！我想那個東西應該具備封印意志力的效果吧——但就算真的發動好了，我也沒辦法倒捲屬於自己的時間，這樣我就無路可逃了，只能是死路一條，人生會結束啊！啊啊，我還有好多事情想做耶～～～～～～～～！還想再幫風前亭開第二間、第三間分店啊～～～～～～～～！」

「我也還有很多想做的事情啊——！具體說起來就是應該先去上個廁所！」

現在不管在這喊叫些什麼都沒意義了。

暴露在這些惡意之下，我們被帶向處刑臺。

那時走在前方的絲畢卡突然「呼嚕！」地前傾，被兩側的士兵出手支撐住。原本以為是特效藥帶來的影響，結果卻不是——是因為群眾那邊有人對她丟生雞蛋才會這樣。

她的臉變成黏糊糊的，用「真是不敢相信」的表情看著那些人。

「絲畢卡!?妳還好嗎!?」

「…………我沒事啦！他們這樣浪費食物，未免太愚蠢了吧！」

絲畢卡露出像是在虛張聲勢的笑容，扯那些話來搪塞。

真是超乎我的想像。

看樣子人們對我們的恨意已經超乎想像了。

對絲畢卡而言，常世算是第二故鄉，不對，應該是她真正的故鄉才對——從前還是樂園。如今這裡的居民卻很恨她、咒罵她，巴不得現在就把她殺了。絲畢卡明明一直在為常世而戰。

「真醜陋啊。」

走在我們前方的盧克修米歐在那時喃喃自語說了些話。

「人是會逃避現實的生物。會將自己不幸的原因歸結到某些事物身上，藉此獲得片刻的安寧。然而這份安寧正是秩序的源頭。」

「可是那些罪名都是假的啊！我們明明就沒有破壞常世！」

「因為假象層層堆積，這個世界才得以保持均衡狀態。而所謂的本質都已經不重要了。」

「在說什麼都聽不懂啦！快點把這個鎖解開！還有我想要去上廁所，想要休息！」

「妳們都是祭品，要為了秩序而死。」

這下已經無力回天了。

我們就此被迫站上處刑臺。

那個廣大的祭壇就很像偶像明星會站的舞臺一樣，我們這些人被帶到中央，被迫站成一排。

群眾立時蜂擁而上。就很像期待馬戲團到來的孩子一樣，鬧出好大的騷動，嘴裡喊著：「去死！去死！」第七部隊的成員還比他們更有品一點。不對，應該沒有。

「絲畢卡・雷・傑米尼。這下六百年前的往事將會畫上休止符。」

那時盧克修米歐淡淡地開口。

就像在跟人通知什麼消息似的。

「想必常世將會脫離星砦的影響，回歸到適切的狀態下。不會發展也不會衰退，重複引發適度的殘酷戰爭，持續對第一世界輸出能源。而人民對這一切真相將會無從知曉，人生就是這麼一回事。大多數民眾會在一無所知的情況下死去。」

「不可原諒……就是你們……把我們的樂園弄得一團亂……」

「『我們的？』說這種話不對吧。」

盧克修米歐發出嗤笑聲。

群眾丟出的石頭直接砸在絲畢卡的額頭上。

鮮血流淌下來。愚者用手指替她擦拭，繼續冷酷地放話。

「常世原本就是屬於我們的。是用來終結戰國時代的道具，而且還是應該被當成六國食糧的餌食。妳們竟敢肆無忌憚地擾亂這裡……就算被趕出常世，還是那麼執著，簡直萬死不足惜。」

「我那是在為常世而戰……為了那些心地善良的家裡蹲……！」

「這是在說什麼啊？害許多人陷入不幸的，不就是妳嗎？不僅幫助常世發展起來，還傳授人們魔法，讓那些人獲得開戰所需的一切。因此才會發生如此殘酷的戰亂。」

絲畢卡的肩膀在那時震了一下。

「難道妳是想要贖罪？太悲哀了——在那段過程中，不是會傷害更多的人嗎？」

「我會殺的……這只有心地不夠善良的人……」

「若妳以為能夠這樣恣意妄為下去，那就太可笑了。試著從客觀角度來思考吧，妳本身就是邪惡的存在。一生下來就是不值一提的邪惡。根據傑米尼家的紀錄來看，妳似乎從小就被幽禁起來。若是妳都沒有去到外頭，一直被關在家中，明明就能拯救更多的人。」

「我……只不過是想跟那西利亞一起創建出和平的世界罷了……」

「那西利亞・拉米耶魯會很悲傷吧。如果看到現在的妳。」

「……唔！」

「時間也差不多了。」

盧克修米歐在那時拿出懷錶，輕聲說了這麼一句話。

「現在時間都打發完了，看來為處刑做的準備也都就緒了。」

「等等！那西利亞……那西利亞她……！」

「都說她已經死了啊，接下來妳就會去陪那個小丫頭了。」

「這不可能！她明明就待在『弑神之塔』的最上層！我已經跟魔核這樣許願了，肯定不會錯的！」

「魔核是扭曲的神器。像那種臨時性的祈禱，並不會用正確的方式替人實現願望。在妳被趕出常世之後，我們就發現被關在塔裡，人早已死去的那西利亞・拉米耶魯。」

「…………………………………………………」

絲畢卡的身體彷彿瞬間凍結一般。

盧克修米歐說完就走了，那模樣像是「事情都辦完了」。

我現在覺得上廁所的事情好像沒那麼重要了。

那西利亞·拉米耶魯是絲畢卡的心靈支柱。

六百年以來，說絲畢卡是為她而戰也不為過。

「絲畢卡……」

「呵呵……呵呵……怎麼會這樣……」

廣場上迴盪著永無止境的謾罵聲。

承受來自整個世界的苛責，絲畢卡卻笑了出來。

「……天不隨人意。真的是天不隨人意呀。無論我用盡多少手段，天上的神依然在嘲笑我，嘲笑到骨子裡了。讓我都想把神殺了呢。」

「妳、妳振作一點，絲畢卡！還不確定那西利亞是不是死了啊!?」

「這我知道。可是我也注意到一件事了。那就是神要玩弄我到這種地步，都是因為我殺了很多人才會那樣吧。這都是報應吧。」

直到現在一直都用很複雜的表情聽著這些話的佐久奈，那時忽然面露訝異神色，並屏住了呼吸。

像是要粉飾太平一樣，絲畢卡變得面無表情。

「也許我先前就該揀選手段才對。就是因為不擇手段，結果才會變成這樣……」

我聽見旁邊傳來咬牙切齒的嘰嘰聲。

佐久奈正用很駭人的表情瞪視絲畢卡。

「弒……弒神之惡！現在才在那邊後悔……！」

「太遲了。這些我都明白。所以我才會像現在這樣受到懲罰。」

「唔……」

就在那個時候，我似乎聽見車輪在旋轉的哐隆哐隆聲。

廣場上的人正發出盛大的歡呼聲。

被士兵們搬運過來的東西——是巨大到會讓人誤以為是城堡的大炮。

這個粗壯又危險的炮門正直直地對向我們這邊。

我全身都在發抖。原本還以為對方是要用長槍刺死我們。

「這、這下糟了！他們是想要用那個東西把我們炸個粉身碎骨！可是比起被火燒，這做法更能夠在一瞬間死去，會比較輕鬆吧……」

「妳這是在說什麼啦，迦流羅！可惡……」

我在這時轉眼看向絲畢卡。

她早就已經閉上眼睛，陷入沉默了。

妳還在幹麼啊……！

「——絲畢卡！妳可以接受這樣的結局嗎!?」

那時她睜開眼睛。

我覺得她眼裡的星星光芒好像消失了。

「也無所謂好不好的。反正我們什麼都不能做了啊？」

「這樣太不像妳了！妳不總是一副天真爛漫的樣子，行使那誇張到不行的暴力嗎！為什麼只是稍微遇到一點挫折，就變得這麼沮喪啊！」

「我這也不是在沮喪，但我想妳根本什麼都不懂吧。」

「我懂啊！剛才在牢裡的時候，妳不就親口對我說過了嗎⁉」

「……」

「不要讓相同的事情再度上演！我會幫忙妳的！所以我很明白……知道死在這種地方，是沒有任何意義的！」

「但其實妳會覺得我這種人就應該去死吧？因為我的緣故，有許許多多的人死去。那西利亞也是——」

「我才沒有那麼想！」

絲畢卡在那時眨眨眼睛。

而我則是不顧一切地大喊。

「妳是最差勁的那種人！可是卻不應該死在這種地方！假如妳已經有自覺，意識到自己曾經做過的事都是壞事……那妳不是應該做點什麼嗎！」

「哈！難道妳是想要我去贖罪啊？這什麼廉價的正義感。十五歲小孩說的話，真的很幼稚呢。實在太讓人不快，我看我現在就把妳殺了吧。」

「我十六歲了啦！當然我覺得贖罪也很重要……要說的不是這個！是妳要做的事情，還是應該像原本那樣啊！既然是妳自己起頭的，那妳就要負起責任做到最後！」

「那我是不是跟所有人說句『抱歉』就好了？可是這樣依然無法滿足大家吧？畢竟這個世界都已經如此破落了。事到如今還去談該不該負責簡直是——」

「但我很想親眼見識妳和那西利亞所打造出來的和平常世啊！」

絲畢卡忽然在那瞬間陷入沉默。

就連薇兒、迦流羅和佐久奈，她們也都靜靜地聽著。

我喊叫出來的聲音甚至有蓋過群眾謾罵聲的趨勢。

「妳已經努力六百年了！像我這種家裡蹲，根本無法做到像妳那樣。所以妳更不能在這種節骨眼上放棄。假如要重新振作起來很困難……那不管到天涯海角，我都可以一直拉著妳的手前行！所以妳若是要沮喪，就等晚點再說吧！」

聽完這傢伙所說的話，我明白一件事。

那就是絲畢卡．雷．傑米尼的根本性格和我很雷同——都是無可救藥的畏縮家裡蹲吸血鬼。在那西利亞牽起她的手之前，她都不知道外面的世界長什麼樣子。若是沒有薇兒拉著我的手，我也沒辦法離開房間。

如今這傢伙又想再一次把自己封閉起來。

但現在那西利亞已經不在了。

既然如此，就只能讓我來當那西利亞。

「這樣的世界，我已經受夠了。我想要看到妳實現夢想。或許這是一條很艱難的路，但是跟我一起加油吧。」

「……………………………………………………」

絲華卡的目光開始飄來飄去。

她沒有在看我，但不知道為什麼，全身都在微微抽動，而且還咬緊牙關。

大概是太憤慨的關係吧，不只是臉，甚至連耳朵都逐漸變紅了，最後她那張小小的嘴發出巨大的喊叫聲。

「妳……妳要當濫好人也該有個限度啊！妳簡直是太邪惡了！黑心到就連我看上去都變得沒那麼壞了！」

「不要突然變那麼謙虛啦!?明明是妳才更危險啊!?」

「我這不是謙虛！我是在貶損妳！貶低妳那種太過雜亂無章的言行！妳居然這麼憨直……該不會真的是個笨蛋吧，真受不了。妳就是用這種方式攻陷很多女孩子對不對。當然這招對我不管用……」

絲畢卡說那句話的時候，目光向下垂落。

「……嗯。妳說的話也是有道理。應該說那才是真理。」

「絲畢卡……！」

「可是這都沒有意義。」

像是要讓滾燙的臉冷卻下來一樣，絲畢卡說話時眨了好幾次眼睛。

「那些對我不管用。無論妳再怎麼做心靈喊話，我的心都是不會改變的。」

「為、為什麼啊!?不要放棄啦，我們一起努力嘛！」

「我什麼時候說要放棄了？只是說妳沒必要用精神喊話來激勵我。或許那個愚者跟我說了很多話，讓我看起來像是很絕望的樣子，但那些都是在演戲。聽妳說了那麼多話，我看起來好像動搖了，但這些也是在演戲。」

「啊……？」

「一切都按照計畫，我的心從一開始就沒有改變過。」

總覺得說這種話有點牽強。

可是聽起來會覺得散發出絲畢卡該有的從容。

「我現在沒辦法使用平常那股力量，妳也沒有空檔能夠吸血。佐久奈・梅墨瓦和薇兒海絲都沒辦法動彈，天津迦流羅從一開始就變得像尊木偶一樣——但是……」

絲畢卡接著用宛如星星般發亮的眼神望著我。

「──妳的心還是活的。會有一些伙伴被這份光芒吸引過來……不，這部分就不在我的計畫範圍內了。反正無論如何，最後都一定會變成那樣的。」

「妳在說什麼……」

「而且我也注意到了。劉・盧克修米歐的話都是胡扯。既然能夠出現在小克萊的夢裡，那就代表那西利亞還活著。」

「啊……對、對喔……！」

廣場上的士兵開始在大炮裡面填充炮彈。

「這裡很危險，請大家快點遠離──！」，一群來自雷赫西亞的司祭開始在引導那些群眾疏散。

為了讓大炮「砰轟」大射一發的準備工作越來越接近完成的那一刻。

「該、該怎麼辦啊!?若是打中的部位夠巧妙，我們是不是就有可能撿回一命……!?」

「那是不可能的，迦流羅小姐！哪還會留什麼打中的部位，在那之前就會連骨髓都消滅掉吧……！事情既然演變成這樣，我們就只能破壞這身枷鎖了……唔咿咿咿咿！」

「那才是不可能實現的吧！不能使用魔法也不能使用烈核解放，我們現在手邊只剩下唯一的武器——那就是頭腦！我們來用頭腦想些聰明的辦法解決吧！接下來我要開始祈禱，去跟神明祈願！麻煩不要跟我講話，會害我分心！」

無論是迦流羅還是佐久奈，都為了擺脫枷鎖鬧出很大的動靜。

我能體會她們的心情。就連我的心臟都跳得好大聲，跳到都痛了。

不安。恐懼。絕望——那些負面的情感形成漩渦，幾乎要把我壓垮。

「——來吧!!聚集在雷赫西亞的歷史見證人們啊!!」

不知不覺間，盧克修米歐已經站上了演講臺。

他拉高音量說話，就像在煽動那些群眾。

「如今就在這裡，將要引導世界走向滅亡的恐怖分子被抓起來了！只要能夠透過神之火將她們燒成灰燼，我們就能避免『天罰日』的到來！到時真正的和平也會造訪吧！」

唔喔喔喔喔喔喔喔喔喔——————!!

讓那些恐怖分子去死!!恐怖分子都去死吧!!讓恐怖分子死!!

受到盧克修米歐的感召，人們開始大聲呼喊。

這變得像是一場盛大的典禮一樣，昭告新時代即將揭開序幕。人們散發的憎恨和殺氣讓我的肌膚感到刺痛，同時也參雜了眾人對於未來的期望。

那時士兵高聲喊了一句：「都準備好了！」

盧克修米歐接著點點頭。看樣子緩衝時間已經連一分一秒都不剩了。

「喂，絲畢卡！現在已經知道那西利亞還活著，可是妳說的『計畫』是什麼啊!?那是什麼意思啦!?」

「等時機成熟就知道了。」

「咕唔唔……」

都到這種時候了，她還是有所隱瞞。

只不過——

「可瑪莉大小姐，您不用擔心。」

女僕在那時信心十足地開口。

「……薇兒？妳是不是有什麼對策？」

「沒有……雖然不是挺能接受，但是那個恐怖分子沒說錯。」

我的耳朵在那時擅自抖動了一下。

遠方好像有人在呼喊，而且是在叫我的名字。

而且對方用超快的速度靠近。

「啊……」

這些聲音我聽過。

沒錯。就像薇兒說的那樣。

「看吧，妳的運氣一直都很好啊。」

絲畢卡在那時哈哈大笑起來。

迦流羅則是激憤地補上一句：「現在不是哈哈大笑的時候吧!?」

看來她的祈禱不管是對神還是對宇宙，全都沒有傳送過去。

但這也沒問題。

就好比絲畢卡身邊有那西利亞和逆月。

我也有可靠的部下跟伙伴。

「五。」

要開始倒數了。

盧克修米歐舉起雙手煽動那些群眾。

「四。」

大炮被火點燃。

那些士兵都爭先恐後跑到安全地帶避難。

「三。」

我的心臟撲通撲通直跳。迦流羅正在流淚，嚎啕大哭地喊著：「小春～小春～！」

那時我突然聽見佐久奈身上的鎖鍊出現「霹嘰霹嘰」的斷裂音。

「二。」

真的弄斷了喔——我心中閃過這個念頭，但是太遲了。

就算能夠破壞鎖鍊好了，我們也沒時間逃跑。

若是不能阻止那個大炮發射，那不管我們怎麼做都無法得救。

「一。」

我緊緊閉上眼睛。

心中還是存有一份信心在。但這實在太讓人害怕了，這樣下去是不是會死啊——在這份不安的折磨下，我覺得我的腦袋好像也快自動炸開了。

在我隔壁的絲畢卡悠悠哉哉地仰望天際，還用鼻子哼歌。

搞不好這傢伙的心臟有長勇氣之毛也說不定。

真希望她能將那種毛分一兩根給我。

盧克修米歐準確到跟時鐘沒兩樣，在那時毫不留情地宣告。

「零。」

大炮在這一刻引爆了。

是大炮本身炸成碎片飛散開來。

☆

殲滅外裝04——《縛》發動了。

劉・盧克修米歐展開帶子，讓它呈現巨蛋狀，將自己的肉體包覆住，抵擋那些如狂風般吹襲過來的爆炸風暴。廣場上傳來無以計數的悲鳴聲。不過他們早就讓民眾去避難了，從這個爆炸規模來看，應該沒有人受到波及。但是引發一場混亂還是免不了的。現在就連盧克修米歐都被炸到分不清東南西北了。

「居然爆炸了……明明就跟那些人說過，至少要做好相應的整頓……」

一面抱怨，盧克修米歐將帶子解除掉。

濃濃的黑煙向上竄升。

在那些被破壞的大炮殘骸中，能夠看見四道人影。

有長著狗頭的獸人、戴著太陽眼鏡的怪人、金色頭髮的縱火狂，還有臉上帶著邪門笑容的吸血鬼，看上去就像成功逃獄的罪犯。

「這怎麼可能……那些人還活著……？」

照理說應該被活埋的四名恐怖分子，居然四人到齊，排成一列站在那裡。

盧克修米歐為此感到戰慄。因為他們身上的殺意實在太過凶惡了。而且那幫人還利用魔核行使魔法。盧克修米歐不覺得待在這裡的軍隊有辦法應付他們——

「耶——！這就是我盡全力放出的魔法。你這個笨蛋仔細聽好了，我會把這次的處刑毀掉。真正的犯人會由我狩獵殺害。」

「不要太亂來喔。若是在常世死掉，人是沒辦法復活的。」

「這簡直是太不可原諒了！常世的野蠻人真是讓人受不了……！就讓我們第七部隊來侵略這裡吧！在這個地方建立神聖黛拉可瑪莉帝國！」

「不用了，侵略也免了吧……那樣會留下禍根。」

「那些都不重要啦！黛拉可瑪莉都被抓住困在那裡了！若是還有人膽敢去想這些蠢事——看我把他們全都燒死！」

「哎呀，好像有不知來自何方的軍隊出動了呢。他們似乎打算阻撓我們喔。」

「耶——！——都給我讓路吧。」

那些吸血鬼從瓦礫堆上飛翔起來。

在旁邊待命的士兵都大吃一驚，出面迎擊。明明才四個人，卻發揮讓人難以置信的強大力量。將那些逼近他們的士兵都撕碎扔掉、撕碎扔掉——擁有這樣的氣魄，簡直跟敢死隊沒什麼兩樣。若是平常沒有一直處在生死交關的戰鬥中，哪有可能辦到。

眼裡望著士兵們被打飛出去的景象，盧克修米歐口中喃喃自語著。

「怎麼會有這種事。」

在「天文臺」的根據地中，有個被稱為《稱極碑》的石碑存在。只要對那個東西澆上蘊含魔力的水，就會浮現一些「破壞者」的名稱，他們有可能讓秩序崩解，換言之這些人都是愚者們需要排除的對象。

但目前在《稱極碑》上浮現出來的「破壞者」就只有三名。

是絲畢卡、黛拉可瑪莉和夕星。

反過來說，除了這三個人，其他人不管再怎麼置之不理，也不至於構成問題。

雖然也有像絲畢卡這樣的人，以前是無害的，過了六百年卻被列為「破壞者」，但那算是例外中的例外。照理說應該是這樣才對。

「那幫人也足以名列破壞者了吧……」

猛一看會覺得他們甚至比星砦還要危險許多。

必須排除掉。想到這邊，盧克修米歐原本正打算再度展開《縛》，就在那瞬間卻——

廣場的入口處突然間變得吵鬧起來。

一些群眾互相推擠，四處奔逃，就在群眾後方，伴隨著一陣高喊聲，出現一群謎樣的軍隊，正朝這邊突擊過來。那個不是雷赫西亞所掌控的多國籍軍隊。全部都是由獸人構成的，看那氣勢就像是為了生肉蜂擁而來的肉食野獸，他們正朝這邊進

© riichu

軍。

負責打頭陣的白熊應該是將軍吧？

不，不對。白熊上面還坐著一身白的少女。

「——向前進軍吧，波瓦波瓦、密特、威凱聯軍！那些人打著虛偽的正義旗號，想要讓世界再度陷入混亂！為了真正的自由，為了平等分配香蕉，我們要戰鬥！把那些人都砍成碎片！」

「等等啦，普洛海莉亞!?把他們都砍成碎片，人就死了啊!?」

「我當然是在開玩笑！你們可以痛宰他們，但是不能把人弄死！」

哇——哈、哈、哈、哈、哈、哈!!

這實在太扯了。多國籍軍隊為了阻止那些獸人而出動。可是對手完完全全是出其不意打過來的，於是多國籍軍隊就被敵人的攻勢輾壓，根本無力抗衡，陷入節節敗退的境地。

那些敵人的目的是要阻止這次處刑。

現在已經沒空管什麼儀式感了。

既然事情已經演變成這樣，那麼他就只能親手砍掉這些人的腦袋。

「站住。」

「!?」

那時有個人擋在盧克修米歐前方。

這是一位和魂種，一身寬鬆的和服和黑髮是他的特徵，此人即是天津覺明。

他手裡那把刀的刀尖正指著這裡，用銳利的目光瞪視盧克修米歐。

「你到底有什麼企圖，為什麼要找黛拉可瑪莉和公主大人下手。」

盧克修米歐不由得彈舌「嘖」了一聲。

之前在露營地點對峙的時候，原本還打算把所有人活捉。這是因為必須正確篩選出該殺的人跟不該殺的。然而——

「——看來就應該先把你殺了。」

「回答我，你這個天文臺的愚者。」

「這都是為了秩序著想。愚者02曾多次提點我『兵貴神速』……還真是被人說中了。」

盧克修米歐接著展開《縛》。

原本擴散至四面八方的帶子一起襲向這裡。

天津將刀子靈巧地翻轉，輕而易舉切斷特級神具。可是這樣並不能解決任何問題。《縛》是會無限伸縮的帶子，就算被砍掉一樣不痛不癢。

「去死吧————唔!?」

感覺不對勁。

當盧克修米歐向下看，他就發現有帶子纏住自己的腹部，封住他的行動。

他的思考隨之凍結。為什麼《縛》會纏住擁有者？殲滅外裝應該是賜予愚者用以維持秩序的神器才對。

「這東西還真厲害呀！不愧是特級神具。」

不知不覺間，天津旁邊多了一個人站著。

那是一位身穿白衣的翦劉種——蘿妮・科尼沃斯。

她背後伸出跟《縛》很像的帶子。

「什麼……那個是……殲滅外裝……!?」

「這是烈核解放【增幅靈寶】——我擁有觸碰神器就能夠解析的力量。然後我再根據那些情報試著自行製作出來。簡而言之這是仿造品。」

「那怎麼可能。這可是『銀盤』傳授的最強神器，是至高無上的……！」

「至高無上？最強？這種誇大其詞的字眼，我不是很喜歡喔。那會成了拒絕進步，讓人思考停擺的魔咒吧。」

《縛》的複製品過去捆住盧克修米歐的身體。

他的骨頭開始嘎吱作響。感覺這東西的威力跟原始版的並無太大差別。

科尼沃斯那對在眼鏡後方的眼睛亮了一下，嘴邊噙著一抹笑容。

「不過這個神器還真是有趣呀。你好像叫這個東西『殲滅外裝04《縛》』對吧？

那是不是還有01到03？甚至有05後的？我一定要弄到手──去吧天津！把那些通通搶過來！」

「這次我贊成妳的論調，這傢伙的武器太危險了。」

「…………………………」

這下廣場頓時陷入大混亂中。

有一些獸人在暴動，還有多國籍軍隊出面迎擊，以及在這樣的場面中慌張來去的觀眾，他們都是來看公開處刑的。再加上跟神祈禱的神聖教信眾。而雷赫西亞的街道也正被人毫不留情地破壞掉。

緊接著盧克修米歐發現有少女在這場紛雜之中快步突圍。

糟了。

這下恐怖分子會被放走。

☆

克萊梅索斯五百零四世早就忘了安眠這種概念。

睡眠成了只是用於聆聽人們聲音的苦行。

夢裡的世界充滿人聲，那都是尋求救贖的悲痛之聲。

米夏・蒙特利維西卡亞從小就是聽著他們的聲音長大，因此不知不覺中受到使命感驅使。

她想要拯救他們。

為了那些在受苦的人，想要盡自己所能幫助他們。

或許那是原本就存在於米夏心中的正義感吧。

三年前，米夏因為戰亂失去學校的朋友們——在倒塌的校舍中，被壓住的朋友們在石頭下面喊著「救救我」，但是米夏卻無法對他們伸出援手，而是被父母親牽著，逃到雷赫西亞這邊。

在那之後，她就開始能夠在夢中聽見人們的聲音。

而她因此感到懊悔、有罪惡感，希望能夠盡可能救助憑藉己力所能拯救的人——她心中懷著這樣的意志，因此才會導致異能覺醒。

因為有了這份力量，米夏得以被選拔成為下一任教皇。

不只是人們的聲音，她也開始聽見惡魔之聲。那是一個橘色的奇妙惡魔。米夏曾聽見那傢伙在說惡魔的耳語——「去向大聖堂安裝炸彈吧。」，於是她慌慌張張地跑去找那些神職人員，跟他們告知此事。後來他們真的抓到試圖安裝炸彈的流浪漢，那個時候米夏的異能才正式獲得認可。

「這孩子是神送往地上界的天使，很適合當下一任教皇。」

這一定是神明大人的旨意。如此一來就能拯救很多人，可以導正混亂的世界——那個時候米夏明明是如此深信。

但目前世界依舊沒有恢復和平。

今天夢中的情況依然很混亂。

——把恐怖分子殺了！給他們正義的制裁！

——請救救我們。神啊。神啊。

——我都已經施捨救濟那麼多次了！但神卻完全沒有拯救我啊！

——今天又有人死去。這個村子已經完了。

——神啊。神啊。神啊。

克萊梅索斯五百零四世皺起眉頭。

不知道為什麼，她覺得肚子那邊很痛。斷斷續續地抽痛。

這應該是神明大人給予的懲罰吧。

她身為教皇，坐擁至高無上的地位，卻無法拯救任何一個人，還不夠成熟。肚子會痛也是當然的。

不經意地——

在黑暗之中，她看到有一陣青色的光芒冒了出來。

那道光越漲越大，最後形成人的形狀。

「我是那西利亞。聽得見嗎？」

那聲音聽起來很沉著，但不可思議的是，又充滿溫暖的氣息，這陣聲音就在克萊梅索斯五百零四世的腦海中迴盪。

那是偶然出現在夢裡的神明大人——那西利亞。

她一臉迫切的樣子，正在傾訴些什麼。

「這個世界將會大亂，絲畢卡會被人奪走性命。」

「求求妳，請成為絲畢卡的助力。」

「再這樣下去，常世會淪為愚者的餌食。」

「妳擁有拯救世界的力量。」

她的意識越來越遠離。

神明大人的聲音也逐漸變得朦朧起來。

神明大人究竟在傳達些什麼呢？

要對如此嬌小的身軀賦予什麼樣的使命？

目前的克萊梅索斯五百零四世一點都不明白。

遭到盧克修米歐背叛，肚子被刺傷，這個無力的教皇正徘徊在死亡深淵中——

「——啊!?」

克萊梅索斯五百零四世忽然間用力坐了起來，同時她的肚子還出現劇烈疼痛，讓她不由得當場縮住，嘴裡說著：「好痛喔～～～」

她像隻烏龜一樣，縮了大概三十秒左右，最後這位克萊梅索斯五百零四世總算將臉抬了起來。

這裡好像是醫院。肚子上還纏著繃帶。

到底發生什麼事了呢？她被人擄走，還被迫成為人質，跟恐怖分子說了很多的話，肚子被盧克修米歐刺傷，再來是……

「余還活著啊……」

看來她勉強撿回一命。

那些幫忙把她搬運到醫院的人，還有幫忙治療的人，晚點都要跟他們道謝才行。

「……嗯？」

就在那個時候，她發現外頭異常吵鬧。

從窗戶那邊看了看廣場，才發現是一群穿著軍裝的士兵在揮動武器大肆作亂。這不是在神聖雷赫西亞城塞中應該看見的景象。

「這——這是發生什麼事了!?」

因為眼下這情況實在太過莫名，於是她就跟石像一樣僵住了。

恐怕都是盧克修米歐的傑作吧。那個男人做了一些壞事，才會導致這樣的結果。

神明大人說過的話在腦海中復甦。

——這個世界將會大亂。

——請妳成為絲畢卡的助力。

「…………」

但現在至少她已經知道盧克修米歐才是敵人，絲畢卡並不是。

克萊梅索斯五百零四世緊緊握住胸前的「光之彩球」。

雖然不知道自己能夠做些什麼，但她不能一直躲在棉被裡發抖。身為神聖教的教皇，有義務為許許多多的人民祈禱。

☆

大炮爆炸了。一些軍隊攻了過來。倉皇逃命的人們紛亂雜沓。

眼下發生什麼事了，一看就能明白——是伙伴們趕來拯救我們了。

「太、太厲害了！雷赫西亞的軍隊被打跑了！雖然看得我一頭霧水，但還是請各位加油～！還有快救救我們～！」

「可瑪莉大小姐，照這樣子看來是有人來救我們了呢。」

「…………！」

我看見一道人影穿梭在人牆中，一直線衝了過來。

那個少女跨坐在紅龍身上，於戰場上奔馳。

「可瑪莉！我現在就幫妳砍成兩半！」

「咦？」

這位「月桃姬」飛翔起來。

她的裙襬在搖盪，很像馬戲團，在空中轉了好幾圈，然後用很華麗的動作在我眼前「嘶咚！」著地，就在那瞬間——握在她手中的雙劍也畫出了光之軌跡。

啪鏗——！

束縛住我的枷鎖就此被人一刀兩斷。

那是烈核解放【盡劉之劍花】——能夠斬斷一切的祕密奧義。我的身體不由得向前傾，但被納莉亞輕柔地抱住了。

我眼裡浮現淚水，雖然很不想承認這傢伙適合當姊姊，但現在這份溫暖卻讓人覺得超有安全感。

「納、納莉亞——!!謝謝妳~~~~~~~~~~!!」

「抱歉我來遲了。因為監獄那邊戒備太森嚴，所以我就只能找現在這個時機來救妳。」

「嗚、嗚嗚嗚、嗚嗚……我還以為自己會死掉……」

「已經沒事了。那些對可瑪莉做出過分事情的人，我會把他們通通砍死。好了好了別哭了，妳不是要征服世界的吸血鬼嗎？」

「我沒有在哭！不要把我當成妹妹啦！」

「也對，可瑪莉可是很強的喔！」

納莉亞用手帕替我擦拭眼角。

居然把我當成小孩子看待，不可原諒。可是她的那份溫柔沁人心脾，讓我的心不由得變得暖和起來，這是為什麼呢？難道這個人真的是我的姊姊？我是不是該從今天開始叫她「姊姊」？好像還不錯呢——我開始有那樣的感覺，被納莉亞摸頭的同時，我也開始鬼迷心竅了。

「……可瑪莉大小姐，您是打算維持那種狀態到什麼時候？」

「啊？？」

就在那瞬間，女僕的話將我拉回現實。

我這才從納莉亞身邊離開，開始確認周遭的情況。

不是只有她而已——有很多伙伴朝這邊衝過來。

跑在後面的人有艾絲蒂爾、翎子、梅芳跟小春。

在另外那邊率領動物作戰的則是普洛海莉亞和莉歐娜。還有第七部隊的幹部們，他們都用宛如凶神惡煞的氣勢作戰，把那些敵軍一個個揍飛。算我求你們了，可別死啊，尤其是約翰。

「梅墨瓦閣下，辛苦您了！我們大家要一起回去！」

艾絲蒂爾在那時操控〈魔力鎖鍊〉破壞佐久奈身上的拘束裝置。

那個銀白色的美少女渾身癱軟，都站不住腳了。艾絲蒂爾趕緊過去撐住她的身體。

「您、您還好嗎!?請不要太勉強自己，先休息吧。」

「謝謝妳，艾絲蒂爾小姐。其實再一下子，我似乎就能破壞這些……但看樣子我還需要多加鍛鍊……」

「咦……？難道您打算靠自己的力量破壞那些……？」

艾絲蒂爾為此感到戰慄。

在她身旁的忍者小春垂頭望著自己的主人，嘴裡說著：「迦流羅大人。」

「若是願意成為我的寵物，我就救妳。」

「別以為主人現在動彈不得，妳就可以趁人之危！不管是點心還是零用錢，我什麼都願意給妳，快點救救我，小春～！」

「契約成立。」

小春接著大力揮舞暗器，那些束縛住主人的枷鎖一個接著一個被破壞掉。總算恢復自由之身的迦流羅說了句：「小春～！謝謝妳～～～～！」她嚎啕大哭起來，還用臉頰磨蹭自己的隨從。

「可瑪莉大小姐，不能輸給他們。我們也來舉辦摩擦臉頰祭吧。我們要摩擦到雙方的皮膚合而為一為止。」

「不用做那種事啦！」

被納莉亞拯救的薇兒過來抱住我。

現在不是遊玩的時候吧！我在心裡大叫，邊防禦薇兒的摩擦攻擊，那時忽然聽見遠方好像有人在叫我的名字。

「——黛拉可瑪莉！看樣子妳免於被人處刑了！」

就算在一片混亂之中，還是能夠清楚聽見那道聲音。

我轉頭看，結果看到一名騎在白熊身上的少女——是普洛海莉亞・塔茲塔斯基（跟莉歐娜・弗拉特），她們正挾著猛烈的氣勢接近這裡。

普洛海莉亞來到處刑臺前方，接著從白熊身上下來，再從包包裡面拿出肉乾，嘴裡喊了一句：「辛苦了！」並把肉乾丟出去。那隻白熊開開心心地大口吃起肉乾，沒有再去管那隻白熊，普洛海莉亞臉上依舊帶著自信心十足的笑容，朝我靠了過來。

「……什麼啊，沒想到妳還滿有精神的嘛？原本想要在千鈞一髮之際將妳救出，讓妳欠我一個恩情，這個作戰計畫告吹，對我來說真是種損失啊。」

「普、普洛海莉亞……！被傳送到常世之後，妳都跑到什麼地方，又做了些什麼啊!?」

「我變成國王了。」

這話讓我一時間反應不過來。

在她身旁的莉歐娜露出純真無邪的笑容，嘴裡說了聲：「黛拉可瑪莉！」也靠到我身邊來。

「之前看到要公開處刑的宣傳單，我嚇了一跳呢～！很擔心妳喔。」

「謝、謝謝妳。幸好莉歐娜妳也平平安安的。」

「畢竟我們之前在天舞祭曾經一起作戰過，算是伙伴啊！可是最著急的人其實是普洛海莉亞喔？一聽到要處刑，她就臉色大變，嘴裡嚷嚷著『不可原諒！』——」

「那個是妳的主觀看法吧！我哪裡有臉色大變，而且也沒說『不可原諒』！雖然那些人確實是不可原諒。」

「妳果然是很擔心黛拉可瑪莉嘛。」

「……這種說法真的很讓人傻眼耶。遇到任何事物都喜歡朝自己覺得合理的方向解讀，這麼做不太好喔。就因為妳老是這個樣子，才會不管過多久都還是隻貓。」

「我一直到死都會是隻貓啊!?」

普洛海莉亞跟莉歐娜又像平常那樣開始拌嘴了。

這時突然有人在我背後戳我。

站在我後方的是一名夭仙少女，她的表情看起來好像快哭出來了，這個人就是愛蘭翎子。

「太好了。可瑪莉小姐……妳有沒有受傷？」

「翎子！妳才是，都還好嗎!?這裡很危險，最好先找個地方躲起來!?這裡都已經變成戰場了，不是翎子妳這樣的女孩可以出來走動的地方！」

「咦？啊，嗯……但我好歹也是一位將軍……」

聽她那麼說，我才想到確實是那樣。

在我心中不知道為什麼，翎子和佐久奈都是被分類在「脆弱」的那一類。

不對，佐久奈本來就滿強的……

「話、話說回來，妳們真的沒事嗎？露營地點那邊好像鬧得很慘的樣子……」

「我們【轉移】到跟妳們不一樣的地方了。」

代替翎子，梅芳開口了。

「原本就預計要展開搜索妳們的旅途，卻看見公布欄那邊貼著要對妳們公開處刑的新聞……於是我們才決定前往神聖雷赫西亞帝國。幸好妳得救了，黛拉可瑪莉。」

「原來是這樣……」

我不禁用手擦擦眼角。

我有很多值得依靠的伙伴。

天底下還有什麼比這個更讓人開心的？

因為「不想將薇兒她們捲進這場戰鬥中」，我才會跟逆月一起行動，決定和星砦作戰。但那或許是我想得太美。其實我需要伙伴們的力量——經歷了這次事件，我是打從心底那麼想。

「——那現在該把那傢伙怎麼辦？」

普洛海莉亞在這時冷冷地開口。

在場所有人的目光都匯聚在一個點上——集中在依然被綁住的「弒神之惡」身上。

我趕緊轉頭看向普洛海莉亞。

「絲畢卡再也不會做壞事，不需要把她當成敵人。」

「說這話有根據嗎？」

「其實她也希望為常世帶來和平……」

「…………」

對方用幾乎要把人凍僵的眼神盯著我看。

最後普洛海莉亞「哼」了一聲，將雙手盤在胸前，臉轉向一旁。

「既然妳都那麼說了，想必就是那樣吧。我不是很清楚事情原委，但就照妳說的做吧。畢竟這丫頭身上已經感受不到之前對峙時散發的邪惡氣息了。」

「謝謝妳……！」

「就像可瑪莉說的那樣。她似乎也沒有反抗的跡象，看來沒問題。」

納莉亞再度揮動雙劍。

「啪鏗」一聲，絲畢卡身上的拘束被人砍斷了。

時隔許久終於恢復自由身的吸血鬼——這位「弒神之惡」順勢搖搖晃晃地踉蹌了幾步，接著膝蓋一軟無力地跪倒。

可是她很快就站起來了，而且奇妙的是，她面無表情地望著我。

「……妳擁有很多我失去的東西呢。」

「？是在說朋友嗎？這次不就是要去找回那樣東西嗎？」

「哼……」

絲畢卡在那時鼓起臉頰，將臉轉向一旁。

納莉亞則是將雙劍收回刀鞘裡，視線看向絲畢卡，對她說了一聲：「吶。」

「妳們之前在那邊據守的目的是什麼？接下來有什麼打算？」

「關在那據守是用來蒐集魔核的作戰計畫。但還是失敗了。接下來為了蒐集剩下的魔核，我們必須前往那座塔——」

絲畢卡將眼前情況用很簡潔的方式重新確認一遍。

包括愚者打算奪取我和絲畢卡的性命，還企圖煽動群眾，想要把我們收拾掉。若是想要解決這一切，那就必須平息這次的紛爭——這也意味著必須改變常世的人心。為了實現這些，被封印在「弒神之塔」裡的巫女姬，她的力量就是必要的。另外若是要解除高塔的封印，還需要六個魔核。

那時薇兒看著納莉亞，開口說了一句：「克寧格姆大人。」

「我們擁有魔核的事情，我已經告訴她們了。」

「是嗎？原來如此。或許老師早就看出事情會這樣了吧。」

納莉亞在口袋裡東翻西找地摸索了一陣子。

接著她從裡頭拿出來的東西是——兩個「像星星一樣閃閃發亮的球體」。

沒想到她們真的有那樣東西。

「若是交給第七部隊那幫人，他們很有可能真的會拿去殺人，所以就先暫時寄放在我這裡……那這樣還剩下幾個？算起來有點複雜，我還沒理出頭緒。」

「我這邊原本就有兩個了，再加上妳帶來的那兩個，教皇手裡有一個——另外還有一個不知道所在地在哪。」

就在那個時候，原本都還盤著雙手聽我們說話的莉歐娜突然「啊啊啊啊！」地發出怪叫聲。

「那個——好像就是波瓦波瓦國王會拿到的那個東西吧!?對不對，普洛海莉亞!?」

「聽起來是那樣沒錯，換句話說，就跟我料想的一樣。」

普洛海莉亞這時從帽子裡拿出某樣東西。

我看了好訝異。因為那個東西就是常世的魔核，如假包換。

「若是要無償把這個東西交給『弒神之惡』，我會有所顧忌，但有黛拉可瑪莉來監督就沒問題了。妳們拿去吧。」

「哇！不要用丟的啦!?」

我趕緊把魔核接住。若是掉下去撞壞了該怎麼辦——都還沒有發動這句話來吐槽，納莉亞就感慨地嘟囔：「這也太巧了吧。」

「再來是不是就只剩下教皇手裡的那個？這樣感覺就好像連神都在幫妳呢。」

「我才不信神。這是我——加上黛拉可瑪莉，兩個人一起努力才有的結果。」

「絲畢卡!!」

在場所有人都在那一刻轉頭。

現場多了一名小女孩。她是早該被盧克修米歐刺殺的教皇——克萊梅索斯五百零四世，那張端正的容貌正因痛苦而扭曲，人正吃力地爬上處刑臺。

「妳、妳還好嗎!?傷勢如何……」

「余是蒼玉種！那點程度的攻擊算不了什麼！」

嘴上那麼說，小克萊卻還是痛苦地按住肚子。

我和迦流羅一同跑到她身邊。傷勢好像比想像中更淺，但就算是這樣，依然不容許她太過勉強自己。

「小克萊小妹妹，妳還是休息比較好……」

「但是神明大人！神明大人曾經說過『請幫幫絲畢卡』！」

小克萊一臉興奮地靠近絲畢卡。

不知為何，她臉上浮現出懊悔的樣子，眉毛都呈現八字了。

「……光靠余一個人，實在是靠不住。如今余已經明白這點，覺得很懊惱。余什麼力量都沒有，還不夠成熟……也沒辦法帶領雷赫西亞。」

「光是能夠為我聆聽那西利亞的聲音就已經足夠了。」

我當下感到有點訝異。

因為那個絲畢卡正用很溫和的手勢撫摸小克萊的頭。

「妳的烈核解放為我們指出應該要前進的方向了。雖然一度被愚者的戲言蠱惑，但那西利亞依然在擔心我。妳能夠告訴我這些，已經十分足夠了——所以妳不用露出那麼悲傷的表情。」

「好……」

「若是妳一直這麼消沉，小心我把妳吃了喔!?妳肚子那邊的肉看起來很美味呢！」

這話害小克萊嚇了一跳，躲到迦流羅背後去。

她又在說些多餘的話亂威脅別人。妳開的玩笑感覺一點都不像玩笑話，會讓人害怕耶——我為此感到傻眼，但那個幼女教皇很快又回到絲畢卡前方，這點頗讓人意外。

「余要將這個……授予妳。」

教皇將「光之彩球」提了起來。

那個是教皇的證明。神聖教的象徵。能夠為世界帶來變革，是至高無上的神器。

「余不具備成為教皇所需的能力，各方面來說都修行不足。既然把這個東西授予妳，也就意味著教皇的權力轉移。從絲畢卡的服裝來看，妳應該是神聖教的虔誠信徒，如此一來神明大人也會認可的。余覺得妳是值得被託付此物的人。」

「那麼說就錯了，克萊梅索斯五百零四世大人。這個吸血鬼根本是利用神聖教幹盡壞事的恐怖分子——嗚咕！」

「至少現在別講那些啦！」

我趕緊遮住女僕的嘴巴。小克萊先是稍微躊躇了一下，接著就將項鍊解了下來，再把那個東西獻給絲畢卡，並且對她低頭鞠躬。

「拜託妳了。請代替余，讓神明大人冀盼的世界成真吧。」

「那當然，我從一開始就有這個打算。」

絲畢卡撇嘴笑了一下，將那個「光之彩球」慎重地收下。

這下就蒐集到所有的魔核了。

接下來只要前往「弒神之塔」就行了。然後跟那西利亞．拉米耶魯重逢，若是她能夠跟我們告知讓常世恢復和平的方法，那樣所有的問題都解決了。現在薇兒和納莉亞都能認同，就連佐久奈也接受如今的安排了——背後有我們這些曾經的敵人在推動她，絲畢卡的悲願總算有機會實現。

「唔——現在沒空在這裡拖拖拉拉的了！敵人已經往這邊過來了！」

那時納莉亞拿起雙劍大喊了一聲。

這一看才發現是一些士兵在獸人軍團攻勢中突破重圍，勢如破竹地來襲。雖然有第七部隊那幫人出面阻擋，但是我方人數太少，敵人那邊人數眾多，總是會有漏網之魚。雖然是那樣，依然不能太過勉強他們。我必須想辦法阻止這一切——

「——可瑪莉大小姐，現在就用烈核解放吧。」

「咦!?可是……」

「就只能這樣了。只要展現壓倒性的力量，就能夠大挫敵人的士氣。那我現在立刻就用嘴對嘴的方式餵您喝血吧。」

「喔哇啊啊啊!?不用了啦，我自己吸就好！」

結果還是變成這樣啊。

但只要有我能做的事情，我什麼都願意做。

若是沒辦法從這個地方逃脫，絲畢卡的夢想也無法實現。

薇兒看起來很害羞的樣子，臉頰變得紅紅的，我來到她面前鎖定她的脖子，張開嘴一口咬下。但不知道為什麼，佐久奈在那時發出慘叫聲。但是我現在沒空管她了。薇兒那些甜美醇厚的血液在我的身體裡遊走，就在那瞬間，我感覺有一股龐大的魔力隨之擴散。

烈核解放【孤紅之恤】。

一股難以抗拒的破壞衝動驅使著我，而我慢慢將手抬起。

「都讓開。」

銀盤的秩序

創設天文臺的，是一個銀色的吸血鬼。

同樣都是吸血鬼，卻跟現在讓盧克修米歐困擾的某個女孩有著根本上的性質差異。

黛拉可瑪莉試圖改變人心，但那個人卻徹頭徹尾抱持「不需改變」的志向。

那些都是距離現在六百三十幾年前的事情了。

「所有人都應該是家裡蹲。」

她還有個別名，叫做「銀盤」。

因為思想太過特立獨行，因此被當成異類，還被她的族人趕走。

那個人任由宛如月亮般清冷的銀髮流瀉飄揚，眼神比這世間的任何人都要來得溫和沉穩，並用那樣的目光望著六名戰士。

「若是要跟他人產生交集，這點固然沒有不妥之處；可是產生過於深入的交集，那樣就不好了。人跟人一旦接觸得過於深入，必定會產生意志力，意志力將會成為足以動搖秩序的巨大波濤──導致『破壞者』誕生。」

Hikikomari
the Vampire Countess
no
Monmon

銀盤口裡吐出嘆息，視線轉向正前方。

那裡有一片遼闊的荒野風景，全都是茫茫荒漠。

貧瘠的土壤看上去像是生病的葉子。

整個天空都被夜闇覆蓋，完全沒有半點生物氣息。

這裡是一片死寂的世界——也是被稱為「第六世界」的地方。

「各位看看這片慘狀吧。都是《稱極碑》上頭顯現出的破壞者做的。是一個有著橘色頭髮的少女……」

「那個破壞者還活著嗎？」

盧克修米歐在這時開口問了一句。

銀盤用平穩的語氣回應：「嗯。」

「接下來我就是要去收拾她。只是破壞者並非只有她一個——其他還有好幾位。每次意志力與意志力產生共鳴，破壞者就會如雨後春筍般冒出。若是對那些人置之不理，總有一天我們的故鄉也會被毀掉。戰國時代之所以會一直持續不斷，恐怕也都是那些人引起的。」

銀盤的故鄉是第一世界，那個世界曾經身處於戰亂之中。

設法平息戰亂是她的心願，也是「天文臺」的使命。

「我對我的故鄉……姆爾納特帝國、天照樂土、夭仙鄉、阿爾卡王國和白極帝國，以及拉貝利克王國，全都喜愛不已。因此透過封閉人們來創建的秩序，一定要守好才行。必須殲滅那些破壞者。可是光靠我一個人力量不足，才希望各位能夠協助我……」

「是，理當如您所說。」

愚者01立刻做出回應。

其他的成員也決定仿效她，展現堅定的決心。

這六個人都是孤兒。

因為戰爭的關係，他們無處可去，苦於沒有東西吃、沒有衣服穿，就在這個時候被銀盤撿到。之後在第一世界的姆爾納特帝國養大，並且成長茁壯。

「我已經為你們備妥足以用來維持世界安定的力量，那便是殲滅外裝。我到很多地方旅行，找到貴重的原石，並將之加工而成，其價值足以和魔核相提並論。雖然不至於像魔核那麼萬能，但這是非比尋常的武器，甚至能夠超越魔法和烈核解放。」

盧克修米歐被賜予的東西是帶子。

那是殲滅外裝04——《縛》。這也是獲得銀盤認可的證明。

「我可不希望故鄉也變成這個樣子。只要能夠用封閉人們的方式維持秩序，無論要做出什麼樣的犧牲都無所謂。若是有必要，甚至可以拿其他的世界當食糧。所以……孩子們啊，要替我實現夢想。」

上自愚者01下至愚者06，大家全都強而有力地點點頭。

那些要撼動世界的破壞者，絕不能放任。

盧克修米歐跟其他那些愚者伙伴都是因為這些人的關係才會遭遇不幸。只要所有人都能夠靜靜過著安分守己的封閉生活，照理說就不會引發這樣的不幸。

這都是為了打造沒有紛爭的世界。

為了實現銀盤的心願。

那六個愚者——甚至是盧克修米歐，他們都已經做好連命也可以捨棄的覺悟。

『——小畢好愚蠢啊。若能藉助六百年前那位友人的力量，她就以為一切都能進展順利。』

在黑暗之中，有道聲音響起。

聽起來很孩子氣、很殘酷，但卻不知道為什麼，又不可思議地隱含著一絲溫柔。

那是來自破壞者的呢喃，她是為了抹殺一切而生。

星砦的成員納法狄・斯特羅貝里漫不經心地回了一句：「說得也是。」在那撫摸兔子玩偶。

「好可惜呀，原本還打算由我親自殺了她。」

『是因為被趕出知事府才想要復仇？但我覺得這麼做不太好喔。』

「哪裡不好了！我之前讀書讀得那麼用功……那傢伙卻把這一切……」

『不懂得取捨的人，心靈會變得越發貧瘠。所以納法狄妳的房間裡才會有那麼多垃圾。』

「沒、沒那回事啊？我很愛乾淨……」

『可是辦公室裡面掉了很多披薩的碎屑喔。』

「夕星，妳明明就沒有眼睛，居然還能看見……」

『因為我很愛乾淨啊。像這種充滿汙濁色彩的世界，就應該被破壞個徹底。那也是我們星砦的任務。』

納法狄在那時看向擺在一旁的棺材。

那裡躺著一位少女，她擁有像夕陽一樣的漂亮髮色。

這個人便是星砦的頭頭——夕星。

據說她在很久之前跟一個名叫「銀盤」的吸血鬼曾經展開激烈戰鬥，雖然最後算是保住一條命了，可是身體機能卻處處遭到破壞，才會像這樣陷入沉睡狀態。

那些姑且不提。

在常世戰鬥中戰敗的星砦，後來跑去祕密基地休整。

雖然是那樣，他們依然沒有懈怠，還是在努力消滅絆腳石。

那座塔是引線。

是為了用來破壞一切的布局之一。

『「弒神之塔」就像是用來連接六個房間的梯子。若是強行開啟，後果不堪設想。因為那些野獸很討厭外面的空氣……』

「不，那原本就是夕星送過去的吧。放到高塔的四周去。」

『是啊。但那些孩子偶爾也會想到外面遊玩吧。』

那個兔子玩偶開始竊笑起來。

納法狄覺得身上湧現一絲寒意，身體也跟著縮住。

夕星是與生俱來的殺人魔。跟絲畢卡那種半路出家的殺人魔不一樣。

就算黛拉可瑪莉想要用心靈來感化，也沒辦法改變這女孩的本質吧。

明明應該是值得信賴的伙伴，有的時候卻會因為搞不清楚她在想什麼，因而止步。看來自己還是太嫩了，想到這邊，納法狄嘆了一口氣。

☆

「簡直是一團糟。這人根本就是『天文臺』的天敵……」

這裡是神聖雷赫西亞帝國的中央廣場。

看著那堆由士兵們堆積起來的山，劉．盧克修米歐發出嘆息聲。

民眾的住宅都被破壞得慘兮兮，就連原本登錄成為世界遺產的廣場也已經面目全非。雖然是那樣，卻沒有出現任何一名死者，那些倒在一邊堆成山的士兵，清一色都是昏倒的。

而這些全都是黛拉可瑪莉・崗德森布萊德的傑作。

雖然盧克修米歐趁亂從天津覺明等人的追擊中逃脫，事態卻完全沒有好轉的跡象。因為那個吸血鬼用那身深紅色的魔力蹂躪了整座廣場，還趁機前往「弒神之塔」。照理說她們不可能再跟那西利亞・拉米耶魯重逢，但那幫人卻蒐集到六個魔核了。假如她們許下什麼野心勃勃的願望，建立起新的次序，第一世界的繁榮景況將會在這裡止步。

「我們又見面了呢，就讓我逮捕你吧。」

「！」

他眼前忽然站了一名蒼玉種男子。

這個人是絲畢卡・雷・傑米尼的僕人——特利瓦・克羅斯。當那對雙眼發出紅色光芒的瞬間，盧克修米歐的腳跟處就「嘶咚!!」一地插上一根刺針。

這個蒼玉種也很危險，卻比不上黛拉可瑪莉和絲畢卡。

因此他沒空在這裡陪他耗時間。

一面閃躲那些連續發射過來的刺針，盧克修米歐發動《縛》的「第二解放型態」。

「什麼……消失了!?」

那時特利瓦驚訝地睜大雙眼。

這是因為盧克修米歐的身體被帶子包覆住，跟周遭的風景融合。正確說來應該是調整色彩做出穿透效果，看在他眼中卻彷彿像是忽然間消失一樣。

殲滅外裝總共有三個階段。

第一解放是充當一般型態的兵器使用，還能更進一步做出第二解放，再來是堪稱奧義的最終解放。

《縛》的第二解放是迷彩能力，能夠讓帶子跟背景同化。之前在露營地點那邊，他就是運用這股力量接近那幫破壞者。雖然被擁有銀盤血脈的黛拉可瑪莉察覺就是了。

「一定要把她們排除掉。」

「嘖……給我站住！」

特利瓦憑藉直覺射出刺針。

可是卻連一發都沒有打中盧克修米歐。

他以自己為中心，讓那些帶子朝四面八方展開，再像腳一樣利用那些東西，在大地上一躍而起。若是從高空中觀看，會覺得那模樣很像一隻巨大蜘蛛在大地上高速移動。現在已經沒有揀選手段的餘地了——那些秩序破壞者必須在這收拾掉。

盧克修米歐朝著「弒神之塔」奔馳而去。

這也是他們這些愚者的職責所在。

☆

當我們騎著紅龍來到「弒神之塔」的那一刻。

手腳並用趴在地上的絲畢卡忽然開始用很壯烈的模樣嘔吐起來。

我跟翎子在同一時間發出慘叫聲。

「喂、喂喂，絲畢卡!?妳該不會是喝醉了吧!?」

「不是……若是要進入塔內，需要魔核……我這是在弄出來……」

「弄出來，是要弄什麼……？」

「當然是魔核啊……嘔噁噁噁噁！」

「唔哇啊啊啊!?薇兒，妳有沒有治暈車的藥!?」

「如果是喝了會吐血死掉的藥，我這邊倒是有…………哎呀？」

「嗚噗……嘔噁噁噁噁噁噁噁！」

噗咚。噗咚。

從絲畢卡口中好像掉出某種東西了。

那個是——兩個「像星星一樣閃閃發亮的球體」。雖然被胃液和唾液弄得黏糊糊的，但肯定沒錯。這是解除高塔封印不可或缺的道具——魔核。

「呼啊、呼啊……總算～～～～～～～弄出來了！真爽快！」

「為什麼要把魔核吃下去!?那個很美味嗎!?」

「難吃的要死！這是為了不讓愚者奪走，才要藏起來啦！其實是可以在牢獄那邊就弄出來，可是一～直卡在胃的賁門上，都拿不出來！」

「太低俗了。像我跟可瑪莉大小姐這種高雅的吸血鬼，根本不會想到那種點子。對吧可瑪莉大小姐？」

「…………」

其實我有很多話想說，但是覺得太麻煩了，於是還是選擇閉嘴。

目前我們聚集在高塔的前方，要來開作戰會議。

這四周是一大片成了廢墟的街道景象。

我想說看起來好像有點眼熟，後來才想到這肯定是在溫泉小鎮法雷吉爾發生的「黃泉幻寫」現象中出現過的城鎮。從我站的這個地方對照過去，在另一個世界裡搞不好正有座溫泉也說不定。

目前在這裡的成員有——薇兒、佐久奈、納莉亞、迦流羅、小春、艾絲蒂爾、翎子、梅芳、普洛海莉亞、莉歐娜，還有我跟絲畢卡。

等到這一切都結束了，我想要跟大家一起去泡溫泉。

「……話說回來，這座高塔還真是巨大。」

「高度大概有可瑪莉大小姐的一兆倍吧。」

「妳好歹縮減成千倍吧。」

我抬頭仰望聳立在眼前的這座白色高塔。

從這個距離看的話，根本看不見高塔的頂端。而且高塔上沒有窗戶，也沒有入口，讓人不禁覺得這就只是一座巨大的擺設。可是我心頭卻出現奇妙的騷動感，讓我一直呆站在那邊。

從高塔的內側好像能聽見一些聲音。

那感覺起來就很像是風吹出的低鳴聲？

這時納莉亞開口說了一句：「話說回來。」並且用狐狸的目光瞪視絲畢卡。

「那個巫女姬已經在這邊沉睡了六百年對吧？那種人有辦法正確理解常世的狀況嗎？」

「沒問題啦！那西利亞擁有名字叫做【悖論神諭】的烈核解放！只要獻上一人份的血量，那種特異能力就能為人展現最準確的未來喔。」

「不對先等等，妳說需要『一人份的血液』……？」

「意思就是需要活祭品嗎？」

絲畢卡開口答道：「對啊。」一副回得很輕巧的樣子。

「那個活祭品的意志力越強，預言也會越強。這也是我在拉米耶魯村拯救黛拉可瑪莉的理由。」

「!?」

納莉亞、佐久奈和薇兒此時都用警戒的目光看向絲畢卡。

原來如此、原來如此啊。這傢伙會救助我的理由並不是因為「能夠增添戰力」，而是「想要拿我當活祭品」——

「——原來是那樣！？！？」

「『原本』是那樣啦！但事到如今已經不打算殺妳了！因為——」

不知道為什麼，絲畢卡稍微停頓了一下。

「——這是因為……若是把妳殺了，我就沒臉去見那西利亞。畢竟妳也算是挺照顧我的，也許妳是很適合住在樂園裡的家裡蹲。」

以絲畢卡的為人來說，這些都是很真摯的話語。

薇兒和納莉亞這才明白她並沒有敵意，雖然樣子看起來顯得錯愕，但她們仍向後退了一步。

唯獨佐久奈嘴裡說著「不能放鬆警惕」，過來抱住我。有妳替我擔憂，我很開心，但是這樣好難受。那時薇兒突然說了句：「就只有梅墨瓦大人能夠那樣，不公平。」然後就過來抱住我了。這傢伙心中就只有邪念，因此我一點都不開心，還覺得很難受。

那時翎子怯生生地開口道：「請問——」

「這樣的話，我們要怎麼發動【悖論神諭】？那西利亞小姐會需要血液吧……？」

「那種事情晚點再想就行啦！我們趕快來解除高塔的封印吧！」

那時我突然有種不好的預感。

因為絲畢卡的嗓門比平常大上許多，這點令人在意。

難道這傢伙、這傢伙是想——可是我的疑慮在化為具體的話語之前，絲畢卡就已經舉起六個魔核展開祈禱。

魔核能夠實現擁有者的願望，還具備能夠維持的力量。

若是要將它從舊的負載中解放，可能需要再度祈禱吧。

那六枚星星邊旋轉邊浮到半空中。

一股龐大的魔力隨即擴散開來。

佐久奈嘴裡跟著喊出一聲「唔哇！」。

她的魔杖正發出淡淡的光芒，前端有一些冰啪嘰啪嘰地脆裂消散。

「是魔力……我好像能夠用魔法了！」

© riichu

「大概是累積在魔核裡的東西一時間擴散開來才會那樣吧。這樣一來，我們就能夠盡情作戰了。」

普洛海莉亞說完，看似滿足地撫摸她的槍枝。

我是不希望接下來的劇情發展會變成「能夠盡情作戰」啦——心中懷著這份懸念，我盯著那些開始旋轉的魔核看，緊接著靜謐的光芒出現，朝向四面八方擴散開來。

原本一片平坦的高塔外牆出現裂縫。

接著牆壁上出現四角形的凹槽——我想那肯定是入口。

六百年的封印如今正要解除。

「那西利亞！」

絲畢卡口中發出充滿希望的呼喊。至於完成任務掉落到地面上的魔核，絲畢卡則是不屑一顧，她臉上帶著孩童才會有的表情跑了過去，那一點都不像「弒神之惡」會有的。

我們幾個也打算跟在她後頭追過去。

我腦中才剛浮現這樣的念頭，並且踏出一步時——

嘿嘿。嘿嘿嘿。

耳邊卻彷彿聽見某人在竊笑的聲音。

「？絲畢卡——」

一陣詭異的風從我的臉頰旁輕撫而過。

絲畢卡正要踏足進入高塔中，納莉亞、普洛海莉亞和莉歐娜也毫不猶豫地跟上她。薇兒在那時推了推我的背，對我說了句：「我們也過去吧。」

可是我的身體卻僵住了，無法動彈。

那跟之前在涅普拉斯星洞中感受到的東西是一樣的。充斥著悲傷和悔恨，還有殺意。那是強烈的「負面意志力」，亦是瘴氣波動。

「請先等一下，好像有東西要出來了……」

佐久奈在那時用顫抖的聲音說了這麼一句話。

緊接著在下一瞬間，有某種東西破壞入口飛奔出來。

那是模樣像黑色影子的野獸。

「啊？——……」

是匪獸。

絲畢卡的腹部遭到對方給予劇烈的一擊。

納莉亞、普洛海莉亞和莉歐娜都來不及在那瞬間做出反應。

眼裡望著飛向她們背後的「弒神之惡」，那些人的視線又拉回正面，那模樣像是在說「究竟發生什麼事了？」

此地出現模樣跟巨龍很像的野獸，野獸正打算向下揮動那銳利的爪子。

最先重整旗鼓的人是普洛海莉亞。

「——快點後退！情況不對勁！」

她毫不猶豫地扣下扳機。

魔力形成的彈丸高速射出，「咚啪!!」一聲，匪獸的頭部被射破了。曼陀羅礦石也被粉碎掉。

但光只是這樣並沒有結束。

一些匪獸從高塔內側陸陸續續現身。

有模樣長得像狗的，形狀像老虎的，還有型態跟龍很像的。

那些野獸的眼神看似只想著如何殺掉獵物。

從高塔溢出的瘴氣令天際焦灼，過不了多久，那些暗雲就擴散開來。這是曾經在礦山都市涅普拉斯看過的景象。

不知如何是好的我，一直呆站在那邊。

那些肚子餓的匪獸陸陸續續襲擊過來。牠們比之前在星洞裡遇過的還要凶暴許多，而且個數多到用雙手雙腳的手指都數不完。

這些野獸肯定是要來蹂躪常世的破壞者。

但這是為什麼呢？匪獸照理說應該是星砦的爪牙，只會棲息在星洞裡。

這下那西利亞那邊怎樣了？

該不會被這些野獸吃掉了吧……？

☆

劉・盧克修米歐在荒野的正中央停下。

不祥的瘴氣逐漸覆蓋整個天空。

那些怪物誕生的啼鳴聲在常世的各個角落迴盪。

至於從涅普拉斯輸出的曼陀羅礦石，早就已經存在於常世各處。

一旦瘴氣跟那些東西結合，就能不斷催生出新的匪獸。

一場災厄即將降臨。

發生這樣的事情，就連天文臺都沒有料想到。

常世身為「應該被榨取的地點」，需要保持某種程度的安定。

若是繼續對這樣的異常狀況放任不管，就連第一世界的安定狀態也會瓦解吧。

「……………」

盧克修米歐無言地思考起來。

光靠他一個人不夠。可是其他的愚者都還沒醒來，因此他就只能一人做六人份的工作。就算把絲畢卡和黛拉可瑪莉都處刑了，依然沒有意義。因為那偏離問題的本質。為了替常世帶來安定。為了讓人心沉靜下來。為了讓事情按照創設天文臺的「銀盤」所願發展——

就在這時，盧克修米歐心中浮現一個答案。

那就是要讓先前的計畫作廢。如此一來，就只能展開新的計畫了。

「……星砦，就讓我利用你們吧。」

盧克修米歐靈巧地動用那些帶子，再度前進。

他要去的地方依然沒變——還是「弑神之塔」。

去找黛拉可瑪莉・崗德森布萊德和絲畢卡・雷・傑米尼。

☆

「——可瑪莉大小姐！」

我突然被薇兒撞開。腳步連站都站不穩，就這樣跌倒了。

緊接著我就看見匪獸用巨大的尾巴命中薇兒的腹部。

「薇……」

都還來不及呼喚她的名字，她的身體就轉著圈噴飛了。

我要盡快趕到她身邊去——這念頭一浮現，我就準備站起來。

但是在那瞬間，我感受到一股殺氣。

心頭一驚的我轉過頭張望。

結果發現一隻長得像龍的匪獸正打算用爪子攻擊我。

為了跟人求救，我朝四周張望。

薇兒倒下了。納莉亞、佐久奈、艾絲蒂爾、翎子、梅芳、小春、莉歐娜她們全都在跟匪獸苦戰。迦流羅則是躲在岩石後方，連動都不敢動，就像一隻球潮蟲。而絲畢卡一臉呆愣地頹坐在地。

「還在做什麼！都叫妳退開了！」

「砰！」的一聲，又有巨大槍聲響起。

頭頂上傳來粗野的哀號聲——原來是一隻龍在搖晃巨大的身軀，伴隨一陣劇烈震動，龍倒在大地上。我不經意看向龍的背後，結果發現眼神肅殺的普洛海莉亞正拿著槍大喊。

「繼續像這樣不著頭緒地戰下去，是笨蛋才會做的事！喂，莉歐娜，現在這種時候不適合在那邊裝天真享受狩獵樂趣吧!?」

「我知道啊！可是這些野獸太纏人……！」

「就跟茲塔茲塔說的一樣。一直去對付野獸根本沒完沒了——可瑪莉，我們要撤退了！」

「薇兒海絲小姐，妳還好嗎……!?」

我們大家開始各自為撤退做準備。

在納莉亞的支撐下，我吃力地站了起來。

不知道薇兒有沒有事……感到不安的我看向她那邊，結果看見她在佐久奈的攙扶下，搖搖晃晃地起身。目前看來暫時是安然無恙，這下我就放心了。

話說回來——究竟發生什麼事了呢？

當高塔封印解除的瞬間，那些野獸就呈雪崩式來襲。

難道那些野獸原本都是被封印住的……？

「這些都是星星搞的鬼。」

絲畢卡在那時睜開眼睛，身體還在發顫。

我還看見一些汗水沿著白皙的臉頰流下。

「光是折磨芙亞歐還不滿足……那幫人甚至企圖破壞常世。不可原諒……不可原諒……」

不知不覺間，整個天空都變成黑色的了。

滴答。滴答。

帶著瘴氣的雨水滴滴答答地落了下來。

其中一部分的怪物發出令人發毛的叫聲，同時四散開來。或許是要去狙殺其他的獵物。普洛海莉亞將匪獸的頭部擊穿，同時彈動舌頭「嘖」了一聲。

「喂，『弑神之惡』！就不能用魔核想想辦法嗎!?」

「對、對啊，絲畢卡！魔核什麼願望都能幫忙實現吧!?」

「魔核……的確是能那樣，不過……」

「沒那個必要。」

這話讓在場所有人都錯愕地回過頭。

放眼望去滿滿都是匪獸在作亂，而就在正中央。

站了一個全身都纏繞帶子的夭仙——劉・盧克修米歐。

他的右手舉了起來，是面向我們的，同時開口說了些話。

「就讓我抹殺常世的一切吧，當然會連同妳們一起殺。」

「你……你在說什麼啊!?還是說你對這一切心理有數……!?」

「這都是星砦的傑作，可是他們也只是我的棋子罷了。」

在我的腦海中，完全是一頭霧水的狀態。

我原本打算詳細追問，就在那瞬間——

盧克修米歐全身上下射出無數的帶子。

☆

「……好噁心啊。那些野獸比『羅剎』還強吧？」

『對啊。那都是我引以為傲的精銳戰士喔。』

夕星在竊笑。

水晶裡面浮現出常世的影像。

這些單純只是遠視魔法。就在高塔的周邊，有一堆匪獸正在大肆作亂。

想來常世應該變得比先前更慘了吧——納法狄就很像在看一場秀一樣，張口咬下披薩。

「可是這樣好嗎？搞不好會被打倒喔？」

『那也沒關係。正所謂失敗是成功之母嘛？』

「唔嗯——……」

夕星接著用溫和的聲音輕喃：『用不著擔憂。』。

『這只是場遊戲。一點點的小演練。我們星砦要讓人們知曉，就算我們失敗了，還是能夠從中得到些什麼。』

「但是以遊戲來說，我會覺得這樣好像灌注太多心力。」

『若是無法弄到足以受人關注，那才不好呢。』

匪獸們正散發瘴氣，在這個常世中擴散。比起特萊梅洛所引發的戰爭，更加可怕許多的事情才正要展開。

『第三個世界是我的地盤，是充斥瘴氣和匪獸的修羅樂園。只要能夠打開通往第三世界的高塔，那麼怪物們自然而然就會湧現出來。』

「既然是那樣，我們就沒必要搶奪魔核了吧？只要讓那些人解開高塔的封印，特萊梅洛也許就不會死了……」

『可是這樣魔核就會落入那些孩子的手中。那樣是不行的。』

這麼一說，確實是有道理。

夕星打算濫用魔核來毀滅世界。

為了毀壞常世，常世的魔核是不可或缺的——換句話說，一旦魔核被人奪走，星砦就形同在那一刻敗北。因此夕星才會把這些都稱之為「遊戲」吧。

『啊……好像連「天文臺」都出動了呢。』

「是那個叫劉·盧克修米歐的傢伙？他到底打算做什麼啊。」

『那幫人的目的是要維持秩序。只要能夠實現這點，不管什麼都敢做——即便是他們自身會被迫走向滅亡也無所謂。』

「……原來是這樣啊。妳的壞個性透露出來囉。」

一面品嘗披薩，納法狄邪惡地笑了。

不過個性差一點恰恰好吧。

那都是他們欺負特萊梅洛和尼爾桑彼的報應。

「不管是絲畢卡還是黛拉可瑪莉，最好這次都死光光……唔哇——快看。常世的情況變得好誇張啊。若是再投入更多的匪獸，是不是能夠直接把常世毀掉啊？」

『有可能喔。既然要玩遊戲，那就要盡全力才好玩啊——』

話說到這邊，夕星突然沒有再繼續說下去。

感到狐疑的納法狄低頭看了看那隻兔子玩偶。

「夕星？妳怎麼了？」

『——』

感覺她的意志力好像出現了些許動搖。

這是——不安？緊張？還是恐懼？不管是哪一種，那都是跟破壞者夕星很不相稱的情感。兔子玩偶好像發生痙攣一樣，開始震動起來。

喀——

就在那個時候，她似乎聽見有人走下樓梯的腳步聲。

心頭一驚的納法狄轉頭看去。

這裡是存在於第三世界的星砦基地地下室。

第三世界早就已經落入夕星手中，就連抵抗到最後的抱影種國度伊蘇維拉帝國也被匪獸們生吞活剝，那邊的首腦陣營應該是逃往第二世界了。散發如此凶惡的殺意並來此地拜訪納法狄等人──實在想不出有哪號人物能滿足這樣的條件。

「──總算找到了。」

一股紅色的魔力在地面上蔓延。

飄散著一頭金色的秀髮，有一位吸血鬼慢慢靠近這裡。

那像是能夠深入身體核心的美聲震盪著納法狄的耳膜。

「不能夠繼續坐視不管。在可瑪莉和她的朋友們受傷之前，先把妳們處理掉吧。」

「難道妳……就是──」

納法狄連手汗都滲了出來。她真想在現在這一刻立即逃跑。

此時夕星用極為冷靜的語氣開口說了句話。

『納法狄，帶著我的身體逃跑吧。』

「為、為什麼這裡會被──」

『我之前不是說感應到探測魔法發動的氣息嗎？只是沒想到對方會來得那麼快。』

「那、那該怎麼辦？棺材還沒有完成。」

『可惜了，遊戲要先暫停。還是先讓一部分的匪獸回到這裡吧。晚點再認真起來殺了小畢和小黛拉吧──』

在夕星所說的話語結束前，魔力形成的斬擊就朝她們襲擊過來。

納法狄發出哀號聲，快步跑了出去。

☆

就算想要對萬惡的元凶降下正義制裁──

覆蓋整個常世的瘴氣之影還是一直都沒有消退的跡象。

這裡是神聖雷赫西亞帝國。

傭兵集團「滿月」的成員基爾德・布蘭抬頭仰望被黑暗染黑的天空，嘴裡發出悲傷的嘆息。

這些景象跟在涅普拉斯看到的很相似。

可是比起那個時候，現在更是有過之而無不及。

從空中灑落的瘴氣跟那些教會裝飾──曼陀羅礦石融合，化為猙獰的野獸，以這樣的型態重新顯現出來。那些野獸有漆黑的身軀，還有像黑影一樣的朦朧輪廓，這些都是怪物的特徵──那便是匪獸。野獸們才剛誕生，就從那瞬間展開毫無節制的肆虐行動。

雷赫西亞的人民紛紛發出哀號，開始四處逃竄。

基爾德小的時候曾經目睹故國滅亡，這次的體驗跟那次很相像。

伊蘇維拉帝國就是像這個樣子。被夕星的力量染黑，整個世界都變成只剩星星在閃耀的黑夜。莫非那次的災厄又要捲土重來了？

「那個是什麼啊——」

「啊啊……神啊……」

「難道這個就是『天罰日』……？」

人們紛紛露出絕望的表情，眺望著遠方的天空。

基爾德也跟著轉頭看去。在雷赫西亞的北邊——也就是建著「弒神之塔」的那一帶，飄浮著像是黑色鐵塊的東西。

那是極其巨大的繭。

或許是意志力的聚集體也說不定。

還能看見充斥在常世中的瘴氣都被那一塊東西吸過去。

無數宛如帶狀物的物體從那個東西的中心擴散開來，似乎是在蒐集瘴氣。

在那些帶子的根部——也就是塊狀物的中央區域，好像有某個人在那裡浮動。

「那個是愚者。」

有人站到自己身旁了。將來襲的小型匪獸砍飛，天津覺明苦澀地吐露。

他身上還附著崩解後的殘餘絲線。之前黛拉可瑪莉暴走時，他曾遭人偷襲，跟科尼沃斯一起被人綁住。特利瓦那時說了句：「你在搞什麼鬼啊？還要勞煩我動手。」之後就用刺針刺破那些帶子，如今這樣的光景依然停留在腦海中揮之不去。

「那個是——愚者嗎？是說那一塊黑黑的東西……？」

「是帶子吸收瘴氣才會變成那樣吧，可是眼下這情況我也看不懂。」

「現在沒空管那個了啦！匪獸越冒越多！我可不想再被那種東西吃掉!?」

科尼沃斯嘴裡正一邊嚷嚷，邊四處逃竄。

黑色的雨水滴滴答答地沾染雷赫西亞。跟裝飾在各處的曼陀羅礦石結合，化身成降臨於世的駭人怪物。那些怪物毫不留情地襲擊人類。這裡充斥著驚叫聲、哀號聲、跟神明祈禱的聲音——讓人不忍逼視的地獄正在成形。

「現在沒空去追擊愚者了。必須先將這些怪物收拾掉……」

天津舉起刀子，用銳利的目光掃視四周。

也不知是從什麼時候開始的，匪獸已經將基爾德他們團團包圍住了。

神啊。神啊。神啊——那些祈禱聲在這個世界中瀰漫。

似乎與之形成反差，空中的那片黑暗也逐漸加深。

基爾德知道自己的手在發抖。

「遇到這種事……如果不是真正的神明降臨，真的是什麼辦法都沒有了……」

☆（稍微倒轉一點）

「這……這是在做什麼……？」

看來那些帶子的目的並不是要攻擊。

不知道為什麼，帶子直接從我們身旁通過，刺中建造在我們背後的「弒神之塔」入口，帶子甚至還刺了在該處作亂的匪獸。怪物們發出淒厲的喊叫聲，而位在無數帶狀物根部的盧克修米歐則是——

「——問我在做什麼？打從一開始，我要做的事就一直沒變。」

他的眼神很傲慢。

不知不覺間，盧克修米歐的身軀開始發出黑色光芒。

應該這麼說，是原本在他四周蒸騰的瘴氣開始旋轉起來。

普洛海莉亞那時說了句：「我懂了。」這話是笑著說的，帶著玩味的笑容。

「這大概是在透過帶子吸收意志力吧？就像是在享用餐點一樣。」

「說對了。殲滅外裝04《縛》只要能夠吸收魔力或意志力，就能夠無限強化。

而這些負面意志力——雖然是極其邪門的力量，但只要有了這個，要殺掉妳們也會容易許多。」

那些匪獸都爆掉了。黑暗的意志力透過帶子轉移到盧克修米歐那邊。

那模樣看起來就很像透過吸管在吸食一樣。

「喂、喂喂!?這些都是星砦的傑作吧!?難道你是星砦的成員!?」

「不是。」

盧克修米歐老實做出回應。

「星砦是天文臺應該要格殺的敵人。而這些瘴氣都是星砦事先安插的陷阱。繼續這樣下去，常世將會遭受超乎想像的破壞。因此我才要利用《縛》來承受災厄。」

「這是為了拯救常世……?難道你骨子裡是個好人嗎?」

「別會錯意，我這麼做並不是為了常世。」

「原來是傲嬌……?」

「……?單靠我本身的力量沒辦法殺掉黛拉可瑪莉·崗德森布萊德。那我就接收那幫人安插的陷阱，拿來多加利用，轉化成殺掉妳們的道具吧。」

原來他根本就不是什麼傲嬌。

完全就是敵人啊!!——我在心裡發出這句叫喊。

就在那一刻，我用眼角餘光看見一名綁著雙馬尾的少女搖搖晃晃地站了起來。

「那西利亞……她怎麼了……?」

是絲畢卡。

看來特效藥還沒有完全退除，她連站都站不穩，都快要跌倒了。我趕緊靠到她身邊，扶住她的肩膀。我從不久之前就在想了，這傢伙根本就不適合「弒神之惡」這種浮誇的外號，因為她實在太過纖細嬌小。

「那西利亞應該就在高塔裡，我要趕快去救她……」

「就算去了也沒意義。看到那種情況，妳應該也心裡有數了吧。」

「那西利亞已經做過預言了，說我們六百二十二年後會再會……」

「妳是笨蛋嗎？」

盧克修米歐冷酷地放話。

「妳覺得她有辦法等待六百年？而且還不會把妳忘了？」

「你說的那些……」

「再說妳是值得那西利亞・拉米耶魯等待六百年的人嗎？我完全不覺得妳有那點價值。妳就只是一直在虛度光陰的家裡蹲吸血鬼罷了。」

「——」

絲畢卡的動作停擺了。

就在我身邊，我可以感覺到一種氣息，那就是在她的頭蓋骨內側，有筆墨難以形容的迷惘和困惑在打轉。看來盧克修米歐是專門欺負絲畢卡的專家。我看著渾身顫抖的「弒神之惡」，拚命絞盡腦汁，想要說些話來鼓勵絲畢卡。

「絲畢卡！那傢伙說的話根本就……」

「——沒這個必要了。」

這話讓我嚇了一跳，低頭看著絲畢卡的臉。

那對跟星星一樣的眼眸漾著不服輸的光芒。

沒這個必要。她的意思是不需要安慰她。

「真是的——實在是太麻煩了！麻煩到家了啊！」

絲畢卡推開我，用自己的雙腿站了起來。

那對眼睛向前直視盧克修米歐。

「那西利亞不在身邊。星砦那幫人給我帶來愚蠢的伴手禮。原本以為早就死透的愚者都還活著——天上的神到底是有多麼壞心眼啊！害我都想把神殺了！」

「喂，絲畢卡……」

「那些膽敢阻擾我的人，我都不會放過他們。想要讓常世陷入混亂的笨蛋，我是絕對不會容許的。你們這些人別以為還能夠繼續恣意妄為下去——所以說，黛拉可瑪莉！」

絲畢卡那時紅著臉轉頭看我。

無論何時，這傢伙總是那麼孤傲。我看就連在那些朔月面前，她也都不曾示弱吧。在那個吊兒郎當的假面具後方，隱藏著火熱的真性情。就算經過了六百年的時光，這股意志力之火仍舊沒有衰退的跡象。由那道火光發出的光亮，直率地灌注在我身上。

「——把力量借給我吧！光靠我一個人，沒辦法殺掉那傢伙！」

「我知道了。」

我當下刻不容緩地點點頭。

我希望看到這傢伙的夢想實現。

所以說，只要有我能做的，我什麼都願意做。

為了讓常世變得和平起來——

「太愚蠢了，遠比我們這些愚者更加愚蠢。」

盧克修米歐的身軀開始輕飄飄地飄到空中。

為什麼他會飛呀!?——雖然很想這樣吐槽，但那傢伙可是神仙種。無關魔力和意志力，他們能夠動用「氣」這種謎樣的能量飄浮。

那些黑色的帶子歪七扭八地蠢動著。

簡直就像是為了破壞世界而現身的惡魔。

絲畢卡在那時帶著足以殺掉神的目光大叫。

「去死吧！六百年前的仇恨，我要趁這次做個了斷！」

這成了開戰的訊號。

盧克修米歐身上的帶子邊旋轉邊突刺過來。

來到前線的納莉亞和莉歐娜會有危險。

我必須拯救她們。必須拯救。必須拯救——

「黛拉可瑪莉！」

「唔哇!?」

不知道為什麼，絲畢卡過來抱住我。

一股像砂糖一樣的香甜氣息竄了過來。由於事情發生得太過突然，害我的腦袋都凍結了。難道這傢伙也是變態之一？——正當我為此感到絕望。

咔噗。

就在那瞬間，絲畢卡用牙齒咬住我的脖子。

我的皮膚被刺破，感覺她正在「啾啾」地吸取我的血液。

我還知道自己的臉變得越來越紅。

「喂、喂喂!?妳在做什麼啊!?」

「噗啊！」一聲，絲畢卡的嘴暫時從我的肌膚上離去。

「我已經發現了！為了讓太陽特效藥失效，血液是不可或缺的。這些血液還真是美味啊——妳身體裡面產生出來的東西很特別喔。充滿了美好的意志力，真是太棒了。有了這樣東西，我也許能夠找回力量……」——啾啾啾啾。

「妳、妳、妳不要突然做這種事情啦……到底要吸多少啊!?若是我貧血死掉，都是妳的錯喔!?」

「可瑪莉大小姐啊啊啊啊啊啊啊啊啊啊啊啊啊啊啊啊啊啊啊啊啊啊啊啊啊啊啊啊啊啊啊啊啊啊啊!!」

那時我聽見有人在慘叫。

轉頭看才發現是女僕用暗器切斷逼近她的帶子，同時還朝這邊猛衝過來。她臉上滿是絕望和憤怒，表情看起來變得超級慘烈。

「薇、薇兒!?妳身上的傷還好嗎……!?」

「我沒事，感謝您為我擔心。但那些都不重要，可瑪莉大小姐妳這樣下去會很不妙。我們必須盡快驅逐那個沒天良的恐怖分子……」

薇兒全身都在劇烈顫抖著，雙眼朝著下方狠瞪絲畢卡。

絲畢卡則是說了一句：「沒事啦！」一副笑得很誇張的樣子，還抬頭仰望薇兒。

「我又不會把她吸到死！若是她死了，再也沒辦法製造血液啦！可是這個好好喝喔～好想吸到連骨髓都吸乾～！」

「什麼骨髓不骨髓的，那些我都不管，但第一個吸可瑪莉大小姐的應該是我。」

「別這樣啦！若是連妳都過來吸，我真的會被吸乾耶！」

「那您反過來吸食我的血液就行了。至於那個恐怖分子，她就不用吸可瑪莉大小姐的血了，去啜飲泥水吧——!?」

在那剎那間，薇兒突然高速轉頭，還將暗器揮了出去。

一些被切斷的帶子嘩啦嘩啦地掉落在地面上，那是來自盧克修米歐的攻擊。可是被盯上的不是只有我們——無以計數的帶子射來射去，在胡亂交錯間，不停追趕其他的伙伴們。

就在那個時候，我不經意看見一對令人眼熟的主僕從我眼前跑過去。

身為忍者的小春正拉住迦流羅的腳踝，藉此帶她逃離帶子。

「啊啊啊啊啊～～～!!先等等啦！拜託不要扯我的腳！」

「在扯後腿的人是迦流羅大人才對，妳完全是個負擔。」

「但沒有人用這種方式搬運吧!?我的臉跟衣服都沾滿泥巴了！」

「那死掉跟泥巴，您比較喜歡哪一種？」

「泥巴！！！」

為什麼那兩個人看起來像是很歡樂的樣子啊……不對，先別管那個了。

就在高塔前方，已經展開一場激烈的戰鬥。

那些錯綜複雜的帶子在襲擊我的伙伴，從帶子裡滲出來的黑暗意志力充斥周遭一帶。看來盧克修米歐打算將我們完全抹殺掉。

那些帶子再度來襲，被薇兒在千鈞一髮之際切開了。

「可瑪莉大小姐！請您快逃！」

「啊!?我不能丟下大家逃跑吧！」

「可不能逃喔，現在血量還不夠！啾啾。」

「妳是想要吸到什麼時候啦——!!」

絲畢卡一直壓過來，像是要推倒我，我則是苦苦掙扎試圖逃跑。

就在那個時候，不遠處有槍聲響起。

「快散開。」

普洛海莉亞正毫不猶豫地扣下扳機。

盧克修米歐將好幾層帶子重疊在一起，展開一層障壁，在千鈞一髮之際阻擋了那些子彈。

可是卻有兩道人影趁機飛翔起來。

納莉亞和莉歐娜正劃出魔力軌跡逼近敵人。

那個應該是用來強化身體的魔法吧。我不是很清楚其中的運作原理，但是魔核的封印一旦解除，高塔四周就會跟著充滿豐沛的魔力。

「喝啊——！」

伴隨著戰呼，有人揮出雙劍。

那些帶子被切斷了，絲絮飛散開來。可是刀刃卻沒能砍中盧克修米歐。這時莉歐娜出來補位，拿納莉亞當踏臺衝刺過去。穿過帶子形成的彈幕，速度快到像子彈一樣，朝著敵人的本體接近。

「連骨頭都粉碎吧！」

瞄準對方的臉頰，她使出渾身解術踢出迴旋踢。

那帶來一陣衝擊。莉歐娜的鞋子命中盧克修米歐的鼻尖了。

我看那真的能夠粉碎骨頭吧——正當我戰戰兢兢地懷抱一份希望時，緊接著卻在下一刻……

「什麼!?——」

「沒用的。吸收瘴氣之後，我已經經過強化了……」

盧克修米歐讓帶子纏繞在臉上，藉此防禦。

其他帶子過去襲擊震驚的莉歐娜。人在空中連好好迴避都做不到，才短短一下子，她就被捆住了，而且還就此被倒吊起來。

「這些帶子是怎樣……！唔咕咕……！」

「我看就這樣把妳壓死吧，去死吧。」

「喂，莉歐娜！像這樣的對手，我不認為用打擊的方式會管用！妳就跟那個天津迦流羅一起躲起來吧，像隻冬眠的熊一樣！」

「在這種情況下，就算妳那麼說——唔哇哇哇!?」

不知道是什麼時候的事，原本綁著莉歐娜的帶子被切斷了。

那個貓耳少女無計可施地掉落下來。就在千鈞一髮之際，有人將她抱住了，是身上穿著孔雀色服飾，一身衣服還隨風擺動的少女——她就是愛蘭翎子。

「妳還好嗎……!?」

「謝謝妳～～～～～～～～～～！果然人人都應該交個會飛的朋友呢！」

「是、是嗎？但是普洛海莉亞小姐好像也能夠透過魔法飛翔……」

「那傢伙才不是我的朋友！她完全沒有過來救我的意思——前面有東西過來了!?」

「好的……！」

面對那波緊逼而來的帶子，翎子用飛快的速度迴避掉了。

另一方面，待在地上的普洛海莉亞也射出子彈掩護她們。納莉亞在那時彈動舌頭「嘖」了一聲，快步跑了出去。她是想要再度跳躍，再次出刀揮砍吧？然而卻有帶子從別的方向飛過來，害她一時沒站穩多踏了幾步。

「感覺很像每一條帶子都有自己的意志……！沒完沒了！」

「既然沒完沒了，那我們就強行突破吧！只要給予本體重創，所有問題都解決了！」

砰!!

然而普洛海莉亞射出的子彈卻被帶子阻饒，沒能射中盧克修米歐。

就在那一刻，翎子突然在空中停止飛翔。

莉歐娜接著說了句：「妳怎麼了!?」發出困惑的喊聲，緊接著我看見某種畫面。

那就是有些帶子正朝著翎子殺過去，要從她的前方和後方夾擊。

這下糟了。這樣下去翎子會陷入困境——然而就在緊要關頭，有個綠色的影子跳了出來。

「烈核解放【屋烏愛染】。」

「!?」

撲通。

那是會讓人心臟爆發的感覺。

就連那些帶子也突然間停擺了。有個人輕飄飄地飄在盧克修米歐眼前，她就是翎子的隨從——梁梅芳。那對雙眼發出紅色的光芒，筆直地望著邪惡的愚者。

「謝謝妳，梅芳！」

翎子從帶子的包圍中掙脫，接著就逃跑了。

盧克修米歐的眼睛一直盯著那個孔雀色的少女看。

「這……該不會是……」

「你沒辦法攻擊翎子對吧？你就這樣定在那邊吧。」

「這怎麼可能……我居然會被這種幻術……」

我曾經親身體驗過，那種能力會讓他人的心臟爆發。

而且還會讓人愛上翎子，是很扯的烈核解放。但我覺得正確說來應該是能夠讓人對翎子產生同情心的能力，不過這用來阻止盧克修米歐的行動已經很夠用了。

我可不想一直看一名大叔在那邊為愛煩惱。

一看到敵人的動作變鈍，不知從何來的鎖鍊筆直射向盧克修米歐——那些〈魔力鎖鍊〉將盧克修米歐的手捆綁起來。

「梅墨瓦閣下！麻煩您了！」

「好的！」

被艾絲蒂爾叫到名字的佐久奈讓魔力擴散出去。

從魔杖放射出去的冰將這周遭一帶全都漂白——緊接著透過〈魔力鎖鍊〉，那些冰爬升至盧克修米歐所在處。

這是冰做成的橋。

能夠直接連通到敵人的身體上，也是通往勝利之路。

佐久奈在那時大幅度跳躍，踩著凍結的〈魔力鎖鍊〉，手裡拿著魔杖，用極快的速度衝向盧克修米歐。

「賣弄小聰明……」

一些帶子朝著佐久奈襲擊過去。

可是莉歐娜卻在那時像隕石般從高空中落下，透過踢擊將帶子的軌道打歪。接著翎子再用她的鐵扇將那些帶子切成兩半。

沒有放過這個好機會，佐久奈開始凝聚魔力。

眼前再度出現帶子形成的彈幕。普洛海莉亞射出的子彈從背後掃了過來，射破好幾重的帶子防禦層，但是卻沒能射破最後一條。

「嘖……子彈用完了嗎？」

「這不成問題。上級冰凍魔法【流幻彗星】。」

許多眩目的星星頓時從佐久奈全身上下各個角落迸射開來。

那些都是冰做成的子彈。而且這些子彈劃著凶猛的軌跡，紛紛朝前方挺進——嘶咚咚咚咚咚咚咚咚咚咚咚!!——一陣震耳欲聾的爆炸聲跟著轟然作響。魔力和水蒸氣飛散，用來守護盧克修米歐的最後一條帶子七零八落地崩解了。

「這、這已經是極限了……！」

佐久奈在那時發出呻吟。就差那麼一步，【流幻彗星】卻用完了。

不過她背後卻閃過一道桃紅色的光芒。

是納莉亞。納莉亞橫渡那條冰做成的橋，正朝盧克修米歐直逼而去。

「【盡劉之劍花】——剩下的交給我吧。」

我看見盧克修米歐的臉頰上有冷汗流下。

帶子已經被佐久奈破壞掉了，就算他想要弄來新的帶子也來不及。納莉亞的劍眼看即將瞄準敵人的心臟砍下去——

「先、先等一下！〈魔力鎖鍊〉即將……！」

艾絲蒂爾在那時喊叫了一聲。

緊接著又是一聲「啪鏗」。

被凍結的〈魔力鎖鍊〉連冰帶鍊一起碎成好幾段。

腳下能夠踩的地方逐漸崩解了，向下墜落的佐久奈被梅芳救走。

至於從束縛中掙脫的盧克修米歐——他則是直接退到背後去。

「!?」

「納莉亞小姐！」

沒地方踩再加上失去攻擊標的，佐久奈在無計可施的情況下墜往地面。那些帶子全都集中過去，瞄準了無法動彈的獵物。

納莉亞在空中揮舞雙劍，砍斷了好幾條帶子，但到最後卻還是沒能化解這一切。

有一條帶子用力撞上納莉亞的雙劍，導致她的身軀如流星般墜落。

那陣衝擊非常大，連帶激起一片沙塵。

佐久奈她們都用悲痛的聲音呼喊納莉亞的名字。

我帶著絕望的心情，盯著納莉亞墜落的地點看。

怎麼會這樣！就連納莉亞都不是對手——然而她卻安然無恙。雙劍正緊緊刺在地面上，她一臉吃力的樣子，慢慢曲起雙膝將自己撐起。

「太頑強了。那些可以自由自在活動的帶子……」

「遊戲結束了。」

盧克修米歐讓飄浮高度進一步提升。

他身上蹦出大量的帶子，那些帶子正飄來飄去。

這每一條帶子都是纏繞邪惡瘴氣的殺入兵器——那些帶子不約而同來到地面上肆虐。

莉歐娜跟普洛海莉亞靠著敏捷的動作避開了。佐久奈則是透過冰凍魔法做防禦。小春拉著尖叫不斷的迦流羅四處逃竄。梅芳發動障壁魔法，用來抵擋試圖攻擊翎子的帶子，可是魔法一下子就被破壞掉，導致她朝背後退去，腳步還踉蹌了幾下。

「啊……！」

這時艾絲蒂爾被帶子正面擊中，還被打飛出去。一看到她的身體在地面上又滾又撞，我立即有種渾身血色盡失的感覺。

再這樣下去，我們會全軍覆沒。

現在沒空在一旁默默觀看了。

「喂，絲畢卡！妳也差不多該放開了吧！這樣下去我沒辦法吸血——」

「可瑪莉大小姐！」

有一陣殺氣來襲。

那讓我轉頭看去，結果發現一大堆如龍般肆虐的帶子正朝著我逼近。

薇兒拚了命地奔向我。之前只要有災厄即將降臨到我身上，她總是會用那把暗器替我抵擋。可是免不了出現漏網之魚。

我用力閉上雙眼。

那些帶子就很像裁縫機的針一樣，將我周圍的地面搗爛。

這陣震動實在是太大了，害我當場跌倒。不停向上冒起來的沙塵害我連眼睛都睜不開。完蛋了。會死掉——這念頭才剛閃過。

「——夠滋潤了。這樣就足夠了。」

就在那瞬間，「轟!!」的一聲，有一股強大的魔力吹襲開來。

帶子陸陸續續斷裂，就連沙塵也在一瞬間被吹散。

不知不覺間，有個吸血鬼已直立在我前方，那模樣就像是在守護我一樣。

她的雙馬尾隨風擺動。

嘴角垂著源自於我的血液。

那個人用雙腳穩健地踩踏在大地上，模樣看上去很有威風凜凜的感覺，和「弒神之惡」這個稱號很相襯。那舉世無雙的恐怖分子絲畢卡・雷・傑米尼正用帶有殺意的視線看向空中的愚者，嘴邊有著傲氣的笑容。

「你還真敢做啊，但常世可由不得你放肆。」

「絲、絲畢卡!?妳復活了啊……!?」

「多虧有妳的血液。接下來——殺戮的時間到了。」

那時吹起一陣狂風，讓人只想把眼睛蓋住。

絲畢卡的身影忽然間消失了。

感到訝異的我抬起臉龐。那個最強、最邪惡的恐怖分子取回力量了，就像被打上夜空中的煙火，朝著盧克修米歐衝刺過去。

我呼喊出那個名字，而在同一時間——

「絲畢卡……!」

她的拳頭和邪惡的帶子也激烈地碰撞在一起，看起來好壯烈。

吸

[19]

恆久不變的哲理

隨著時間經過，人們坐擁的榮華也會衰退。

夏天的花草一旦來到秋天就會枯死。

無論現在多麼開心、多麼充實，心中拚命許下願望，期盼「這樣的時光能夠永遠持續下去」——破滅和崩壞之日依舊會到來。

我曾經想對這樣的定理挺身抗衡。

沒有紛爭、沒有憎恨，就只有溫暖的時光——在那無常的世界定理中，我為了永遠當個家裡蹲，就這樣度過了六百年。

但我跟那個紅色的吸血鬼有著很大的差異。

黛拉可瑪莉·崗德森布萊德。

那個女孩本質上跟我是一樣的，想要達成的境界也和我相同，但我們看事情的方向卻有著根本上的差異。

七紅天爭霸戰、六國大戰、天舞祭、吸血動亂、華燭戰爭——因為在各式各樣的死鬥中跨越難關挺了過來，這個少女才開始將注意力放到「房間之外」。

她並不是為了獲得永久安寧才作戰的。

而是想守護當下那光輝的瞬間而戰。

也許她們兩人終究是水火不容。

可是唯獨現在，她是該感謝這傢伙出現在自己面前。

我是天生的家裡蹲吸血姬。

若是沒有人拉著我的手，我甚至沒辦法站起來。

但如果是她——若是換成黛拉可瑪莉・崗德森布萊德，或許能夠將我的夢想託付給她。

就像芙亞歐那樣。

★

身上那股力量變得無比澎湃。

黛拉可瑪莉的血液和心意讓我的身體充滿朝氣。

只要吸食血液，就能約略感測對方的氣度和肚量。而那個吸血鬼少女算是一代豪傑，身體裡蘊藏和我同等大的意志力。我已經接收她的部分力量，如今再也沒有人能夠阻止我了吧。

「啊、哈、哈、哈、哈！就讓我為六百年前的事一雪前恥吧！」

一些帶子進逼而來，被我用拳頭揍回去。

被魔力灼燒的纖維噗滋噗滋地碎裂，朝四周散去。可是這些東西沒完沒了。那些帶子為了守護身為核心的愚者，全都一擁而上來襲。

我在空中迴旋，朝著那些帶之海踢上一記。

這片防護壁重疊了兩到三層，我將護壁一口氣踢穿。

「就別做無謂的抵抗了。」

隔著那些交叉的帶子，愚者用冷酷的眼神窺視這裡。

他是毀壞樂園的仇敵，害我跟那西利亞分開的萬惡元凶。

「那西利亞．拉米耶魯早就已經死了。就算妳在這裡搗亂也不會改變。乖乖讓我處刑吧。」

「她還活著！而且她絕不會忘了跟我的約定！」

絲畢卡高速衝刺。打算用拳頭毆打盧克修米歐的臉。

可是對手也像在耍特技一樣，翻了個身迴避掉。

「教皇都說過了！那西利亞正在某個地方等著我！怎麼可能被你這種愚蠢之人

阻擋去路！」

「我看妳比我更加愚蠢許多，快放棄吧。」

這場戰鬥同時也是為了找回「恆久」而戰。

希望這個世界上的所有人都能夠死得其所；在這個世界上不會再有人被他人胡亂虐待；那些心地善良的家裡蹲都能夠在這個世界裡懷抱著小小的幸福而活——雖然我身處於無常的世界定理中，還是希望能夠跟那西利亞一起永遠生活下去。

讓這一切都化為泡影的，正是那些天文臺的愚者。

若是不能親手復仇，我會不甘心。

「你們從我身上奪走一切，我現在就要取回來。」

那些帶子密密麻麻地交叉，形成將我囚禁的鳥籠。那簡直就像是關住那西利亞的牢籠。可是被我用拳頭揍了之後，輕輕鬆鬆就能逃離。一面破壞前來迎擊的帶狀波濤，我朝著仇敵猛衝過去。

——那西利亞。我現在立刻就把這傢伙殺了，到妳的身邊去。

「停下吧。」

那時我眼前出現一道巨大的牆。看來對手重疊了好幾層帶子，構築出防禦用的障壁。我出腳踢過去，光只是這個動作就讓護壁爆散開來，像餅乾一樣碎掉。

愚者那張可恨的臉出現在眼前。

還差一點點，我就能把樂園找回來。

「妳中計了──貫穿吧，《縛》。」

這次我感覺到一股氣息，有陣殺意從背後接近。

在一般情況下，那是不可能避開的，但我可不會像六百年前那樣。

為了創造理想世界，我不停用壯絕的手段鍛鍊自我。

像是讓魔力在體內循環，令我的速度加快。

只要在帶子捕捉到我之前，貫穿那傢伙的心臟就行了──

打定主意後，我揮出拳頭。

就在那瞬間，耳邊傳來「喀鏗」聲。我迎來某種觸感，感覺那一拳打下去之後，力量就散掉了。

「!?」

這一看才發現是帶子的碎片捲住我的腳踝。

肯定是剛才破壞掉的防壁一角。

「《縛》能夠吸收魔力和意志力。就算是這樣的碎片，也足以暫時奪走妳的力量。此外──」

我的腹部那邊感受到一股劇烈震動。

因為那傢伙用帶子刨開我的肉。

好不容易才吸收掉的血液又流淌出來。

由於情況轉折來得太過突然，我甚至連疼痛都感受不到。但我的身體越來越難以行動。

甚至連浮游的能力都失去了，我就這樣墜往地面。

頭頂上有一道冷酷的聲音灌注下來。

「別想要試著改變世界，也別想破壞秩序。妳乖乖當個家裡蹲就好。」

「————」

一些瘴氣從傷口滲透進來。

那些黑暗的霧靄籠罩了我的心。

這種東西不過都是捏造出來的。照理說，應該只是夕星那個笨蛋打造出來的悲劇殘渣罷了。

大量的帶子為了給我致命一擊，紛紛朝我來襲。

我的手腳無法動彈。

被無限的懊悔束縛住，就連思考都無法隨心所欲。

過去發生的慘劇在腦海中蠢動。

因為自己的緣故，有很多人變得很悲傷，這是如猛毒一般的現實。

若是我沒有一心創建樂園，沒有去跟愚者和六國所為的暴虐抗衡，那就不會有很多心地善良的人在這些戰爭中遭到殺害吧。在我組建逆月之後，情況依然是這樣。我唱高調主張「那都是必要的犧牲」，讓很多人陷入困境，難以保證這樣的選擇是正確的。

我是不是應該一直待在傑米尼家的密室，當個家裡蹲就好？若是沒有跟那西利亞相遇，是不是會更好呢？

我、我應該——

「——不能輸給他。」

好像有種輕柔的感覺。

不知不覺間，我已經被那個紅色的吸血鬼用公主抱的方式抱住了。

一記「咚乓！」一聲接著響起——她就只是把手抬起來而已，在各處像跳梁小丑般躍動的帶子卻隨之破裂。

那些充滿殺意的紅色魔力扎在肌膚上。

明明身材嬌小到不像十六歲該有的樣子，她身體裡埋藏的心志卻比海更加遼闊。

那時黛拉可瑪莉的嘴脣微微地動了。

「再一下子就好，加油吧。」

「為什麼要……」

「因為妳身邊還有伙伴們在……」

「……！」

我好像聽見來自他人的聲援。

這一看才發現原本應該在地面上被帶子追殺的普洛海莉亞・塔茲塔斯基和莉歐娜・弗拉特一直在替我加油打氣。另外還有愛蘭翎子跟梁梅芳，以及躲在岩石後面的天津迦流羅跟忍者隨從，再加上替受傷的納莉亞・克寧格姆治療的佐久奈・梅墨瓦、艾絲蒂爾・克雷爾，此外是一臉不滿的薇兒海絲——人們雖懷著屬於他們各自的情感，卻都用「要盡好義務」的眼神望著我。

不只是這樣。

我彷彿還聽見不知從何來的聲音。

那是充斥在這世間，源自於人們的祈禱聲。

——神啊、神啊，請拯救這個世界吧。

——請讓「天罰日」結束。

——請對惡魔降下正義之光！

那些人散發著光明意志力，將纏繞於我心靈的霧霾一掃而空。

就在我心中，突然湧現一種為此感到可笑的感覺。

對。挫折這個字眼是最不適合絲畢卡・雷・傑米尼的。

我可是「弒神之惡」。

不僅是常世的賢者，還是理想世界的探究者。

為了那些流落各地的人們，我有義務努力。

就如黛拉可瑪莉所說，這六百年來我都已經拚死命努力了。

拉米耶魯村的村民、逆月的成員、那西利亞和芙亞歐——那些人都是因為相信我才會追隨我，為了他們所有人，我必須將理想世界創建出來。

「——神明大人？那種重責大任就交給黛拉可瑪莉吧。」

我開始凝聚魔力。

特級再生魔法【永劫圓環術】。

身上的肉開始長回來，傷口也在轉眼間修復。

黛拉可瑪莉看起來很擔憂的樣子，用手摸摸我裸露出來的肚子。我則是用左手握住她的手，右手朝著那個愚者筆直地伸出。

「——我的任務並不是拯救人類，而是要殺掉傷害那些家裡蹲的邪神。創造永恆的樂園。就只是這樣罷了。」

★

絲畢卡・雷・傑米尼的右手射出紅色光束。

那一團魔力向前噴射，連大氣都為之震動。

若是想要用帶子防禦——應該做不到。因為帶子的硬度不足以承受這一擊。盧克修米歐猶豫到最後一刻，這才讓身體偏開。

緊接而來的是一陣衝擊。那道光束從他的側腹上刨過，衝向遙遠的後方。

盧克修米歐用帶子修復傷口，同時轉眼瞪視眼下這兩名吸血鬼。

那是絲畢卡・雷・傑米尼和黛拉可瑪莉・崗德森布萊德。

都是他盧克修米歐應該要殺掉的破壞者。

這兩個人都已經發揮她們所能拿出的最高戰力，換作是平常的盧克修米歐，他肯定束手無策。但如今他擁有夕星送過來的瘴氣。也許那個恐怖分子就是希望事情演變成這樣。讓愚者去吸收自己的力量，處分掉眼中釘絲畢卡和黛拉可瑪莉——那個少女未免也太狡猾了吧。

「那好吧，這次我就將計就計吧。」

在瘴氣的幫助下，盧克修米歐開始改造《縛》。

如此一來，若是再度攻擊黛拉可瑪莉，應該就能造成傷害。

那兩個吸血鬼朝著這邊高速飛來，盧克修米歐瞄準她們發射《縛》。帶子前端掃到黛拉可瑪莉的手臂，導致鮮血飛濺而出。看樣子已經不會再被對手廣泛無效化了。接下來只要就地將那傢伙的身體捆綁起來，一切就結束了。

「沒用的。」

「!?」

乓!!——伴隨著劇烈的破裂聲，那些帶子碎裂散開。

低頭看著變成破碎絲架掉落的殲滅外裝，盧克修米歐因這驚人的一幕變得啞口無言。

只因對手是銀盤的血族——並非如此。

對方單純是靠蠻力把帶子弄斷的。

明明都已經靠瘴氣改造到那種地步了。

「開什麼玩笑。」

盧克修米歐開始胡亂揮舞帶子。

可是那兩個女孩卻突破了所有障礙，並朝這裡逼近。

瘴氣都被彈開了。帶子碎裂。魔力潰散。

每當那兩個女孩揮舞拳頭，殲滅外裝就會被打個粉碎。既然如此就不要靠

《縛》，單純用體術來迎擊吧——打定主意後，盧克修米歐握緊拳頭。

「唔！」

就在那瞬間，他嘗到血味。

這讓盧克修米歐忍不住「咳咳咳」地咳嗽起來。

他用拳頭擦拭流出來的血液，同時也察覺自己身上出現了異常變化。

他這是吸收太多來自夕星的瘴氣。若是繼續勉強自己，也許會從身體內側遭到破壞並因此喪命。

「看來你很痛苦呢，但我可不會手下留情。」

眼前出現強大的魔力反應。

是絲畢卡・雷・傑米尼和黛拉可瑪莉・崗德森布萊德來了。

那些對世界秩序構成威脅的叛亂分子正不約而同瞪視盧克修米歐。

「銀盤」曾經說過一句話——「一定要把魔核創建出來的秩序維持住」。她還說：「一旦秩序擾亂，將會有很多人身陷悲傷。」以及「人們就應該老老實實過上封閉的生活。」

變化是惡害。進化將招致衰退。

若是出現像這兩個人一樣的不肖分子，不惜將周遭其他人拖下水也要催生改變，那就一定要把他們收拾掉。

他早就已經做好捨棄性命的覺悟。

為了銀盤，就拋下一切放手一搏吧。

「殲滅外裝04——最終解放。」

盧克修米歐將手掌高舉向天際，同時念念有詞地說了些話。

那是吸收擁有者性命才能發動的究極奧義，若是要解放，現在就是最合適的時機。

帶子開始高速旋轉，將盧克修米歐的身體包覆住，而且還變得像吸水的海綿一樣，越膨脹越大。

絲畢卡因此心生警戒，動作緊急停擺。

就連黛拉可瑪莉都察覺異樣而停下所有行動。

說起04《縛》的奧義——這種能力能夠讓帶子捲住身體，令擁有者化為巨人，讓自己變得無堅不摧。

盧克修米歐的身體眼看變得越來越肥大——他也獲得了足以覆蓋天際的威猛之姿。

「那——那是什麼東西!?」

「這下有趣了，魔法跟烈核解放可是無法做到這種地步。」

「快點去避難！小春，把我搬走～～～～！」

就在地面上，那些螻蟻好像在嚷嚷些什麼。

可是盧克修米歐眼中就只看見那些破壞者。

黛拉可瑪莉和絲畢卡在半空中迴旋，想要用魔法打他，可是發動了最終解放的殲滅外裝卻沒有因此受到任何一絲傷害。就算被黛拉可瑪莉的拳頭擊中也無動於衷。因為那已經透過無止境的瘴氣裝甲化了。

「這都是為了維持秩序。」

為了秩序，必須殺了這些人。

若是要殺掉她們，就必須用上最強的一擊。

就在這個時候，盧克修米歐發現一件事。

其實不遠處就有連神都能夠殺掉的武器存在。

他讓他的五根手指沒入那座白色高塔的牆面中。

崩落下來的瓦礫咚哐咚哐地掉落到地面上。

「怎麼會……」

「可瑪莉大小姐！請您快點逃跑！」

那些在地面上四處逃竄的小丫頭，盧克修米歐根本不屑一顧。他用上所有的力氣握住那座「弒神之塔」，接著朝變得粗壯無比的帶子輸送瘴氣，拿起那把殺戮之槍。

高塔從根部脆裂折斷。

天地都在鳴動，還颳起很強烈的陣風。

黛拉可瑪莉的光擊魔法擊穿盧克修米歐的肩膀。

血肉飛散開來，疼痛感也跟著炸開。但就只有這樣而已。那傢伙還沒做好殺掉敵人的覺悟，甚至連毫不留情瞄準心臟都辦不到。這份天真將會導致她丟了性命。

「休想得逞。」

必須在敵人還很嫩的時期殺掉她。若是放置不管，世界會毀壞、秩序會崩塌。為了第一世界、為了銀盤、為了讓所有人都能夠繼續過上封閉的生活──

「這將會是最後一擊。」

巨塔的殘骸被高高舉向天際。

就連灑下的少許陽光都遮擋住了，那成了一把冰冷不帶感情的巨大長槍。

而黛拉可瑪莉──發動了【孤紅之恤】，照理說正處於無敵狀態的她卻嚇了一跳，臉上神情都跟著扭曲起來。

盧克修米歐口中冒出鮮血。

他聽見身體各處機能盡數毀壞的聲音。

可是他並不在意。

因為他願意捨身取義。只要能夠實現銀盤的心願，就算死去也無怨無悔。

「去死吧。」

盧克修米歐用力將那把長槍投擲出去。

這殺戮的一擊在重力作用下向下墜落。

那簡直就像是老天爺降下的懲罰。

敵人這下無處可逃了吧。

因為底下還有許許多多的伙伴在。

她能夠選擇的路就只剩一條，那就是用自己的身體承受這沉重的一擊。

黛拉可瑪莉先是將絲畢卡撞開，接著就展開好幾重障壁魔法。

第一層壞掉了，第二層也壞了。再來是第三層、第四層、第五層，當毀壞到這個地步時，盧克修米歐看見黛拉可瑪莉眼裡的光芒消失。

那是意志受挫的證明。

最後的障壁在那時發出聲音崩解掉。

高塔狠狠撞上那具瘦小的身軀。

現場揚起悲鳴聲，還有怒吼以及絕望。

「弒神之塔」將黛拉可瑪莉壓垮，同時打向地面。

接著就出現一陣劇烈震動，連整個世界都為之搖撼。

高塔碎掉了，大地被劈開，那些瘴氣就如同飛沫一般，全都飛散開來。在廢墟裡的那些民宅接二連三被破壞掉，人們愚蠢的心願也隨之爆散。整個常世都在哀嗚，空間中迴盪著啪哩啪哩的傾軋聲。

那個時候盧克修米歐看見某樣東西。

在開裂的大地彼端，出現一個黑色的空洞。

那是一個洞穴。

據說在「天罰日」，惡魔們會打開通往地獄的大洞。但正確說來那原本就存在於弒神之塔所在處，是通往第三世界的巨大通道。

願在此的所有敵人就此墜入洞穴中。

這樣一來，盧克修米歐也沒有過去追擊的必要了。

只不過──

「!?」

那些如雨水般澆灌下來的瓦礫不知為何停在半空中。

不對，是速度放慢了。

重力加速度正變得無限趨近於零。

就在盧克修米歐四周，有無以計數的瓦礫從時間流動中解放。

須臾被延長為永恆，就像照片一樣，變成定格的單調世界。

「烈核解放【榮花忘秋】。」

直至這時盧克修米歐才回過神，視線向下看去。

是絲畢卡・雷・傑米尼。那個吸血鬼的頭被瓦礫打到，正在流著血，卻拚死命抱住盧克修米歐。

「抓到了。」

原本捲在她腳踝上的帶子褪去。

是因為烈核解放的封印解除的關係。

失策了——當盧克修米歐那麼想的時候，早就為時已晚。

「咕噗！」

由於他吸收了過多的瘴氣，再也沒辦法控制《縛》。

因為帶子而變得巨大化的身軀逐漸萎縮。變回原本大小的盧克修米歐依然被絲畢卡牢牢抓住，慢慢朝著那個地獄大洞落下。他再也沒辦法飛到空中。

一道天真無邪的嗓音在他耳邊響起。

「我要把你殺掉！這是為那六百年復仇！」

「等等，再這樣下去……」

「你是想說我們兩個都會死嗎？我才不在乎！」

這話讓盧克修米歐不由得屏住呼吸。

「唔！我也不在乎死亡——但現在還不是時候!!我要先看到黛拉可瑪莉・崗德森布萊德死掉才行。」

「你是笨蛋嗎？」

那對紅色的眼睛凶狠地動著。

「就是為了不讓你稱心如意，我才要帶你上路。不能讓黛拉可瑪莉死掉。那個女孩為我的夢想獻上一份心力……而且她還是芙亞歐賭上性命守護的孩子……」

這番話讓盧克修米歐不寒而慄。

這個絲畢卡・雷・傑米尼應該是冷血到極致的恐怖分子才對。

但是這點卻被那個深紅的吸血鬼——

「妳洗心革面了嗎？那麼那個叫黛拉可瑪莉・崗德森布萊德的破壞者……不就比夕星危險好幾倍了……！」

「你是不是搞錯什麼了？若你以為我跟那傢伙已經產生羈絆，那可就大錯特錯了！我的目的從一開始到最後都不會有任何改變——就是要創造屬於家裡蹲的樂園。就連讓自己死掉也只是實現目的的手段之一。」

「妳是不是瘋了……」

「我是打算讓那傢伙背負這具十字架啦！黛拉可瑪莉絕對不會讓我的心意白費。那些逝去之人的意念，她都會懷抱在心中活下去。只要交給那傢伙，一定就能將樂園創造出來——啊、哈、哈、哈！太爽快了！這下子她不會知道自己被利用，會不停努力下去！」

「妳、妳應該是想親眼見識樂園才對吧。」

「那是當然的，可是我別無選擇。」

絲畢卡和盧克修米歐就這樣撞進大洞中。

從地獄吹出來的風咻咻咻地打在身上。

盧克修米歐好不容易才讓《縛》動起來，輕而易舉就將絲畢卡的腹部貫穿。可是那傢伙卻不願意放手。身上都已經有鮮血飛散，臉上卻依然帶著淒絕的笑容。

「【悖論神諭】若是要發動，犧牲是必要的。」

盧克修米歐被人緊緊地揪住。

這身蠻力實在太強大了。他甚至都聽見骨頭發出嘎吱聲。

「反正只要是人，任誰都難逃一死。若是我的血液能夠傳送到那西利亞那邊，那樣就夠了……」

「妳的血液很難保證一定能夠傳送到那個巫女姬手上……」

「我已經留紙條給黛拉可瑪莉了，要她把我的屍體送去給那西利亞。」

「愛說笑！不，基本上那西利亞．拉米耶魯早就已經死了！」

「她才沒有死，我能夠感覺得到。」

「唔……」

過大的恐懼讓盧克修米歐顫抖起來。

這傢伙都已經做好覺悟了。

不——雖然她本人一再否認，但其實是有人幫助她做出這番覺悟。

那個黛拉可瑪莉·崗德森布萊德是無與倫比的邪惡存在。

那份勇氣和心善將會逐漸改變周遭其他人。

「只要是為了她，犧牲生命在所不惜。」——會讓人不由得那麼想。

在歷任的破壞者中，她肯定是最差勁、最邪惡的恐怖分子。

一定要排除掉。

必須排除——

★

頭好痛。思緒亂糟糟的。我連站都站不起來。

看來我好像又再次受了重傷。

我最後看見的景象是一座巨大高塔掉了下來，接著又看見通往地獄的大洞打開的情景。那些廢墟街道全都被蹂躪毀壞，所有的東西都被吸進洞裡。

那絲畢卡呢？

絲畢卡她怎麼了？

大家是不是都有成功逃脫？

胸口那邊好痛苦。

涅普拉斯的悲劇正要再度重演。

我是不是又會失去一些伙伴。

我不希望那樣——雖然我打算拚了命地起身，但我的腳卻好像凍僵了一樣，連動都動不了。剛才用高塔打出的那一擊對我全身上下都造成影響，就連烈核解放也中斷了。心靈被瘴氣囚禁，身體變得不聽使喚。

但就算站起來也毫無意義。一切都已經太遲了。不管再怎麼努力，還是回天乏術。

就跟之前芙亞歐死去的那個時候一樣。

「沒這回事。」

在黑暗之中，我好像聽見一道熟悉的嗓音。

雖然聽起來很不容易親近，而且充滿殺意，但是那聲音裡卻有著無法完全隱藏的關切。

我當下大吃一驚，接著抬起臉龐。

在那裡的人是——

「芙亞歐……」

那對狐狸耳朵動了幾下。毛茸茸的尾巴靜靜地搖晃。

我是不是在作夢啊。她早就已經不在人世上了，照理說是不可能像這樣站在我面前的。

「妳將要延續我的夢想，不能夠在這種地方停下。」

「可、可是……」

「現在還來得及，大家都還沒有死啊。」

她是在對我精神喊話。

這專屬於她，那嚴厲又溫柔的聲音逐漸沁入我的心房之中。

「但妳若是放任不管，將會來不及挽回。我的夢想是『打造出所有人都能夠死得其所的世界』——可是那位吸血姬即將因天道不公死去。說來也真是可笑，那傢伙完全沒有體會到我的用意。」

「在說絲畢卡嗎……？」

「對，所以我想拜託妳幫忙。」

我想起來了。我早就發誓要為這個狐狸少女實現夢想。

我不希望有任何人死去。

不希望再有任何人受苦。

只是——

「我的身體沒辦法動彈……該怎麼辦呢……？」

「就算肉體腐朽，有的時候意志力依然能夠留存下來。這是魯那魯村的村民教會我的。只要再撐一下子就好……妳就承繼我的力量拚一拚吧。」

對方將手輕輕放到我的頭上。

就跟那個時候一樣，她臉上浮現淡淡的笑容。

芙亞歐的身體眼看變得越來越朦朧。

很像溶在光芒之中消失那樣。

沒錯。我才不希望拯救世界是靠犧牲他人。

我希望所有人都能夠得救。

我渴望的世界是不會少掉任何一個人，大家一起活下去。

現在不是在這裡駐足止步的時候。

只不過被高塔打到罷了，怎麼能夠因此一蹶不振。

「接下來的事就拜託妳了。如果是妳，一定沒問題。」

那些聲音開始參雜雜音。

她的身影也在風的吹拂下消失了。

我不由得伸出手——

「——芙亞歐!!」

那時我突然間醒了過來。

「醒了過來」?——我之前到底都在做些什麼呢?

原本在涅普拉斯那邊跟我永別的芙亞歐又出現在眼前。她將身後事託付給我就消失了——那些是夢嗎?不,這怎麼可能。

「黛、黛拉可瑪莉!妳還好嗎……!?」

「!?」

我聽見身旁傳來人聲。這一看才發現那來自一位眼睛發出紅色光芒的吸血鬼——是柯蕾特・拉米耶魯,對方正用頗為擔憂的表情看著我的臉。

咦?柯蕾特?為什麼她會在這裡……?

「可瑪莉大小姐!您沒事吧!?」

「唔哇哇!」

另外那個變態女僕突然過來抱住我。

我的腦袋昏昏沉沉的,根本搞不清楚狀況。

「您有沒有受傷!?我是不是該替您舔一舔比較好!?啊啊太好了,看起來是沒有受傷呢——啊啊啊啊啊!衣服都變得破破爛爛的!可瑪莉大小姐的柔嫩肌膚全都裸露出來了！不能讓旁人看到，就讓我緊貼著您遮住這些肌膚吧。」

「哇啊啊啊!?不要突然黏到我身上啦!!」

「薇兒！妳冷靜一點！」

柯蕾特用盡全力將薇兒拉開。那個變態女僕則是像怪物一樣大吼：「可瑪莉大小姐——!!」還不停掙扎。看她為我擔心，我是很高興啦，但現在沒空搞這檔事。

「對了，柯蕾特妳怎麼會跑來這裡？」

「我是跟著薇兒她們過來的！只因為我不能戰鬥就被當成局外人，那讓我忍無可忍。若是有我能做的事情，我也想幫忙。可是……好像太遲了。」

此時忽然有一道冷風從腳邊吹了上來。

我嚇了一跳，開始觀察周遭的樣子。

眼前只剩一大片慘不忍睹的破壞痕跡。

像是毀壞的街道、被刨開的大地。

此外還有在我身旁不遠處敞開的大洞，那是通往地獄的巨大洞穴。

盧克修米歐那個笨蛋把「弒神之塔」整個丟過來。

我運氣比較好，似乎得救了，但是其他人——

「大家都沒事，沒有受到太大的傷害。天津大人好像因為跌倒的關係昏倒了，但是她很快就會醒來吧。」

似乎發現我已經恢復意識。

無論是納莉亞、佐久奈、翎子還是艾絲蒂爾……許許多多的伙伴都跑到我身邊。

「妳還好嗎!?」「身體狀況如何!?」「請您不要太過逞強!」——她們一開口說出的話，都是在為我擔憂。

「咦、咦？這是怎麼一回事……？」

「都是多虧有妳啊！」

納莉亞在那時摸摸我的頭，開口說了這番話。

「是妳用魔法抵擋那傢伙的攻擊對吧。幸虧如此，大家才都沒有受到傷害。可瑪莉妳也在緊要關頭避開了呢……太好了。」

「避開了……？」

我應該被高塔狠狠撞到，而且大出血才對。

現在我的軍服上不就沾著血嗎？靠那些味道，我還是能分辨得出來，這肯定是我的血沒錯。到底發生什麼事了——正當我為此感到疑惑時，柯蕾特突然露出悲傷的表情並伸手抓住我的衣服，還開口喚了聲：「黛拉可瑪莉。」

「……我聽見聲音了。」

「聲音？」

「是來自一位叫做芙亞歐的人。」

我頓時為之語塞。

柯蕾特則是皺起眉頭，嘴裡繼續說著。

「我的特異能力……是能夠呼喚亡者靈魂的能力。但並不是要呼喚什麼人都行，必須是那個亡靈無論如何都有話想傳達給他人知曉，我才能夠聽見……」

「對、對喔……！」

我搖搖晃晃地站了起來。

佐久奈和翎子趕緊過來撐住我。

薇兒則是用不解的表情望著我，嘴裡說了聲：「可瑪莉大小姐？」

就跟之前在涅普拉斯的時候一樣。

「都沒有人受到太大的傷害」——薇兒這句話有語病。

因為有個該在這裡的人不見了。

那個與我們一路走來同甘共苦的恐怖分子少女消失了。

「柯蕾特。絲畢卡呢……」

「根據芙亞歐小姐所說，好像是跟敵人一起掉到洞裡面了。」

「…………」

有個巨大的洞穴就在一旁開著大口。

而且深不見底。但是洞裡面散發出的不祥氣息依然讓人有所察覺。

知道這個大洞將會通往地獄。

那是惡魔造出的懲罰，能夠讓這個世界崩壞。

「——薇兒！我得去救絲畢卡！」

「可、可瑪莉大小姐……？」

這怎麼行，結局不應該是這樣。

我再也不想失去任何人。在涅普拉斯那邊品嘗過的悲痛，我再也不想重溫——不想再度經歷一樣的事。為了讓常世變得和平起來，為了讓常世成為樂園，那個天真爛漫、總是一臉旁若無人的恐怖分子小公主是不可或缺的。

伙伴們全都目不轉睛地凝視著我。

她們似乎已經感受到我的決心了。

眼下已經由不得我再猶豫一時半刻。

我將手緊緊握成拳頭狀，朝著那個地獄大洞踏出一步。

★

太陽特效藥現在也差不多該回流了。

雖然之前吸食黛拉可瑪莉的血液得以恢復，但那似乎就只是暫時性的。

劉．盧克修米歐八成是會錯意了——以為我是被黛拉可瑪莉感化才會選擇死亡。但他當然是錯得很離譜。這六百年來，我失去了很多的伙伴，也因此醒悟了。

死亡乃生者的本懷。

就算肉體從這個世界上消失，但只要還有其他人遺留在世上，而死者能夠殘存於他們心中，那就等同還活著。只要有人能夠繼承我的夢想，將樂園打造完成，那麼絲畢卡．雷．傑米尼的肉體是生是死就都不重要了。看到芙亞歐和黛拉可瑪莉之間是那樣的結局，才幫我得出這套「永恆不變的哲理」。

「開什麼玩笑！我最後的下場不該是這樣……！」

那時盧克修米歐操控帶子，想要把我甩開。

我的肩膀被劃開、肚子也被劃破、但我是絕對不會放手的。

若是放這傢伙逃離，夢想就不能實現。

一旦逆月成員、黛拉可瑪莉和她的伙伴慘遭毒手，我跟那西利亞的計畫就會告終。

現在這樣就足夠了。

我就是為了這個才努力到今日。

我並不後悔。照理說應該不後悔才對。

我應該不會後悔啊——但是隨著我越來越接近地獄底部，身體也抖得越來越厲害。我並不是害怕死亡，而是害怕不能看到夢想實現的那天。

但這都不要緊。

若是換成黛拉可瑪莉，她會做得比我更好吧。

如果換成那個充滿殺意的吸血鬼，將能夠讓那西利亞期盼看到的世界成真。

所以沒什麼好擔心的。

我慢慢閉上雙眼。

就在那個時候，我聽見地獄的底部傳來一些聲音。

這是讓人懷念的聲音——也是我所珍視的友人之聲。

大感驚訝的我將目光挪往下方。

是她。

是消失在高塔中的那西利亞——

不。如今的我已經什麼都做不到了。

放任思緒朝著未來的樂園奔馳，我靜靜地開口輕語。

「接下來的事情就拜託妳了。黛拉可瑪莉……」

「我知道了。」

這話讓我驚愕地睜開眼睛。

就在這個洞穴的上空，有個吸血鬼正散發紅色的魔力，朝著這裡落了下來。
她釋放出燦爛的殺意，還擁有足以包容一切且無窮無盡的善意。
那是黛拉可瑪莉・崗德森布萊德。
就在她身旁，還有一位身上帶著青色魔力的女僕。
啊啊。那正是我所冀盼的比翼之姿。
若是我跟那西利亞也能變成那樣就好了。
不對。現在不是想這些的時候。
「妳──妳是笨蛋啊！為什麼要來！」
「因為我要……拯救妳。」
「什、什麼!?」
「我不希望……再有人死去……」
「唔……」
此時盧克修米歐開口大喊一聲：「好機會!!」接著就將帶子放出。
這傢伙的目的是要殺掉黛拉可瑪莉。這樣一來我帶盧克修米歐上路就沒有意義了──原本是那麼想的。
但帶盧克修米歐上路這件事，已經被人用別的方式化為無義了。
黛拉可瑪莉先是用手刀切斷帶子，接著就光速逼近盧克修米歐。

那個愚者因此睜大雙眼，她則是朝著愚者的側臉踢了過去。

「咕啊！」——對方發出短促的悲鳴。

「請你別動。」

不僅如此，薇兒海絲的暗器還連刺他好幾次。

那個盧克修米歐口中吐出鮮血，身體因此失去重心。

我的身體也跟著順勢滑落，變成用倒栽蔥的方式跌入地獄深淵。

這是在亂搞什麼啊——彈舌發出一聲「嘖」的同時，我在無從抵抗的狀態下進入自由落體姿態，就在那時——

「妳沒事吧？」

有人緊緊抓住我。

黛拉可瑪莉用很快的速度繞到我的下方，將我的身體輕柔地抱住。一股香甜的鮮血氣息竄入鼻腔。那對溫和的紅色眼眸直率地看著我。

我不由得露出笑容。

明明就已經做好赴死的覺悟了。心也已經變得像鋼鐵般堅硬。

卻不知為何，身體變得暖洋洋的。

我知道這傢伙的魔力正在注入我的體內。不對，不是只有這樣。

她身上散發出來的善意奔流足以感化所有人，而我也知道這股奔流正逐步灼燙我的心。

那時薇兒海絲發出嘆息「唉」了一聲，一雙眼轉而凝望著我。

「……傑米尼大人，您現在可不能那麼灰心。」

「咦……」

「可瑪莉大小姐已經決定要救您了。若是在這種地方死掉，她可是會生氣的。」

「…………」

是嗎？

原來這就是黛拉可瑪莉・崗德森布萊德。

那是一位足以跟我並駕齊驅的家裡蹲吸血鬼啊。

我先是稍微想了一下，接著便開口大叫。

「——計畫變更！弄活祭品獻祭給那西利亞的事，我晚點再做打算吧！」

「？」

「目前先把眼前的敵人殺掉才能享有最大利益！黛拉可瑪莉——既然妳都來到這裡了，那就代表妳願意協助我對吧？為了殺掉那傢伙，妳是不是願意把力量借給我？我可由不得妳說不喔！」

黛拉可瑪莉點了點頭。

我知道自己又再度笑了起來。

只要利用這傢伙——不對，只要能夠跟這傢伙齊心協力，就連那個劉・盧克修米歐都不是我們的對手。

「愚蠢。」

這時盧克修米歐讓帶子迴旋起來，人在我的頭頂上浮游。

他眼裡浮現憎惡之情。

對於可能會破壞秩序的人，他心中有著純粹的嫌惡。

「妳們全都下地獄去吧。」

看樣子他身上還有力量殘存。

在那聲沉靜的低喃結束後，數都數不清的帶子從那個男人全身各處擴散出去。

★

劉・盧克修米歐早就沒有任何餘力了。

當他發動最終解放的同時，身心就註定毀損殆盡。

可是他一定要殺了那兩個人。

秩序不容擾亂。

如同第六世界的地獄絕對不能重現。

也不能讓銀盤的心願斷絕。

絲畢卡的眼眸又再度發出紅色光輝。

一切突然間慢了下來。

盧克修米歐知道自己的身體動得越來越慢了。

那是能夠讓一切事物的流逝鈍化的烈核解放。

不管再灌注多少力量都毫無意義。因為帶子的速度已經慢到很可怕的地步。

不是只有【孤紅之恤】而已。經歷了這六百年，絲畢卡・雷・傑米尼也獲得足以破壞世界的力量了。

但若是只有這點程度——

「咕唔！」

手腳那邊突然傳來一陣衝擊。是從過去傳送過來的暗器刺中他了。

黛拉可瑪莉身邊的女僕薇兒海絲正用發出光亮的雙眼瞪視這邊。

「我是不會讓你妨礙可瑪莉大小姐的。」

「這怎麼可能……」

眼下出現強大的魔力漩渦。

黛拉可瑪莉和絲畢卡正朝向天際——朝向愚蠢的惡魔伸出手掌。

過沒多久，自那兩人所在處中央一帶迸射出莫大的閃光。

帶子都被切斷了，那股衝擊也竄遍盧克修米歐全身。

狂猛的風吹襲過來，暗雲被劈開，就像是逆走回來時路一樣，盧克修米歐的身軀被吹飛到空中去。

「唔……啊啊啊啊啊啊啊啊啊啊啊啊啊啊啊啊啊啊啊啊啊啊啊啊啊啊啊啊啊啊啊!!」

那道光之奔流不斷上升，從這個大洞中轟了上去。

等到盧克修米歐注意到的時候，他已經被吹飛到洞穴外了。

耳邊彷彿能夠聽見人們的祈禱聲。

所有人都在譴責愚者的所作所為。

那些聲音希求的並不是秩序。

也許他們尋求的是一種變革，能夠換來和平的變革，就如同黛拉可瑪莉・崗德森布萊德和絲畢卡・雷・傑米尼一心想要帶動的那樣。

「都結束了。」

啊啊……

這兩個少女果然很危險。

早知道就不要用那麼迂迴的手法將她們處刑，一找到她們就應該直接殺掉才對。

只不過——現在再去為那些事情哀嘆也沒用了。

她們的眼中有著光芒，看了都讓人羨慕。

夢想和遠大的志向都被戰亂剝奪，盧克修米歐因而選擇停留在特定的階段，對他而言——光是看著這些都足以毒害他。

「原來如此。我根本就比不上她們啊……」

面對如此耀眼的少女們，他怎麼可能是她們兩個的對手。

剩下的事情就只能託付給其他愚者了。

盧克修米歐決定放下一切，將雙眼閉上。

緊接著就在下一瞬間——

哐啷啷啷啷啷啷——————!!

世界毀壞的聲音奏響了。

也不知道是什麼時候發生的，天空早已破碎。

存在於另一側的世界——那些顛倒的街道景象浮現出來。

那是第一世界的溫泉小鎮「法雷吉爾」。

常世再也沒辦法充作養分。

維持了六百年的秩序要被破壞了。

接下來將會進入混亂的時代吧。

又或者靠那兩個人，將能夠克服一切難關？

反正這些都已經跟盧克修米歐無關了。

他沐浴在從天而降的璀璨陽光中，這位沒能實現悲願的愚者閉上雙眼。他早就失去飄浮的力量，就此落入那個顛倒的城鎮中。

★

「──!?」

就在這一刻，我心中湧現強烈的違和感。

烈核解放【孤紅之恤】正逐步減弱。我的意識也變得越來越清晰。我跟絲畢卡和薇兒一起掉到那個洞裡頭──照理說應該是這樣啊。

「可瑪莉大小姐！請抓住我！」

「怪了？咦……？」

奇怪的是我跟薇兒居然牴觸重力，人是上升的。

就很像被趕出那個地獄大洞一樣，身體正被推往空中。

可是──

「絲畢卡!!」

卻有一個人正在往地獄深淵墜落。

就很像被誘往死亡之境那般，那個綁著雙馬尾的吸血鬼正朝我們的反方向加速。

她一臉滿不在乎地笑著，嘴裡喃喃念著奇妙的詞句。

「魔核啊，魔核，將通往地獄的大洞堵住，創造連通現世和常世的大門，讓我的伙伴們回到原來的世界，引導我去往那西利亞身邊。」

「……！」

絲畢卡的周圍有六個魔核在飄浮。

眼前出現龐大的魔力漩渦。看樣子願望已經被接納了。那是什麼時候發動的？不，這些都已經無所謂了。絲畢卡要掉下去了。我必須到那傢伙的身邊去。必須伸出手。否則我又會再度失去伙伴。

可是我的身體無法動彈。

那股龐大的魔力將我和薇兒推到洞穴外。

「可惡……要趕快救那傢伙！」

「這是不可能的！對手可是魔核……」

「絲畢卡——————！」

那傢伙到底在想什麼啊？

為什麼要前往地獄深淵？

盧克修米歐都已經被打倒了。而且不知道為什麼，瘴氣和匪獸也消失了。接下來她就只要努力營造樂園就好了啊。

這時絲畢卡忽然露出笑容，開口說了這麼一句話。

「這樣是不夠的。若是要實現我的心願，根本就不夠。」

「不夠？是少了什麼……？」

「若是沒有那西利亞就不行，我長達六百年的旅途可是還沒結束呢。」

對喔。

樂園和那個巫女姬是密不可分的。

若是少了那西利亞，就什麼都無法開始。

「可是！既然是那樣！我也一起去啊……！我們一起去找那西利亞吧！」

「魔核會引導我的，不需要妳幫忙。」

「可是我很擔心啊！怕這樣下去妳會死掉……」

「妳還真是天真到骨子裡了，可是用不著擔心。」

那個絲畢卡臉上浮現出挑釁的笑容。

我好像還看見讓人意外的東西。

就在她的眼睛裡，像是「必死的覺悟」或「打死不退的決心」這類帶刺氣息，

© riichu

完全都沒有浮現出來。取而代之的是一股意志力，它澄澈無比、如烈火般旺盛。跟之前芙亞歐死的時候不一樣——這傢伙並沒有放棄任何事物。

「我還不打算死掉。因為還有事情等著我去做，那就只有我能辦到。」

「絲畢卡……」

「我很羨慕喔。羨慕妳和薇兒海絲——所以我要去找回來！就像妳從前在伙伴的支持下闖進雷赫西亞那樣！」

我心中湧現奇妙的情感。

這是——無與倫比的共鳴感。

那個「雷赫西亞」說的並不是神聖雷赫西亞帝國，而是原本那個世界的雷赫西亞。

我之前不希望薇兒被人奪走，但又一直無法振作起來，因為有伙伴們幫助我，我才有辦法拚命向前邁進。

那西利亞對絲畢卡來說就等同薇兒。

沒有人可以取代薇兒。

不對，不管是誰，都是無人可以取代的。

這下我已經不能再阻止絲畢卡了。

「——但還是先等等啦!?總不至於非得要妳孤身一人努力吧!?」

「我不是一個人，我還打算找妳幫忙。」

「既然是那樣——」

「我希望妳可以去支援小克萊。」

絲畢卡說這句話的時候，臉上笑咪咪的。

那可是看起來很壞心眼的笑容。

「接下來常世勢必會在神聖教的主導下統一。領導人將會是克萊梅索斯五百零四世。可是那個小女孩還不夠成熟，必須有人在一旁支持她。這就是朔月和妳的職責了。」

「這、這是什麼意思啊？」

「意思就是在我和那西利亞回來之前，妳要先讓常世變得和平起來！妳曾經說過，希望看到我的夢想實現——那妳就要負起責任！」

「什麼……」

怎麼會把這麼麻煩的工作推給我……

可是我不能拒絕。

因為我已經決定要幫助那個吸血鬼了。

這時突然有一道風吹來過來。

絲畢卡的笑容變得更遙遠了。

那個通往地獄的大洞被不可思議的霧氣包覆。
在薇兒的懷抱下，我的身體僵住。
但我想起一件事——當時那傢伙的眼睛可是像星星一樣，正在發光。
她一定很快就會跟那西利亞重逢，凱旋而歸吧。
不管我再多說些什麼都沒用了。
因為那是她自己的選擇。
「——黛拉可瑪莉!!再見啦!!我們改天見——!!」
就在霧氣的後方，傳來大到誇張的聲音。
她還真是有精神，都到了很扯的地步。照那樣子來看，替她擔心也是白搭。
這時薇兒「唉——」了聲嘆口氣，接著朝我開口。
「那個恐怖分子還真是吵鬧到了極點。不曉得可瑪莉大小姐被她陷害，到時得吃多少苦頭……」
「這也是沒辦法的事情啊，我能夠體會絲畢卡的心情。」
「是這樣啊，意思就是可瑪莉大小姐很喜歡我對吧。」
「用這種方式來解讀，好像也不太對，但是……哇哇！」
那時傳來一陣像是天搖地動的聲響。
待我回過神，我們已經被送到洞穴外了。而且那個洞還被霧氣包覆，進而被堵住。天空上出現溫泉城鎮法雷吉爾的景色。

那座顛倒城鎮正被燦爛的陽光照得五彩繽紛。

怎麼會這麼漂亮啊——但我現在沒空在這裡感動了。

因為又有一道狂風吹襲過來。

我跟伙伴們就這樣被吸入天際，強制送回原本的世界。

[0] 終章

常世這邊下了好一陣子大雨。

那是甘霖之雨。原本充斥於世間的瘴氣都被那些水流洗刷掉，四處作亂的匪獸也在不知不覺間變回曼陀羅礦石。

過沒多久，地面便被晴朗的陽光照亮。

人們已經避開「天罰日」了。

神聖教的總部將那些在「弒神之塔」附近大肆作亂的帶狀怪物斷定為惡魔，至於擊敗這些惡魔的少女——絲畢卡・雷・傑米尼和黛拉可瑪莉・崗德森布萊德則被封為聖人。

人們全都欣喜若狂。

戰亂平息後，那些烏雲也不知消失到哪裡去了。

如此這般，常世的秩序恢復——

但這些或許也只是愚者計畫的一部分。

為了守護常世免受星砦摧殘，安定是必要的。將絲畢卡和黛拉可瑪莉抹黑成元凶的計畫一旦失敗，那就只能讓愚者自身成為邪惡的象徵，並遭人剷除。

「真相就只有神知曉吧……還真是深奧難解啊。」

這裡是在沙漠裡。

駱駝夏洛洛在沙地上踩踏，同時開口發出嘆息聲。

天空中有兩個太陽。至於那些詭異的星星，則是連一枚都沒有浮現。

但是遺留下來的課題實在太多了。

這個世界將會被神聖教統一，現世和常世有可能打通，再加上逃跑的星砦、剩下的那些愚者，除此之外——還有不知消失到何處的滿月首領「尤琳・崗德森布萊德」。

「請問……」

另一名握著夏洛洛身上韁繩的少女基爾德・布蘭在這時出聲。

「那、那我們接下來該怎麼辦……？是不是要去找尤琳小姐……？」

「唔嗯，若是她有把我們一起帶過去就好了……」

尤琳・崗德森布萊德都沒有跟伙伴知會一聲，人就不見了。

那個吸血鬼總是這樣橫衝直撞，按照自己的步調行事。

大概是自認靠她一個人就能解決一切吧。

「也許她覺得我們礙手礙腳……」

「可是滿月這邊必須派人去搜索她。首領為了追擊星砦，到別的世界去了——基爾德，她去的是妳的故鄉。」

「…………」

基爾德的身體在那時變得緊繃起來。

第三世界。那是已經被星砦蠶食毀壞的黑暗地獄。

嘴裡吃著用來當糧食的草，夏洛洛說了句「別擔心」藉此安慰她。

「我們會找到首領的。她甚至很有可能已經讓星砦毀壞了。流瀉出來的瘴氣之所以能夠消失，或許也是那個人的功勞。」

「說得也是。」

「若是太悲觀，那樣對心靈會有不良影響。我們這次踏上旅途應該要保持無比樂觀的心。就算眼前有一座沙漠阻擋我們，只要大家齊心合力，還是能夠跨越難關。」

「……好的，夏洛特。」

「我不叫夏洛特。」

總而言之。

目前常世已經被平定了，這點還是值得開心的吧。

希望那些改變世界的少女能夠獲得幸福。

☆

自從惡魔被絲畢卡和黛拉可瑪莉剷除後，又過了一段時間。

常世之所以能夠恢復某種程度的秩序，神聖教算是功不可沒。而「天罰日」之所以能夠避免，都是多虧了神明大人庇佑，這樣的說法已經流傳開來，人們會開始仰賴神聖教，把神聖教當成和平的象徵。神聖雷赫西亞帝國將這點看成是一個契機，以教皇之名頒布「停戰大號令」。各地的戰爭也因此暫時停止。

克萊梅索斯五百零四世是能夠聽見神明聲音的神童。

雖然那個幼女教皇之前都被當成多餘的人，但如今來到這個節骨眼上，人們紛紛開始崇敬克萊梅索斯五百零四世，將她當成統一世界的精神象徵，世界各地陸續出現讚頌她的浪潮。

——之所以能夠打倒那個惡魔，一定是猊下的祈禱起作用了！

——從一開始猊下就一直在為打倒惡魔而努力！

——真是太勤奮了！克萊梅索斯五百零四世一定是歷任中最棒的教皇！

只要有克萊梅索斯五百零四世在，這世間將會變得國泰民安。當然爭鬥並不會完全消失，但是在神的威光照拂下，將能夠保有一定的秩序。

只不過。

應該出來打頭陣的教皇猊下卻是——

「…………………………………………………………………………為什麼會變成這樣……」

這裡是神聖雷赫西亞帝國大聖堂的「燭臺之室」——這個小房間平常都被當成教皇的辦公室來使用，如今有四個人出現在房間裡。

其中一名少女坐在大得誇張的椅子上，身體縮成一團，她便是克萊梅索斯五百零四世。

另外是將雙手交叉放在胸前，人靠在牆上的和魂種，天津覺明。

以及臉朝上仰躺在沙發上的翦劉種，蘿妮・科尼沃斯。

再來是看起來一臉神經質，正皺著眉頭審視一些資料的蒼玉種，特利瓦・克羅斯。

「唔嗯——」

這位特利瓦將書本「啪噠」一聲闔上，接著開口這麼說。

「情況極為順利。各地的軍隊都完成繳械工作，也沒有發生叛亂的跡象。越來越多人信奉本教，前往雷赫西亞巡禮的信眾人數也是與日俱增……照這樣下去，只要沒有發生問題，常世將會變為和平的神之國度吧。」

「嗯、嗯嗯！辛苦你了！」

「克萊梅索斯五百零四世猊下，還請妳不要輕舉妄動。目前常世正要透過宗教的力量整合起來。身為領導者的妳若是沒有採取相應的行動，這個世界有可能再度被惡魔支配。不過惡魔根本就不存在，簡而言之到時人心將會分崩離析，又倒退回去之前的戰亂時代。」

這時克萊梅索斯五百零四世不由得喊了一聲：「咿！」

都怪特利瓦的表情太可怕。

再加上自己的任何一個舉動都有可能導致整個世界完蛋，這樣的情況也很讓人害怕。如此一來她再也沒辦法自由自在吃點心，也沒辦法睡午覺。若是知道神聖教的領導人原來是過著這麼頹廢的生活……到時真有可能如特利瓦所說，「天罰日」會再度降臨。

（余才不想那樣……！余要振作一點才行……！）

在心中重新下定決心的克萊梅索斯五百零四世，放眼環顧出現在屋子裡的另外那三張臉。

這些都是絲畢卡的伙伴，「逆月」的成員。

不瞞各位，他們就是現在正在操控神聖教的幕後黑手。

自從劉．盧克修米歐消失在地獄的大洞中，這三個人就突然出現在克萊梅索斯五百零四世面前，而且一下子就平息世界各地的戰亂。還利用教皇權限，強行做了各式各樣的事情，讓神聖教在人們心中的重要度暴漲。

他們的目的是要「讓常世（那些人好像都是如此稱呼這個世界的）維持安定狀態」。

一開始克萊梅索斯五百零四世還半信半疑，但那些人實際上還真的讓世界變得和平起來，於是她就不得不信了。就算她無法全盤信任好了，目前的克萊梅索斯五百零四世也沒辦法抵抗。

因為這些人好可怕。

若是抵抗，很有可能會被煮一煮吃掉。

「……話說回來，挺困擾的呢。」

其中那位白衣翦劉種科尼沃斯此時邊看著天花板邊碎念。

「逆月現在不是等同徹底毀了嗎？之前在吸血動亂中輸得慘兮兮，但那個時候根本比不上現在。因為公主大人不見了……」

「公主大人已經把這個世界託付給我們了。」

特利瓦說話的語氣透露著疲憊。

這個人從早到晚都在處理各式各樣的工作，會疲憊也是很正常的吧。克萊梅索斯五百零四世在心裡如此想著。

「那個人並沒有消失。她是為了贏取未來，選擇向前邁進。」

「話是這麼說沒錯……可是公主大人那傢伙也太薄情寡義了吧。下地獄之後是什麼樣子，我也很想知道呢。」

克萊梅索斯五百零四世已經從這些人口中聽說了事情原委。

神明大人口中的「絲畢卡」——即是絲畢卡・雷・傑米尼，她在打倒惡魔之後，據說就深入那個大洞的深處，踏上旅途了。而且在「弒神之塔」原本的所在地點上，似乎還遺留著絲畢卡的親筆書信。

上面寫著——「在我回來之前，常世就拜託你們了。」

也許那個恐怖分子從一開始就看透一切了吧。

「我們必須遵守命令，那也是逆月該做的事情。」

「……你這個人啊，其實我從以前就很好奇了。你的目的到底是什麼？總不至於是盲目信奉公主大人吧？」

「我確實信奉公主大人啊！但這只是一種手段。我原本的目的是要利用魔核在這個世界上掀起革命，只要盲目信奉公主大人，這個目的自然就能夠達成。這下子總算能夠嚇一嚇伊格納特了吧。」

「伊格納特？那是誰呀？」

「我先失陪了。」

特利瓦這時打算離開「燭臺之室」。

原本一直沉默不語的天津覺明出聲了，喊了一句：「喂。」

「你打算去哪？該不會又有什麼不良企圖吧。」

「……我要去涅普拉斯那邊。『門』都已經建好了，只要一瞬間就能抵達。」

「為什麼要去？」

「那隻狐狸曾經在我底下做過事。身為同志，我有義務跟她回報常世的現況。跟她說戰事暫時告一段落囉——」

「…………」

天津沒有繼續挽留他。而是目送消失在門內的特利瓦離去，接著一臉傻眼地發出嘆息，嘴裡說了句：「真是的。」

「……計畫全亂了。都是因為絲畢卡・雷・傑米尼消失的關係。」

「但我們現在也只能照公主大人的話去做了吧。我打算拿神聖教當幌子，照自己的意思盡情去做。感覺常世還有不少研究價值。」

「這次情況真的很讓人困擾，所有事情發展都跟預言說的不一樣。再加上還有滿月帶來的問題……另外那個身為克萊梅索斯五百零四世的少女也……」

天津朝著克萊梅索斯五百零四世這邊瞥了一眼。

那讓克萊梅索斯五百零四世不由得嚇了一跳，發起抖來。

「有、有什麼事嗎……!?余以後會賣力工作喔……!?」

「……沒什麼，晚點把迦流羅和黛拉可瑪莉叫過來吧。」

「咦……」

「她們一直都很擔心妳。妳就跟她們一起去玩，稍微喘口氣吧。」

「可以嗎……!」

被這些眼神危險的人圍繞，她正感到無所適從。

雖然不能再見到絲華卡覺得很遺憾，可是能夠跟迦流羅她們再次說上話，她好開心。或許還能再吃上一些點心……

克萊梅索斯五百零四世將手緊緊握成拳頭狀。

她們曾經齊心協力打倒惡魔。

為了不讓她們的努力白費，她身為教皇，要把該做的工作做好。

☆

——可瑪莉！可瑪莉！可瑪莉！可瑪莉！

這裡是神聖雷赫西亞帝國。

地面被刨開、堆著一些瓦礫，再加上倒塌的尖塔——中央廣場上留有濃濃的戰鬥傷痕，如今卻被信眾帶來的異常熱度包圍。

他們全都盯著那個特設舞臺的上方看。

上頭有個身上穿著紅色軍服的吸血鬼，那個人看上去就很像一名無良銷售員，正在那裡大聲吆喝。

「來呀！過來逛一逛瞧一瞧！這位就是擊退可怕惡魔，引領世界邁向和平的英雄——黛拉可瑪莉・崗德森布萊德閣下，這是她的肖像畫！大家可以拿回去當裝飾，也可以膜拜，它甚至是很適合用來趴地跪拜的珍品！現在一張畫只賣十萬尼卡！」

唔喔喔喔喔喔喔喔喔喔喔喔喔喔喔喔喔喔喔——!!

可瑪莉！可瑪莉！可瑪莉！

那些信眾開始爭先恐後拿出大疊鈔票。

而這位吸血鬼──卡歐斯戴勒・康特高舉起來的東西正是一幅畫，畫中少女的背後還長著白色翅膀。畫中人是黛拉可瑪莉・崗德森布萊德（天使姿態）。因為神聖教總部讚揚她的功績，還將她封為聖人，因此常世的信眾──不對，不只是信眾，就連一般人都開始崇拜她、供奉她。

「呵呵呵……販售業績一路飛升啊。第七部隊的口袋是賺得越來越飽了。」

「喂，卡歐斯戴勒。」

就在那張畫的後方，有個人不安地說起悄悄話，他就是長著狗頭的貝里烏斯。

「這樣是不是不太妙啊？居然利用宗教斂財……」

「貝里烏斯你說的這是什麼話啊！我們只是在販售閣下的畫！跟神聖教一點關係都沒有！底下這些人並不是因為閣下有什麼宗教氣息才那樣的，就只是覺得閣下清純可愛，才會去買呀！」

「但閣下都已經做天使打扮了吧？不管怎麼看都很有宗教氣息啊。」

「那個跟神聖教的天使毫無關聯，這是在扮裝。」

「簡直是詭辯……」

貝里烏斯這時嘆了一口氣，發出一聲：「唉──」

不過第七部隊的人本來就是這副德行。現在去在意那些也沒用了吧。

「這慢慢就會形成一股足以取代神聖教的勢力，到時就來支配整個常世吧！我們要建造神聖黛拉可瑪莉帝國！」

「但是閣下不會同意的。雖然那位大人確實是殺戮的霸主，但她同時也擁有跟這種稱號不太匹配的謙虛之心。」

「既然是那樣，身為部下的我們就更應該幫她拉抬身價。雖然閣下是足以成為姆爾納特帝國皇帝的大人物，但是她擁有的器量可不會讓她只走到這裡就止步。」

「喂，卡歐斯戴勒！現在不是在那邊做黑心生意的時候吧！」

此時有個金髮少年跑了過來——是約翰・海爾達。

「黛拉可瑪莉和薇兒海絲都不在這裡了！我們要趕快回去啦！」

「可是從常世這邊獲取資金也是很重要的啊。」

「若是知道自己的畫在市面上販售，黛拉可瑪莉一定會很討厭那樣。你根本就不瞭解那傢伙。」

「不瞭解的人是約翰才對。前些日子的作戰中，你破壞大炮之後不是滑倒了，甚至還昏倒嗎？也就是說你又再次無緣拜見閣下的祕密奧義。」

「啊？祕密奧義？」

「哼，你根本就沒資格稱自己是可瑪莉迷。」

「我從一開始就沒那樣自稱好嗎!!」

那個約翰咬牙切齒地低頭，垂眼望著天使可瑪莉肖像畫。

「……你們應該也知道了吧。在原本有高塔的地方，上空中出現一個大洞。現在能夠在另外那個世界跟這個世界之間自由來去了。」

「那你自己回去就好啦？」

「唔……」

約翰手裡握住的拳頭一緊。

「——可是那個洞穴的位置太高了，我到不了啦!!我一直在找能夠帶我上去的人!!不管是能夠使用浮遊魔法的人，還是能夠在空中飛的天仙都好，我連一個都找不到！你們也一起找啦！賺錢的事情根本不重要！」

卡歐斯戴勒在這時忽然哈哈大笑起來。

約翰氣炸了，朝他出手揍過去。

貝里烏斯則是再度發出大大的嘆息。

底下那些人陷入狂熱狀態，一直在喊：「可瑪莉！可瑪莉！」而且還能看見梅拉康契混在人群之中，四處兜售「閣下T恤」的庫存貨。

黛拉可瑪莉．崗德森布萊德依舊是如此強大。

不曉得下次會為我們引發什麼樣的騷動——貝里烏斯感覺得到，知道自己胸口中的期待感是越來越強烈了。

☆

這裡是紅雪庵的某個房間。我人就待在床鋪上。

那時我輕聲開口呢喃，心中有著感慨。

「我們回來了呢……回到原本的世界了……」

「可瑪莉大小姐，蘋果皮已經削好了。看起來很美味，讓我很想獨吞。嗞滋嗞滋。」

「應該給我吃才對吧!!」

「開玩笑的，請用。」

那個變態女僕已經把蘋果切成兔子形狀了，還將那些蘋果放入我口中。

好好吃！好吃到臉頰都要掉下來了。就連僵硬的肩膀都好像有種漸漸放鬆下來的感覺。

可是我的身體一直到現在都還沒恢復原狀。

動不動就會暈眩，指尖還殘留著奇妙的麻痺感。【孤紅之恤】一旦發動，原本就會伴隨抽乾全身魔力和體力的副作用。最近我覺得自己已經變得像個大人了，還以為都克服這些了，但是在常世用了好幾次，那些副作用才會找上門吧。

就在幾天前。

我曾經跟劉・盧克修米歐激烈對戰過，後來又被上空中敞開的「門」吸了進去，之後就來到這邊這個世界裡——簡單講就是我好像掉回原本的世界了。那時我跟薇兒都處於昏厥的狀態，因此不清楚詳細情況，可是我們被人找到的時候，人正在露天浴池裡面載浮載沉，後來就直接被帶到紅雪庵治療。

光耶醫師從夭仙鄉那邊趕過來，還跟我們說：「要在床上躺一個禮拜。」「一定要靜養。」「就算治好了，接下來那一個月也不能太過逞能。」

用不著多說，我聽了自然是欣喜若狂。

因為我這是在合法休假喔。可以跟工作說拜拜耶。

若是這樣還不開心，那這個稀世賢者之名就要廢掉了。

我「唰唰唰」地吃著那些兔子，薇兒這時一臉不解地交疊雙手放在胸前，開口說了句：「話說回來——」

「不曉得傑米尼大人現在怎樣了。一想到她掉到地獄裡面，就覺得有點爽快……」

「既然是她，最後應該都會化險為夷吧。」

「之前當恐怖分子犯下的罪行都還沒彌補，人就消失了，未免也太我行我素。等到那傢伙回來，我要把她的糖果通通換成辣薄荷口味。」

「那種低級惡作劇就別做了，搞不好她很喜歡辣薄荷也說不定。」

但我很在意絲畢卡之後的去向。

她曾經是擾亂六國的恐怖分子。因逆月陷入不幸的人，用兩隻手的手指去數都數不完。等到她回來了，肯定會受到懲罰——但最妥當的做法還是「先讓她確實將樂園打造完成」吧。打造出任何人都能和平過生活的世界，實現這點將會是她的責任，那也是她該做的補償。

不過我也會盡可能協助就是了。

畢竟之前在緊要關頭，她將很多事情都推給我做了。

「……感覺又會有很多麻煩事發生，但主要都跟常世的今後發展有關。」

「目前好像還沒有引發爭端的跡象。但我們一定要擦亮眼睛注意。畢竟未來兩個世界將有可能互通。」

「唔唔……」

絲畢卡對常世魔核所灌注的祈禱內容有好幾樣。

像是封閉通往地獄的大洞。讓絲畢卡・雷・傑米尼去往那西利亞身邊。還有讓我們回到原本的世界去。此外——要讓常世和現世之間能夠往來。

嘴裡咬著蘋果，我抬頭仰望窗外。

出現在法雷吉爾上空的是一大片清澈藍天。

可是在距離地面上大約一百二十公尺的地方，卻會看見奇怪的景象。上頭莫名出現像是被人用美工刀切割開來的線條，還開了五……不對，應該是六角形的洞穴。

而在洞穴對面，浮現出一片顛倒的城鎮景色。

那種景色跟今年二月看過的「黃泉幻寫」現象很類似。從這邊也能夠看得很清楚，該處很靠近我們跟盧克修米歐作戰的高塔，就是那座廢墟城鎮。

其實講白了，那個便是絲畢卡所留下的巨大「門扉」。

能夠變成連通這裡和另外一個世界的通道，還成了讓世間偉人們苦惱的頭痛議題。

「……不知道小克萊有沒有事？現在有很多事情都在神聖教的掌控下吧？」

「似乎是那樣，以神聖雷赫西亞神帝國為中心，他們正在做戰後處理。而且特利瓦．克羅斯和蘿妮．科尼沃斯、天津覺明這些逆月成員似乎都留在那裡協助克萊梅索斯五百零四世，形同是她的智囊團。光靠那個小女孩，感覺是無法統治常世的。」

「天津姑且不論，但交給另外那兩個人沒問題嗎……？」

「至少可以確定的是，那對克萊梅索斯五百零四世的教育會造成不良影響。她以後長大了，可能會變成講話很老態龍鍾的蘿莉殺人魔。若是可瑪莉大小姐沒有協助將她導回正軌，情況可就不妙了。所以您要去當老師，當老師。」

「當老師……!?」

這、這個稱呼是怎麼一回事……

我覺得自己好像有點心跳加速……？

「……這樣啊。要當老師啊。既然我年紀比較大，那我就應該在各方面都給予指導。」

「沒錯，教皇可是常世的領袖，若是成為教皇的老師，那在常世就形同變成領袖中的領袖。可瑪莉大小姐將能夠一手掌控那個世界。」

「不至於吧。」

「康特中尉可是很欣喜喔？如此一來常世也將成為閣下的囊中物──他還這麼說。甚至都已經著手神聖黛拉可瑪莉帝國的建國工作了。」

「那個先中止啦，中止!!現在馬上把卡歐斯戴勒叫過來!!」

「但是通訊用礦石沒辦法接通，第七部隊好像已經選擇在常世那邊展開活動了。」

「啊啊啊啊啊啊啊啊!!」

我抱住腦袋，當場縮成一團。

居然敢讓上司變得更加勞心……那群人真的是很不聽話耶。不對，他們也不是現在才這樣的，就算了吧。若是真的出什麼事，就把責任都推給薇兒好了。我很累了，那些麻煩事通通堆到以後再說。

「唉……」

我開口發出一聲嘆息，再度抬頭仰望天空。

天氣非常晴朗。

不管是常世還是現世，都逐漸恢復和平。

如此這般，我那段漫長的異世界之旅也閉幕了。

而常世所發生的騷動更讓我有了新的領悟。

那就是即便面對敵人，只要能夠跟他溝通，還是有機會打好關係——這樣的想法並沒有錯。像我跟芙亞歐就加深了羈絆，就連絲畢卡都對我敞開心胸了。只要堅持下去，不斷跟對方溝通，無論面對怎樣的對手，都有辦法跟對方構築友好關係。

總而言之我現在就先來祈禱，希望日後有機會跟絲畢卡再度重逢。

畢竟那傢伙是我的敵人、我的死對頭，還是在心中懷抱相同展望的伙伴。

（終）

後記

大家好。我是小林湖底。

我想各處應該都已經發表這個消息了，那就是《家裡蹲吸血姬的鬱悶》已經決定要動畫化在電視上播送！回想起出第一集時的狀況，就覺得真沒想到會走到動畫化這一步……我是真心這麼想的，本作慢慢成長茁壯，現在才來到如今這個地步。這些都要多虧不停閱讀本系列的各位，真的非常感謝你們。當然漫畫版也是一樣，一看到自己寫的小說轉換成其他形式的媒體擴散出去，當時心裡就想：「這也太厲害了吧。」有種感慨萬千的感覺。我心裡可是懷著滿滿的感激。而這樣的家裡蹲吸血姬動畫正在銳意製作中，敬請期待。

再來是原作，集數上總算出到十位數了……這次來到第十集。從第七集開始展開的中盤戰到這裡算是告一段落，但氛圍上呈現了「還會有後續」的感覺。看來這個系列得以繼續延續下去，若是各位不嫌棄的話，希望之後還能繼續陪伴我們走下去。

再來是遲來的致謝。

連同新角色也算在內，要謝謝負責插畫工作的りいちゅ大人，把那些插畫畫得那麼棒。還有負責裝訂工作的柊椋大人，這次設計樣式上也很有家裡蹲吸血姬的風格。再來是在改稿等方面給了諸多建言的責任編輯杉浦よてん大人，以及其他和發行販售工作有關的諸位，再來是選擇本書的各位讀者們。我要對所有人致上深厚的謝意，謝謝你們！

中盤戰之後，接著要上演的是銀盤戰。可是在那之前，第十一集一整集都會寫日常篇（算是喜劇篇吧？）。自從來到常世之後，接連都是戰鬥場面，我想也該到休息一下的時候了吧……差不多就是這種感覺。雖然是不是真的能夠休息就不確定了。

那麼我們下次再會。

小林湖底

國家圖書館出版品預行編目資料

家裡蹲吸血姬的鬱悶 / 小林湖底作；楊佳慧譯. --
1版. -- 臺北市：城邦文化事業股份有限公司尖
端出版：英屬蓋曼群島商家庭傳媒股份有限公
司城邦分公司發行，2024.05-
　　冊；　公分
　　譯自：ひきこまり吸血姬の悶々
　ISBN 978-626-377-789-7（第 10 冊：平裝）

861.57　　　　　　　　　　　　　　113002602

浮文字
家裡蹲吸血姬的鬱悶 10
（原名：ひきこまり吸血姬の悶々 10）

著　者／小林湖底
繪　者／りいちゅ
譯　者／楊佳慧

執　行　長／陳君平
榮譽發行人／黃鎮隆
協　理／洪琇菁
總　編　輯／陳昭燕

文字校對／施亞蒨
美術總監／沙雲佩
美術編輯／方品舒
內文排版／謝青秀
執行編輯／石書豪
國際版權／高子甯、賴瑜妡

出　版／城邦文化事業股份有限公司 尖端出版
　　　　臺北市南港區昆陽街十六號八樓
　　　　電話：（〇二）二五〇〇－七六〇〇
　　　　傳真：（〇二）二五〇〇－二六八三
　　　　E-mail：7novels@mail2.spp.com.tw

發　行／英屬蓋曼群島商家庭傳媒股份有限公司城邦分公司 尖端出版
　　　　臺北市南港區昆陽街十六號八樓
　　　　電話：（〇二）二五〇〇－七六〇〇（代表號）
　　　　傳真：（〇二）二五〇〇－一九七九
　　　　劃撥專線：（〇三）三一二－四二一二
　　　　劃撥帳號：五〇〇〇三〇二一 英屬蓋曼群島商家庭傳媒股份有限公司

　　　　中彰投以北經銷／楨彥有限公司
　　　　電話：（〇二）八九一九－三三六九
　　　　傳真：（〇二）八九一四－五五二四
　　　　雲嘉經銷／智豐圖書有限公司 嘉義公司
　　　　電話：（〇五）二三三－三八五二
　　　　傳真：（〇五）二三三－三八六三
　　　　南部經銷／智豐圖書有限公司 高雄公司
　　　　電話：（〇七）三七三－〇〇七九
　　　　傳真：（〇七）三七三－〇〇八七

香港經銷／一代匯集
　　　　電話：（八五二）二七八三－八一〇二
　　　　傳真：（八五二）二三九六－〇六五七
　　　　香港九龍旺角塘尾道六十四號龍駒企業大廈十樓 B＆D 室

新馬經銷／城邦（馬新）出版集團 Cite (M) Sdn. Bhd.
　　　　E-mail: cite@cite.com.my

法律顧問／王子文律師 元禾法律事務所
　　　　台北市羅斯福路三段三十七號十五樓

二〇二四年五月一版一刷

版權所有・翻印必究
■本書若有破損、缺頁請寄回當地出版社更換■

HIKIKOMARI KYUKETSUKI NO MONMON 10
Copyright © 2023 Kotei Kobayashi
Illustrations copyright © 2023 riichu
Original Japanese edition published in 2023 by SB Creative Corp.
Chinese translation rights in complex characters arranged with SB Creative
Corp., Tokyo through Japan UNI Agency, Inc., Tokyo

■中文版■

郵購注意事項：
1.填妥劃撥單資料：帳號：50003021戶名：英屬蓋曼群島商家庭傳
媒(股)公司城邦分公司。2.通信欄內註明訂購書名與冊數。3.劃撥金
額低於500元，請加附掛號郵資50元。如劃撥日起 10～14日，仍未
收到書時，請洽劃撥組。劃撥專線TEL：(03)312-4212 · FAX：
(03)322-4621。E-mail：marketing@spp.com.tw